사이 시리즈 11 | 삶과 이야기 사이

이야기의 심연

초판 1쇄 인쇄 _ 2017년 8월 5일
초판 1쇄 발행 _ 2017년 8월 10일

지은이 · 오윤호

펴낸이 · 유재건 | 펴낸곳 · (주)그린비출판사 | 등록번호 · 제2017-000094호
주소 · 서울시 마포구 와우산로 180, 4층 | 전화 · 702-2717 | 팩스 · 703-0272
전자우편 · editor@greenbee.co.kr

ISBN 978-89-7682-265-9 93800
이 도서의 국립중앙도서관 출판시도서목록(CIP)은 e-CIP 홈페이지(http ://www.nl.go.kr/
ecip)와 국가자료공동목록시스템(http ://www.nl.go.kr/kolisnet)에서 이용하실 수 있습니다.
(CIP제어번호 :CIP2017018718)

이 저서는 2007년도 정부재원(교육과학기술부 학술연구조성사업비)으로 한국연구재단의 지
원을 받아 연구되었음(NRF-2007-361-AL0015).

사이 시리즈

11

삶과 이야기 사이

이야기의 심연

오윤호 지음

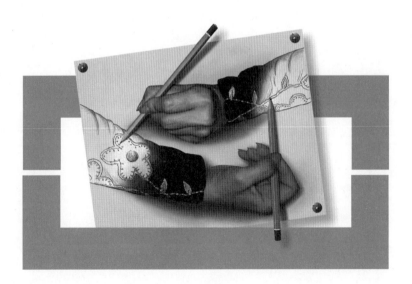

그B
그린비

삶과 이야기라는 이중나선

괴물과 싸우는 사람은 자신이 이 과정에서
괴물이 되지 않도록 조심해야 한다.
만일 네가 오랫동안 심연을 들여다보면,
심연도 네 안으로 들어가 너를 들여다본다.
—프리드리히 니체, 『선악의 저편』, 4장 146절에서

인간 사회의 다양한 영역에서 인간의 조건 혹은 인간이 살아가는 이유에 대한 답은 천차만별로 다양할 수밖에 없다. 사실 '인간은 무엇으로 사는가?'라는 질문 속에는 인간은 무엇이며, 산다는 것은 무슨 의미인지, '무엇'이 지칭하는 것이 (비)물질적인 대상을 말하는 것인지 아닌지 등 다양한 함의가 내포되어 있다. 생물학자라면 생물학적 조건 속에 놓인 유전자의 특성으로 인간의 가치나 존재의 양상을 설명하려고 할 것이다. 뇌과학이나 인공지능을 연구하는 사람들은 (비)물질적 존재가 갖는 다양한 지적·정서적 양상을 펼쳐 보이며 이전 시대의 인간에 대한 규정부터 문제 삼고, 새로운 인간상 혹은 새로운 지적 존재에 대해 이해하려고 할 것이다.

　서사학 혹은 이야기학을 공부하는 학자라면 저 질문에 당연히 '이야기'(혹은 서사)라고 대답할 것이다. 이야기를 추구하고 즐기는 인간은 생물학적으로도, 최첨단의 인공지능으로도 설명하기 쉽지 않은 독특한 존재이다. 인간은 이야기를 통해 세계를 이해하고, 자기

존재의 정당성을 내면화할 뿐만 아니라, 사회 갈등 속에서 문제 해결의 실마리를 찾곤 한다.

'텍스트의 욕망'을 연구했던 피터 브룩스는 "인류라고 하는 우리 스스로에 대한 정의는 곧 우리의 삶과 우리가 살아가는 세계에 대해서 이야기하는 스토리들과 긴밀하게 연결되어 있으며, 따라서 우리는 꿈과 백일몽, 야심찬 환상 속에서, 그러니까 삶에 관한 상상력이라는 점에서 결코 벗어날 수 없는 것"(애벗, 『서사학 강의』)이라고 말한다. 최시한은 이야기를 연구하는 이야기학을 새롭게 부상한 인간학의 하나로 보았다. 이야기학은 "과학적 인식과는 다르게 사물을 인식하고 표현하는 인간의 능력, 이야기를 만들고 즐기는, 곧 이야기로써 세계를 구조화하는 능력과 그에 의해 생성되는 의미의 실체를 탐색하는 것"(최시한, 『현대소설의 이야기학』)이다.

최근에 사람들은 '인간은 이야기하는 동물'이라고 규정하며, 인간 진화의 핵심으로 이야기를 설정한다. 조너선 갓셜은 이야기가 정보와 대리 경험을 매우 값싼 비용을 지불하고 얻을 수 있는 생존 수단이라고 말한다. 그는 『스토리텔링 애니멀』에서 "픽션은 삶의 거대한 난제를 시뮬레이션하는 강력하고도 오래된 가상 현실 기술"이라고 정의 내리며, 아이들이 '놀이'를 하며 즐거워하는 이유도, 꿈 속에서 지옥을 여행하는 것도 사실은 이야기의 변형된 형태를 경험하며 살아남고자 하는 본능(진화의 동력)으로부터 연유했다고 주장한다.

이렇듯 인지과학이나 진화심리학 등 새로운 학문 영역의 출현으로, 삶과 이야기의 상관성 및 관련성에 대한 논의는 텍스트를 중심으로 하는 기존의 서사학 영역을 넘어서고 있다. 이야기가 삶을 미메시스mimesis하고 압축한다는 구조주의적 시각은 "누구나 서사에 대한 욕구란 학습되는 것이 아니라 유전자 속에 내장되어 있는 것이라고 느낄지도 모른다"고 말하는 포터 애벗의 견해로 바뀌어 가고 있다. 이야기하기의 욕망과 이야기에 대한 이해는 이야기를 향유하는 인간 진화의 과정과 목적에 대한 자연과학적(뇌과학, 진화론 등) 맥락 또한 전제하게 만들었다. 이야기는 인간의 동물적 삶과 밀접한 관련성이 있으며, 지적 존재로서의 인간이 다른 동물들과 다르게 이 지구상에서 살아남을 수 있었던 인간 진화의 근원이다. 인간은 자연으로서의 삶과 허구로서의 이야기의 이중나선을 선회하며 존재한다.

이 책은 이야기가 곧 삶인 존재들에 대한 이야기하기를 담고 있다. 허구의 텍스트 속에서 '자기의 삶'을 살고자 했던 '허구의 마음들' fictional minds, 인물에 대한 이야기이다. 이들은 이야기와 삶이 등을 맞댄 뫼비우스의 띠 속에 사로잡혀, 생을 욕망하고 미궁에 빠진 삶의 경로를 탐색하며, 자신의 이야기를 뚫고 이야기 밖으로 탈주를 꿈꾼다. 바로 이 지점에서 인물의 이야기는 인간의 삶과 많이 닮았다.

인간들은 자신이 만든 이야기 속에서 인간다운 인물을 형상화했다. 그들의 삶에 다가가기 위해 때로는 신의 시선으로 때로는 괴물에 대한 공포로 그들을 응시해 왔다. 톨스토이 소설 『사람은 무엇으로 사는가』 속에서 천사 미하일은 엄마를 잃은 아이들을 사랑으로 대하는 한 부인의 삶을 듣고 '사랑'이라고 답하며 천국으로 올라간다. 신의 시험에 빠진 천사라는 역할에 걸맞게 미하일은 소설 속 사람들의 세속적인 삶에서 기독교 가치를 발견한다. 톨스토이 특유의 종교적 세계관은 인간의 세속적인 삶 속에 내재된 신의 숨결을 느끼며 '신'다운 '인간'을 꿈꾼다. 메리 셸리의 소설 『프랑켄슈타인』에서는, '백지' 상태에서 언어를 통해 인간의 감정과 문화, 지식과 교양을 획득한 괴물은 인간답게 살 수 있는 유일한 삶의 이유로 연민과 배려를 갖고 자신과 '공감'해 줄 여자 괴물을 원한다. 이때의 '공감'은 정서적 연대감을 의미하면서도, 소설 전개상 성적 욕망과 종족 번식까지도 포함하고 있다. 이러한 재현은 서유럽의 19세기 문화 환경 속에서 메리 셸리가 근대 과학(의학과 물리학 등)의 지적 토양을 기반으로 '인간 아닌 인간'의 인간다움에 대해 깊이 사유한 결과다. 고대 신들의 세계에서 21세기 포스트 휴먼의 시대까지 신과 인간과 괴물은 서로를 응시하며, 자신의 존재성을 구체화하기 위해 노력해 왔다. 모리스 코르넬리스 어셔의 그림처럼 서로가 서로를 그리고 지우며 존재의 위상을 바꿔왔다. 어쩌면 신과 괴물은 인간이 꿈꾸는 또다른 '인간'일지 모른다.

그렇다면 신의 당위와 괴물의 욕망 사이에서 인간은 실제로 '인간답게' 살고 있는가? 신과 인간과 괴물은 정말 서로 다른 환경에 놓여 구별 가능한 종적 존재인가? 아니면 하나의 존재는 또 다른 존재의 은유인가? 왜 조물주 신은 피조물 인간을, 인간은 자신이 만든 괴물을 혐오하고 죽이려 하는가?

『사람은 무엇으로 사는가』와 『프랑켄슈타인』에서 신은 인간을 창조하고, 인간은 또 다른 존재를 창조했다. 하지만 신조차 자신이 만든 인간의 방종을 감당하지 못해 에덴 동산에서 쫓아내거나 노아의 홍수를 일으키기도 하고, 빅터 프랑켄슈타인 박사는 자신이 만든 괴물을 죽이려 한다. 〈2001 스페이스 오디세이〉(스탠리 큐브릭, 1968)나 〈아이, 로봇〉(알렉스 프로야스, 2004) 속 인공지능들은 자신들이 살고 있는 인간 세계를 파멸시킬지도 모르는 살인 사건을 일으킨다.

이야기 속 인물들은 자율적인 판단에 의해 이야기 행동을 '선택'하면서 인간 존재를 위협하곤 한다. 그들의 존재를 알게 된 순간, 그들의 선택이 어쩌면 자유 의지로부터 나왔을지 모른다는 이해에 도달하게 되면 인간과 그 피조물들의 관계는 매우 위험하게 바뀐다. 특히 텍스트 속 인물이 갖고 있을 자유 의지를 인정하는 태도는 형이상학적인 세계와 현실 세계, 재현 세계 사이의 위계적 권력관계를 괄호 치고, 개체적 존재의 종적 다양성과 삶(생명)에 대한 의미를 재규정하게 만든다. 이것은 인간에 대한 신의 구원이 가지는 의미와 닮았다.

이 책은 허구 텍스트 속 인물들의 눈 속에 담긴 심연(또 하나의 거울, 괴물, 인물)을 응시하며, 이야기 속에 재현된 경쟁과 놀이, 동일시와 초월의 욕망을 탐색하고 있다. 누군가는 살아남거나 놀기 위해서, 누군가는 경쟁하거나 사랑하기 위해서, 누군가는 인간다운 생명을 얻거나 세계를 초월하기 위해서 이야기를 한다. 경쟁, 놀이, 동일시, 초월은 이야기하기의 욕망을 단적으로 보여 주는 핵심어이며, 이야기하기의 기원들이다. 이를 기반으로, 다양한 매체와 텍스트를 가로지르며 이야기(하기)의 본질을 추적하고, 우리 시대의 이야기를 이해하려고 하였다. 이야기를 새롭게 다루는 진화심리학이나 뇌과학 등의 관점을 전면화하진 않았지만, 그 문제의식과 분석의 과정을 공유하고자 노력하였다.

이 책에서 '이야기'는 신화Myth이거나, 스토리Story이거나 내러티브Narrative이거나 픽션Fiction이기도 하고 텍스트Text가 될 때도 있다. 개념적 혼란을 빚을 수도 있지만, 다양한 매체와 텍스트의 경계를 넘나드는 '이야기'라는 단어의 개념적 유연성에 공감하면 좋을 것 같다. 이야기하기storytelling는 시시각각 변하는 인물의 정체성과 이야기선storyline이기도 하고, 존재의 심연을 향해 반복하고 선회하는 플롯의 재구성 과정이기도 하다. 폴 리쾨르는 『시간과 이야기』를 쓰면서, 선조적인 시간으로 환원될 수 없는 기억과 재구성으로서의 '인간의 시간'을 이야기하기로 재인식하고 있다. 이야기의 회고적 성격이 미래의 전망 속에서 인간의 정체성을 재구축한다는 리쾨르의 입장은 삶과 이야기의 공존 속에서 이야기(하기)가 갖고 있는 매우 능동적이고 역동적인 기능을 보여 준다. 이러한 맥락에서 서사학이나 스토리텔링에 대해 우리 사회가 덧씌워 놓은 협소한 개념적 이해에서 벗어나, 이야기·이야기하기·이야기학이 보다 풍성한 학문 영역 및 개념들로 사유되기를 희망한다.

1장은 이 책을 준비하며 이야기·이야기하기에 대해 생각할 때 가장 명료하게 서술할 수 있는 이야기하기의 조건 혹은 틀을 제시하려고 했다. 시와 영화, 민담과 에세이 등 다양한 텍스트 속에 나타난 삶과 밀착되어 있는 이야기하기의 속성을 밝히고자 하였다. 살아남기 위한 이야기(하기) 욕망, 이야기 주체들 간의 경쟁, 자신의 사실-세계(삶)를 넘어서서 초월하고자 하는 욕망과 의지를 살펴보면서, 이야기와 삶을 나누는 경계가 유연해지고 서로 깊이 관련된다는 점을 밝혔다.

2장은 이어령의 「장군의 수염」을 중심으로, 두 명의 탐정이 추리 경쟁을 통해 한 젊은이의 '자살'이 갖고 있는 진실을 파헤치는 과정을 살펴보았다. 하나의 이야기하기가 또 다른 이야기하기와의 경쟁 속에 놓였을 때, 이야기의 진실은 다면화하며 복잡해진다. 이야기하기란 결국 타인과의 경쟁 속에서 살아남는 이야기를 만드는 일이다. '이야기 사건'의 개념과 해석의 다층성을 염두에 두고 2장과 4장, 8장을 함께 읽어도 좋다.

3장은 '놀이'의 상상력을 통해 오정희 소설들을 새롭게 읽고 있다. 놀이는 단지 시간을 낭비하는 쓸모없는 일이 아니며, 삶의 균열과 정체성을 인식하기 위한 매우 적극적인 '이야기 행위'이다. 오정희 소설을 분석하며 놀이를 통해 생의 균열과 왜곡을 치유하려고 하는 노력을 발견하고, 삶과 놀이, 소설의 겹침 속에 놓인 생의 환멸을 드러내고자 하였다.

4장은 서정인의 「강」을 중심으로 도회 사내가 겪게 되는 파편화된 일상의 기억들과 이야기 전개상 모호한 '강'과 '눈'을 '기법으로서의 서사적 은유'로 이해하려고 하였다. 시적 형상화의 기법으로 알려진 은유와 서사에서의 플롯이 언어적이면서도 구조적인 차원에서 유사하다는 점에 주목하였으며, '사건'의 개념적 확장을 도모하고,

1960년대 소설의 서사적 특징을 살펴보고 있다.

5장과 6장은 이야기 속 인물들과 그들의 젠더 위상을 중심으로, 욕망 대상에 대한 동일시와 성적 초월의 의지를 분석하였다. 사랑은 반복되는 욕망 속에서 대상에 대한 깊은 동일시와 '그'가 되고자 하는 변신의 욕망과 다르지 않다. 5장은 김승옥의 「서울의 달빛 0장」 속 결혼과 성을 비관적으로 생각하는 도시 남성에 주목하여 그가 쏟아내는 삶에 대한 통속적인 환멸과 멜랑콜리한 독백을 분석하였다. 6장은 천운영 소설에 나타난 동성애 모티프에 주목하여, 시점과 초점화로 구체화되는 젠더 정체성과 타자와의 동일시를 꿈꾸며 또 다른 '존재'가 되어 가는 인물들의 퀴어 욕망을 다루고 있다.

7장과 8장은 멀티미디어 시대 영화와 게임을 중심으로 초월과 경쟁으로서의 이야기하기를 살펴보고자 하였다. 7장은 메리 셸리의 『프랑켄슈타인』과 영화 〈트랜센던스〉(월리 피스터, 2014)에 나타난 (인간이 아닌) 인간이 (생물학적인) 인간이 되고자 하는 의지와 그 파멸의 이야기를 다루었다. 허구적 대상이었던 괴물·타자·인공지능이 주체화되는 일련의 인물형상화 속에서, 인간의 본질과 존재 초월의 상상력을 이야기하기의 욕망을 통해 살펴보았다. 8장 「게임의 규칙과 사건」은 '사건'의 다양한 위상과 존재성을 기초로, 상대를 두고 벌이는 경쟁인 '게임'에 내재된 이야기성을 분석하였다. 중점적으로 논의되는 윷놀이의 이야기성은, 전통적인 놀이에서부터 첨단의 멀티미디어 게임까지 그 영역을 확장하여 적용 가능하다.

이 책은 2000년대 후반부터 최근까지 현대 소설 속 인물의 욕망과 이야기학의 문제를 사유하며 썼던 글들을 이야기하기와 인물 형상화의 관점에서 편집한 결과물이다. 「〈장군의 수염〉의 메타추리 소설 경향 연구」(『대중서사연구』 24호, 대중서사학회, 2010. 12), 「오정희 소설에 나타난 '놀이'의 상상력」(『현대소설연구』 48호, 한국현대소설학회, 2011. 12), 「서정인 〈강〉의 서사적 은유」(『시학과 언어학』 15회, 시학과언어학회, 2008. 8), 「'썩은 음부'에 대한 남성 욕망과 타자적 정체성 : 김승옥의 〈서울의 달빛 0장〉을 중심으로」(『현대소설연구』 41호, 한국현대소설학회, 2009. 8), 「'음란한 시선'과 퀴어 의식의 서사전략화」(『우리말글』 56회, 우리말글학회, 2012. 12.), 「새로운 인간 종의 탄생과 진화론적 상상력」(『대중서사연구』 20권 3호, 대중서사학회, 2014. 12), 「게임 서사의 서사성 연구」(『시학과 언어학』 13호, 시학과언어학회, 2007. 6) 등을 토대로 하였다.

§

시간이 흐를수록, 이미 지나가 버린, 반복되어 내 의식과 감각 속에 스며들어 버린 그 기억 속에서, 나는 또 다른 삶의 이면을, 또 다른 나의 이야기 욕망을 길어 올리곤 한다. 이야기의 심연, 다른 이야기의 또 다른 심연 속에서 나는 무수한 이야기와 삶의 뫼비우스 속을 가로지른다. 신이거나 괴물이라 명명하기도 했지만, 이 책에서 만난 허구의 마음들과 함께 호흡하고, 그들이 걷는 욕망의 길을 따라 걸으며, 흐릿하면서도 명료하게 떠오르는 내 생의 윤곽을 그리며 함께 공존하기 위해 그들의 마음을 응시했다.

가브리엘 가르시아 마르케스는 자서전 『이야기하기 위해 살다』에서 "삶은 한 사람이 살았던 것 그 자체가 아니라, 현재 그 사람이 기억하고 있는 것이며, 그 삶을 얘기하기 위해 어떻게 기억하느냐 하는 것"이라고 말했다. 기억하는 행위와 이야기하는 행위 사이에 삶이 놓여 있다는 사실과 함께, 그 삶이 '나'만이 아닌 '당신들'의 삶이 된다는 사실을 깨닫는다.

항상 든든한 믿음으로 내 삶을 응원하는 가족들과 이 책을 기획하고 출판하기 위해 애쓴 이화인문과학원 선생님들, 그린비출판사의 편집진들, 내 마음의 깊이마저 헤아리게 만든 허구의 마음들을 빚어낸 예술가들에게 감사의 마음을 전한다.

2017. 5. 30.

오윤호

차례

이야기의 심연

【 1장 】
삶으로서의 이야기하기

1. 이야기하기와 경쟁

『삼국유사』(권2 기이2 경문대왕조)에는 다음과 같은 설화가 기록되어
있다.

> 왕위에 오른 후에 왕의 귀가 갑자기 당나귀 귀처럼 길어졌다. 왕후나
> 궁 안의 사람들 모두 알지 못했고 오로지 복두장幞頭匠 한 사람만이
> 그것을 알고 있었으나 평생 동안 다른 사람에게 말하지 않았다. 그
> 사람이 장차 죽으려 할 때 도림사 대밭 속 아무도 없는 곳으로 들어
> 가서 대나무를 향해 외치기를, "우리 임금님 귀는 당나귀 귀다"라고
> 하였다. 그 후 바람이 불면 대나무에서 "우리 임금님 귀는 당나귀 귀
> 다"라는 소리가 났다. 왕은 그것이 싫어서 이내 대나무를 베고 산수
> 유를 심었는데, 바람이 불면 단지 "우리 임금님 귀는 길다"라는 소리
> 만 났다.(한국콘텐츠진흥원, 『문화 원형 백과』, 「경문왕」 항목)

이 이야기를 겉으로만 본다면, 비밀스러운 왕의 생활을 엿보고 싶은 평민들의 호기심이 설화의 즐거움을 만들어 내고 있다. 하지만 설화 속 복두 장인이 겪었을 심리적 고통을 생각한다면, 이 설화는 말 많은 사람의 허세나 수다쟁이의 귀여운 저주와 같은 소극笑劇 이상으로 이야기하기의 욕망과 그 문제적 상황을 담고 있다.

복두 장인은 자신이 알고 있는 사실을 왜 죽을 때에야 말할 수 있었는가? 또한 큰맘 먹고 그 사실을 말하기로 해놓고는 듣는 대상이 사람도 아닌 대나무라니? 아마도 복두 장인에게 임금의 비밀을 말한다는 것은 목숨과도 맞바꿔야 할 중요한 일이었던 것이 분명하다. 즉 누군가에게 그 사실을 이야기하고, 그 소문이 임금의 귀에 들어가는 순간 복두 장인은 죽음을 면치 못할 것이다. 이렇게 보면 이야기하기는 곧 삶의 반대쪽에 있는 죽음을 의미한다. 그래서 이야기의 내재된 폭력적 상황 속에서 침묵하다가 죽음을 목전에 두고서야 복두 장인은 겨우 말하게 되는데, 결국 그는 이야기하기의 욕망을 멈출 수가 없었던 것이다. 도저히 이야기를 하지 않고서는 견딜 수 없는 욕망과 죽음을 피하고자 하는 현실은 복두 장인에게는 똑같은 존재의 무게로 다가온다.

이 설화 속에서 복두 장인만 이야기하기의 욕망에 휩싸여 있는 것은 아니다. 대나무는 복두 장인의 말을 듣고서 바람이 불 때마다 그 말을 똑같이 반복하며, 임금의 비밀을 나불거리다가 모두 잘린 대나무 대신 심어진 산수유도 이야기하고자 하는 욕망에서 자유롭지 못하다.

이야기의 심층으로 들어가면, 타인의 비밀을 알고자 하는 욕망과 자신의 치부를 감추고자 하는 임금의 폭력적 태도가 팽팽한 갈등 관계 속에서 깊숙이 자리하고 있는 것을 발견할 수 있다. 이 이야기의 핵심은 임금과 복두 장인 사이에 설정되어 있는 계급적·권력적 관계에 있다. 당나귀 귀를 일반 백성이 가지고 있었다면 그저 우스개로 넘겼을 일이건만, '임금'의 귀이기 때문에 사태가 복잡해졌다. 비밀을 누설한 죄는 대나무를 자르는 처벌로 일단락지어지지만, 잘라내고 산수유를 심었다는 상황을 비유적으로 이해할 필요가 있다. 복두 장인의 말은 사람들에게 소문이 났고, 그 소식을 들은 임금은 그 백성들을 잡아들여 곤욕을 치르게 했다. 하지만 그 말은 내용만 조금 바뀌어 여전히 세상 사람들에게 퍼져 나가게 된다. 이야기하기를 막으려는 욕망은 이야기 그 자체의 욕망을 멈출 수가 없다. 각자의 이야기들은 서로 경쟁하고 갈등을 빚으며, '어떤 결과'를 향해 전개된다.

이야기하면 죽을 수밖에 없는 상황과는 다르게, 이야기를 해야만 살아남는 상황도 있다. 『천일야화』 속 세헤라자데는 이야기를 해야만 살 수 있다. 샤푸리아르 왕은 왕비가 바람난 것을 알고 왕비를 죽인 후, 매일 새로운 처녀와 결혼하고 첫날밤을 보낸 후 죽인다. 지혜로운 세헤라자데는 자신을 죽이려는 샤푸리아르 왕에게 끝나지 않는 이야기, 『천일야화』를 들려주며 하루하루 생명을 유지한다. 자신의 약점을 듣고 싶지 않았던 경문왕과 달리 샤푸리아르 왕은 세헤라자데가 들려주는 이야기가 어떻게 전개가 될지, 어떻게 끝날지 무

척 궁금해한다. 특히 세헤라자데의 이야기하기는 '이야기 속의 이야기 속의 이야기'라는 액자 구조(상자 속에 상자가 들어 있는 차이니즈 박스와 같은 구조)로 구조화되어 있는데, 여러 이야기의 병렬적 전개 속에서 끝나지 않는 이야기가 꼬리에 꼬리를 물면서 이어지게 된다. 이처럼 『천일야화』는 세헤라자데의 끝나지 않는 이야기가 만들어 내는 긴장감과 호기심을 극대화한 플롯을 가지고 있다.

『천일야화』 속으로 들어가 보면, 이 이야기에서도 역시 이야기를 하는 자와 이야기를 듣는 자 사이에서 펼쳐지는 '이야기 경쟁'이 핵심이다. (왕비에게 받은) 배신의 트라우마 때문에 (새로운 신부를) 죽이고자 하는 (샤푸리아르 왕의) 욕망과 살아남고자 하는 (세헤라자데의) 욕망이 서로 대립하는 과정에서 수많은 모험과 경이의 이야기들이 펼쳐진다.

흥미로운 것은 이 두 이야기 속에서 인물들의 이야기하기 행위가 단순히 하나의 사건으로만 기능하지 않고, 전체 이야기의 플롯을 추동하고 있다는 점이다.

복두 장인의 이야기하기는 실현되어서는 안 되는 사건(임금님 귀는 당나귀 귀라고 말하는 것)이면서도, 다음 사건이 전개되는 데 있어서 촉발점이 된다. '임금님 귀는 당나귀 귀다'라는 상태 사건은 복두 장인의 이야기하기 행위를 통해 공론화되면서 전체 이야기에 갈등을 불러일으키는 사건으로 기능한다. 경문왕에게는 숨기고 싶은 치부가 드러나는 순간이며, 자신의 분노를 이미 죽어 버린 복두 장인에게는 풀지 못하고 대나무 숲을 자르면서 드러내는 원인이 된다. 그러면서 갈등은 타협의 지점을 향해 나아간다. 산수유가 "임금님 귀는 길다"라고 외칠 때 임금의 치부는 더 이상 치부가 아니며, 남들보다 귀가 큰 정도에 지나지 않는 조금 남다른 사실이 된다.

또한 세헤라자데의 이야기하기는 '새로운 신부를 첫날밤에 죽인다'는 반복 사건을 끊는 사건이다. '새로운 신부를 첫날밤에 죽인다'는 강박적 반복 사건은 샤푸리아르 왕의 트라우마를 강화하며, '행복-질투와 분노-죽음'이라는 시작과 끝이 완결된 서사적 전개를 반복하는 이야기 구조를 가지고 있다. 왕이란 지위를 활용하여 이러한 강력한 플롯을 가지고 있기 때문에 샤푸리아르 왕은 자신의 이야기 속에 세헤라자데를 끌어들일 때 세헤라자데보다 이야기 우위에 존재하게 된다. 그러나 이야기꾼 세헤라자데가 이야기를 시작하는 순간 그녀의 이야기에 샤푸리아르 왕은 종속당하게 된다. 세헤라자데의 이야기하기는 왕의 관심을 현실이 아닌 이야기 속으로 끌어들임으로써, '끝나지 않는 이야기'(허구)로 '끝나야 하는 이야기'(삶)를 깨뜨리며 현실에서 왜곡된 왕의 이야기를 멈추게 한다. 샤푸리아르 왕은 세헤라자데의 이야기 속에서는 이야기의 끝을 향해 달려가는 호기심 가득한 청중에 불과하다. 샤푸리아르 왕이 세헤라자데의 이야기에 귀기울이고 자신의 플롯을 멈추었을 때, 샤푸리아르 왕의 트라우마 플롯은 치유된다. 이렇듯 이야기하기는 현실의 갈등을 봉합하고, 트라우마를 치유하는 역할을 하기도 한다.

앞서의 두 이야기에서 살펴보았듯 인간의 이야기하기는 삶과 밀접하게 연결되어 있으며, 이면에 죽음에 대한 공포를 숨기고 살아남고자 하는 욕망 속에서 행해진다. 이야기 주체들의 트라우마가 갈등의 단초를 제공하고, 그것을 극복하기 위한 이야기하기의 서술 전략이 맞대응하여 전개된다.

한편 하나의 이야기 행위는 하나의 이야기만 하는 것은 아니다. 하나의 삶, 이야기, 이야기하기의 사건이나 주체를 그것이 존재하는 세계와 분리해서 독자적으로 이해하기는 불가능하다. 경문왕은 자신의 신체 비밀을 지키고자 하고, 복두 장인은 죽을 때가 되어서도 그 이야기를 하고야 만다. 샤푸리아르 왕은 전 왕비에 대한 질투로 새로운 왕비를 결혼식 다음 날 죽이는 패턴화된 삶을 살고자 하고, 세헤라자데는 그러한 현실에서 살아남기 위해 세상에서 가장 복잡한 이야기를 하게 된다. 여기서 인물들이 만들어 내는 이야기선story-line들이 서로 교차하며 충돌하고 있다는 점을 눈여겨 봐야 한다. 다양한 이야기들이 공존하며 경쟁하고 있다는 사실은 이야기 장이 다른 문학 장르와 구별되는 중요한 장르적 특징이라는 점을 잘 보여 준다. 이야기 경쟁은 명확한 갈등 상황을 만들어 내며, 이야기의 전개를 흥미진진하게 만들고 누가 이길 것인가 독자의 호기심을 자극한다.

'이야기 속에서 어떻게 살아남을 것인가?'가 일종의 이야기 목표가 될 수 있지만, '어떻게 하면 이야기 경쟁에서 이길 것인가?'라는 목표에 주목하는 이야기도 있다.

『삼국유사』(권4 의해편義解篇 사복불언조蛇福不言條)에는 다음과 같은 이야기가 담겨 있다.

서울 만선북리萬善北里에 있는 과부가 남편도 없이 태기가 있어 아이를 낳았는데 나이 십이 세가 되어도 말도 못 하고 일어나지도 못 하므로 사동蛇童(혹 사복蛇卜이라고도 하고, 또 사파蛇巴·사복蛇伏이라고도 하지만, 모두 사동을 말한다)이라고 불렀다. 어느 날 그의 어머니가 죽었다. 그때 원효가 고선사高仙寺에 있었다. 원효는 그를 보고 맞아 예를 했으나 사복은 답례도 하지 않고 말했다.

"그대와 내가 옛날에 경經을 싣고 다니던 암소가 이제 죽었으니 나와 함께 장사지내는 것이 어떻겠는가."

원효는,

"좋다."

하고 함께 사복의 집으로 갔다. 여기에서 사복은 원효에게 포살布薩시켜 계戒를 주게 하니, 원효는 그 시체 앞에서 빌었다.

"세상에 나지 말 것이니 그 죽는 것이 괴로우니라. 죽지 말 것이니 세상에 나는 것이 괴로우니라."

사복이 사詞가 너무 번거롭다고 하여 원효는 고쳐서 말했다.

"죽는 것도 사는 것도 모두 괴로우니라."

이에 두 사람은 상여를 메고 활리산活里山 동쪽 기슭으로 갔다. 원효가 말했다.

"지혜 있는 범을 지혜의 숲 속에 장사지내는 것이 또한 마땅하지 않겠는가."

사복은 이에 게偈를 지어 말했다.

옛날 석가모니 부처께서는,

사라수 사이에서 열반하셨네.

지금 또한 그 같은 이가 있어,

연화장蓮花藏 세계로 들어가려 하네

말을 마치고 띠풀의 줄기를 뽑았으니, 그 밑에 명랑하고 청허晴虛한 세계가 있는데, 칠보七寶로 장식한 난간에 누각이 장엄하여 인간의 세계는 아닌 것 같다. 사복이 시체를 업고 속에 들어가니 갑자기 그 땅이 합쳐 버린다. 이것을 보고 원효는 그대로 돌아왔다.

후세 사람들이 그를 위해서 금강산金剛山 동남쪽에 절을 세우고 절이름을 도장사道場寺라 하여, 해마다 삼월 십사일이면 점찰회占察會를 여는 것을 상례로 삼았다. 사복이 세상에 영검을 나타낸 것은 오직 이것뿐이다. 그런데 민간에서는 황당한 얘기를 덧붙였으니 가소로운 일이다.

찬讚해 말한다.

잠자코 자는 용이 어찌 등한하리,

세상 떠나면서 읊은 한 곡조 간단도 해라.

고통스런 생사가 본래 고통이 아니어니,

연화장 세계는 넓기도 하여라.

『삼국유사』 의해편은 신라 고승들의 전기를 다루고 있다. 위의 내용은 원효가 겪었던 일화 중 하나로, 요약하자면, 기이한 출생으로 유명한 사복이 그의 어머니가 죽자 원효에게 청하여 같이 장사를 지냈다는 내용이다. 원효가 사복의 청을 받아들이는 이유는 사복의 어머니와 맺은 전생의 인연 때문이다. 사복이 어머니를 업고 들어간 곳은 극락이라고 볼 수 있으며, 그의 죽음(무덤 속으로 어머니를 데리고 들어감)은 해탈에 해당한다. 연기緣起와 해탈, 극락왕생과 같은 불교 사상이 중요한 모티프로 내재되어 이야기의 전개를 보다 흥미롭게 만든다.

『삼국유사』의 집필 의도에 대해서는 여러 가지 주장이 있다. 이야기하기의 차원에서 보자면, 이 이야기 속에서 '불교적 깨달음'을 놓고 펼쳐지는 흥미진진한 경쟁을 발견할 수 있다. 이 이야기가 흥미로운 것은 단조로운 이야기 속에 '삶이란 무엇인가'에 대한 불교적 이해의 답을 원효와 사복, 일연이 차례로 말하고 있다는 점이다. 단지 '삶의 의미'에 대해 답하는 것만이 아니라 일연의 '이야기하기'를 통해 서로 경쟁을 하고 있다.

먼저 원효는 "세상에 나지 말 것이니 그 죽는 것이 괴로우니라. 죽지 말 것이니 세상에 나는 것이 괴로우니라"라는 '계'를 말하며, 인생이 고통스러우며 살기가 쉽지 않다고 말한다. 이에 대해 사복은 원효의 계에 대해 '말이 많다'고 지적하고 '계'를 지어 부르며 연화장 세계로 들어간다. 사복이 극락왕생하는 사건은 원효보다는 사복이 보다 더 불교적으로 깨달은 사람이라고 말하고 있다. 원효는 속세 사람들의 입장에서 죽고 사는 일이 어렵고 고통스럽다고 강조하는 반면에 사복은 깨달음을 얻어 극락왕생하는 불교적 삶을 설파하고 있다. 사복은 자신의 깨달음을 실천함으로써 육체(삶)는 죽고 깨달음(이야기)은 남기게 된다. 이야기story 차원에서 전개되는 깨달음의 서사적 경쟁은 사복의 승리로 끝난다.

그런데 일연이 여기에 찬을 붙임으로써 이야기의 바깥 이야기인 담화discourse 차원에서 새로운 경쟁이 시작된다. '사복불언조'는 집필자인 일연이 원효와 사복의 이야기를 대상화하면서 서술자로서 자신의 의견을 '찬'으로 제시하는 소위 액자 구조의 이야기다. 이때의 이야기 경쟁은 인물과 서술자 사이에서 벌어진다. "죽는 것도 사는 것도 모두 괴로우니라"라는 원효의 말에 대해서 일연은 "고통스런 생사가 본래 고통이 아니어니"라고 말하고, 연화장 속으로 들어가 버린 사복과는 달리 "연화장 세계는 넓기도 하여라"라고 말한다. 원효와 사복은 인간 세상은 낳고 사는 것이 고통스러운 것이니 해탈을 통해 극락왕생하는 것만이 유일한 방법으로 보았는데, 일연이 생각할 때는 모두가 고통스러운 것이라면 그것은 고통이 아니기 때문에 바로 인간 세상도 연화장이라고 주장하고 있다. 일연 역시 육체는 죽었으나, 『삼국유사』 혹은 사복불언조를 남김으로써 인간의 유한한 삶 속에서 자신만의 이야기, 불교적 깨달음을 전하게 된다. 삶과 죽음, 현세와 극락, 고통과 즐거움 등 인생의 우여곡절 속에서 일연은 자기만의 '설법'을 펼쳐 보인 것이다.

서정주의 「신부」를 살펴보자.

신부는 초록 저고리 다홍 치마로 겨우 귀밑머리만 풀리운 채 신랑하고 첫날밤을 아직 앉아 있었는데, 신랑이 그만 오줌이 급해져서 냉큼 일어나 달려가는 바람에 옷자락이 문 돌쩌귀에 걸렸습니다. 그것을 신랑은 생각이 또 급해서 제 신부가 음탕해서 그새를 못 참아서 뒤에서 손으로 잡아당기는 거라고, 그렇게만 알고 뒤도 안 돌아보고 나가 버렸습니다. 문 돌쩌귀에 걸린 옷자락이 찢어진 채로 오줌 누곤 못 쓰겠다며 달아나 버렸습니다.

그러고 나서 40년인가 50년이 지나간 뒤에 뜻밖에 딴 볼일이 생겨 이 신부네 집 옆을 지나가다가 그래도 잠시 궁금해서 신부 방문을 열고 들여다보니 신부는 귀밑머리만 풀린 첫날밤 모양 그대로 초록 저고리 다홍 치마로 아직도 고스란히 앉아 있었습니다. 안쓰러운 생각이 들어 그 어깨를 가서 어루만지니 그때서야 매운 재가 되어 폭삭 내려앉아 버렸습니다. 초록 재와 다홍 재로 내려앉아 버렸습니다.

민간 설화를 바탕으로 쓰여진 이 시는 혼인 첫날밤에 일어난 한 가지 오해가 불러일으킨 비극과 그 애절함을 담담한 목소리로 전하고 있다. 서정주 특유의 시적 서정이 유감없이 발휘되고 있으며, 시간을 초월하는 환상적인 전개와 한이 신부의 비극적 운명을 극대화하고 있다.

그렇다면 이러한 문학적 평가와는 다르게 페미니스트가 이 작품을 해석한다면 어떨까? 가부장적인 남편과 일부종사하는 전근대 문화 환경이 여성의 비극적 운명을 만들어 냈다고 할 것이다. 단지 옷깃이 당겨진 것 뿐인데 그것을 음탕하다고 매도하는 신랑의 태도는 전형적인 가부장제의 편협한 가치관을 대변하고 있다. 왜곡되고 상처받은 여성성에 대한 인식은 낭만적 사랑(신랑의 입장)에 대해 비판적 태도를 취한다. 이러한 해석은 사건에 대한 이해와 인물들의 정체성을 페미니즘 관점으로 재인식하고, 전체 이야기의 맥락을 비판적으로 재구성했기 때문에 가능하다.

이런저런 이론적 시각을 갖지 않은 사람은 사소한 사건이 만들어 내는 얼토당토않은 결과에 놀라고 비현실적인 결말에 코웃음 칠지도 모른다. 신랑의 멍청한 태도를 욕할 수도 있고, 어리석게 남편을 기다리다 '재'가 되어 버린 신부를 안타깝게 생각할 수도 있다.

서정주의 「신부」에 대한 흥미로운 해석을 김영하의 소설 『살인자의 기억법』에서 발견할 수 있다. 이 소설은 알츠하이머병에 걸린 연쇄살인범 김병수의 이야기를 그리고 있다. 아마도 소설의 내용이 70살이 넘은 살인자가 자신의 '살인의 기억'을 붙잡으려는 상황을 그리고 있다 보니, 자연스럽게 서정주의 「신부」도 달라 보였을 것이다. 소설 속 주인공 김병수가 보기에 서정주의 「신부」는 문학적 재현으로는 낭만적으로 그려져 있지만, 실상은 살인자와 피해자, 살인 사건을 묘사한 시다. 첫날밤을 보내는 방은 살인이 벌어진 장소이고, 신부를 살해했던 신랑은 4~50년이 지나 살인 장소에서 살인의 쾌감을 다시금 추억한다. 그는 서정주의 「신부」를 살인자이거나 사이코패스의 입장에서 재인식한 것이다.

이야기하기는 타자의 이야기와 겨루는 일종의 이야기 경쟁 속에서 타자의 이야기에 휘둘리지 않고 자신의 이야기를 관철시키고자 하는 '이기려는 욕망'을 내포하고 있다. 이렇게 보면, 이야기하기란 삶과 죽음 사이에서, 일상생활의 경쟁 속에서 '살아남고자 하는 (무)의식적 욕망'을 재현한다. 이제 이야기(텍스트)는 열려 있다. 이야기하기는 고정된 내용을 반복하는 것이 아니라, 이야기를 읽는 독자의 욕망과 의도에 따라 이야기가 전달되며 의미가 변화하고, 새로운 이야기의 지평이 만들어진다.

하나의 소문을 전달하는 것, 내 삶의 의미를 고백하는 것, 역사속에서 펼쳐진 사건을 말하는 행위는 다른 사람의 이야기, 행동들(사건들), 다른 대상과의 긴밀한 관계를 통해서 이루어진다. 다양한 주체들과 이야기들은 서사적 링크(인물과 사건, 혹은 묘사 등)로 서로 연결되면서 상호 작용하고 네트워크화되어 하나의 서사 장narrative field 속에 공존한다.

이야기하기는 이야기의 구조적 형식과 그 폐쇄성에서 벗어나 창작자, 이야기, 매체와 수용자 사이에서 벌어지는 능동적인 간섭과 소통 과정으로도 이해할 수 있다. 이야기와 담화를 넘어서서, 메타 차원에서 이야기하기는 서사 장을 새롭게 설정할 수 있으며, 그 과정에서 이야기에 대한 새로운 이해를 도출해 내기도 한다. 이야기하기는 다른 존재들의 욕망과 상호 소통하고, 그것과 경쟁하고 변증법적인 관계를 맺으며 전체 서사 장을 추동한다.

2. 뫼비우스의 심연 응시하기

많은 서사학 책에서 삶과 이야기는 상동적 관계에 놓여 있으며, 삶이 곧 이야기이고 이야기가 곧 삶이라고 말한다. 그러나 만약 상황이 정말 그렇다면 인간은 '이야기하기'를 욕망하지 않았을 것이며 이야기를 만들지 않을 것이다. 왜냐하면 이미 살아가고 있는 삶을 다시 이야기 속에서 똑같이 반복 경험할 이유는 없기 때문이다. 삶과 이야기가 같다고 볼 때, 삶은 현재를 살고 있는 '나의 삶'이 아니라 아마도 내가 모르는, 알고 싶거나 궁금해하는 '그들의 삶'일 것이다.

　삶과 이야기는 같지 않다. 삶은 가득한 우연 사건 속에서 불완전하며, 도래하지 않은 죽음을 향해 나아가며, '제논의 역설'처럼 끝나지는 않는데 멈출 수도 없는 여정에 놓여 있다. 자신이 태어나는 순간이나 자신의 죽음을 경험해 본 사람이 있는가? 귀여운 3살 아이의 얼굴이 영원할 거라고 생각하는가? 로또 복권에 당첨된 사람은 모두가 행복하게 사는가? 시간의 여정 속에 놓인 인간의 삶이란 그 시작도 끝도 순간순간 변화하는 일상의 무게도 가늠할 수 없는 '일련의 과정'일 뿐이다.

　롤랑 바르트는『애도 일기』에서 '마망'(어머니)의 죽음 이후에 애도하는 마음으로 다음과 같이 말한다.

　11. 15.
　죽음이 하나의 사건이 되는, 다가오고 있는 모험이 되는 때가 있다.

그런 때 죽음은 운동을 일으키고, 흥미를 자극하고, 긴장감을 깨우고, 행동을 하게 하고, 마비를 일으킨다. 하지만 죽음이 더는 사건이 되지 못하는 그런 날이 온다. 그때 죽음은 그저 일정한 시간의 연장, 딱딱하고, 뻔하고, 특별한 것도 없고, 지루하고, 이미 결정되어 있는 것일 뿐이다. 진정한 슬픔은 그 어떤 내러티브의 변증법보다도 강력하다.

유예된 삶의 끝인 죽음은 잠재되어 있을 뿐 실현되지 않는다. 죽음의 실현은 타자의 목소리, 시선에 의해서만 재현되고, 사건으로 인식된다. 롤랑 바르트는 어머니의 죽음이라는 사건 발생 이후 그 어떤 이야기로도 그 사건을 이해하거나 상상할 수 없다는 '진정한 슬픔'을 깨닫는다. 어머니 삶의 끝인 죽음은 이야기 속 사건이 아니며, 구조화된 의미로도 치환할 수 없다. 만약 마망의 죽음이 사건이라면 이전 혹은 이후의 인과적 사건으로 인해 맥락화되고 의미화되면서, 서사적으로 대상화되고 기호화된 '한낱 사건'에 불과하게 된다. 그래서 롤랑 바르트는 어머니 죽음을 '한낱 사건'으로 의미화할 수 없다. 그의 슬픔은 어떤 인과적 이유도 없는 슬픔 그 자체를 응시하고 있다.

삶의 플롯은 존재할 수 없으며, 삶의 사건은 늘 유동적이고 과정적이다. 롤랑 바르트의 애도 이야기는 '어머니 죽음의 불가해함'을 출발점으로, 서사화되고 기호화된 인간의 삶을 해체하면서 시작된다. 그의 슬픔은 마망과 롤랑 사이, 롤랑의 삶을 가르지르며 존재의 심연에 가닿았다.

이야기하기는 단순히 어떤 정보를 전달하는 행위로 단정할 수 없다. 이야기하기는 다른 사람의 삶, 텍스트, 현실에 대한 깊숙한 개입이며, 견고했던 삶, 텍스트, 현실 속으로 들어가 그것을 해체하고 재구조화한다. 이야기하기는 대상을 둘러싸고 벌어지는 사건을 '나'를 중심으로 다시 경험하는 행위이다. 내 삶을 대상화하고, 타자의 삶을 내 삶의 맥락 속에서 재인식하는 행위이며, 내 삶을 재구축하는 과정이고, 새로운 이야기를 창조하는 행위이기도 하다.

정현종의 「방문객」이라는 시를 보자.

사람이 온다는 건
실은 어마어마한 일이다
그는
그의 과거와
현재와
그리고
그의 미래와 함께 오기 때문이다
한 사람의 일생이 오기 때문이다
부서지기 쉬운
그래서 부서지기도 했을
마음이 오는 것이다──그 갈피를
아마 바람은 더듬어 볼 수 있을
마음,

내 마음이 그런 바람을 흉내낸다면

필경 환대가 될 것이다.

이 시는 '타생지연'他生之緣, 전생의 깊은 인연으로 '옷깃만 스쳐도 인연'이라는 불교의 깨달음을 떠오르게 한다. 한 사람을 만나는 일이 얼마나 소중한 일이고 숭고한 '사건'인지를 되묻게 한다. 시는 세 가지 단계로 인식 상의 변화를 보여 준다. 한 사람은 아무런 조건 없이, 아무런 맥락 없이 '나'와 마주하는 것이 아니라, 과거-현재-미래라는 온전한 삶으로 다가온다. 시인의 눈에 그 삶은 순탄하고 행복했던 순간들일 수도 있고, 세상의 풍진 속에서 고통받고 아파했던 모습들일 수도 있다. 시적 자아는 그러한 삶을 모른 체하지 않고, 더듬어 보고 받아들일 수 있는 적극적인 태도, '환대'를 떠올리고 있다. 이러한 과정을 거치며 시적 자아인 '나'는 '그'의 삶과 동일시되고, 환대와 연대 의식으로 '그'(타자)의 삶을 경험하게 된다. 이러한 시적 사건은 이야기 경험과 깊이 관련되어 있다. 시적 자아는 '그'의 과거-현재-미래로 이어지는 사건들을 재구성함으로 '그'의 삶을 맥락화하고 있으며, '그'의 삶을 경험하며 연민과 공감을 느끼고 '카타르시스'(환대)를 경험한다. 아리스토텔레스의 '카타르시스'는 예술적 효용의 차원에서 많이 언급되지만, 이야기와 문학 작품, 타인의 삶에 대한 동일시와 그것의 미적 효과 차원에서도 논의할 만하다.

이야기는 시작이 있으며, 끝이 있고, 의도되거나 의도되지 않은 '변화'도 존재한다. 어느 누구도 어떻게 시작되었는지 모르는 이야기를 듣고 싶지 않을 것이며, 끝이 없는 이야기를 기대하지도 않는다. 바로 이 지점이 삶과 이야기가 달라지는 부분이며, 이야기와 이야기하기가 달라지는 부분이다.

삶과 이야기는 등을 맞대고 서로의 존재, 얼굴을 들여다보고 있는 뫼비우스의 띠와 같다. 이야기하기는 삶과 이야기의 새로운 결합과 융합을 시도하고, 인간과 그의 행위(사건들) 사이에 놓인 깊은 간극을 메우고 그 관계를 새롭게 재구성하는 실과 같은 역할을 한다. 이러한 창조의 작업이야말로 자연과 삶으로부터 소외되고 사물화된 인간을 구원할 수 있다. 이야기하기는 사물화된 삶을 구체적이고 능동적으로 변화시키는 인식적 진화의 출발 지점이다.

2003년 팀 버튼이 연출한 〈빅 피쉬〉*Big Fish*는 다음과 같이 시작한다.

에드워드: (목소리) 세상엔 잡히지 않는 물고기들이 있단다. 다른 물고기보다 특별히 빠르거나 힘이 세지도 않은데 절대 잡히지 않는 녀석들이지. 뭔가 특별한 것만이 그 녀석들을 건드릴 수 있지. 그런 물고기가 바로 '야수'인데 내가 태어났을 때 이미 전설이었단다.

첫 장면에서 윌의 아버지 에드워드 블룸의 이야기는 '빅 피쉬'인 야수를 잡는 내용으로 전개되는데, 영화는 아들 윌이 조금씩 커 가면서 아버지의 이야기에 짜증을 내는 장면을 연출한다. 관객은 에드워드의 목소리를 통해 한 편의 이야기를 처음 듣지만, 아들 윌은 태어나 자라면서 수십 수백 번 아버지 에드워드의 이야기를 듣고서 지루해져 있다.

에드워드는 금반지를 통해 그 야수를 낚을 수 있었다며, "때론 잡히지 않는 여인을 잡을 수 있는 유일한 방법은 결혼 반지를 주는 거란 사실이죠"라는 말로 아내인 산드라와 애정을 과시하며 자신의 이야기를 끝마친다. 어떻게 해서도 잡히지 않았던 '야수'란 아버지의 이야기 속에서는 바로 아들 윌이기도 하고 또 산드라이기도 하다. 가족과 함께하고 싶지만 그러지 못하는 아버지는 자신의 간절한 바람(가족과 함께 있고 싶은)을 '야수를 잡는 행위'로 치환하여 이야기를 만들었던 것이다. 윌은 이런 아버지를 허풍선이라고 생각하고, 자신은 늘 아버지 이야기의 들러리에 지나지 않는다며 싫증을 낸다.

기자인 윌은 병든 아버지에 대해 회상하면서, "아버지 인생을 얘기할 때 사실과 허구, 사람과 가공의 인물을 구분하긴 어렵지만 최선을 다해 아버지가 내게 하신 방식으로 얘기하겠다"며 아버지의 이야기 속 서술자의 역할을 자임한다. 그러면서 "그건 언제나 앞뒤가 맞는 것은 아니며, 대부분은 결코 일어난 적이 없는 일이다"라고 못박음으로써, 아버지의 이야기가 얼마나 허구적이고 감당할 수 없는 세계를 그리고 있는지 영화를 보는 관람객이 확신하게 만든다.

미끈한 물고기가 공처럼 튕겨져 나오듯 출생한 아들, 앨라배마에 사는 마녀의 유리 눈으로 들여다본 미래의 죽음들(에드워드와 그의 친구들이 겪을), 마을의 영웅이면서 천재 발명가로 자란 유년 시절, 애시턴 외곽 동굴에 살던 거인과 함께 떠난 신비로운 여행길, 산드라

(월의 어머니)와 결혼하게 되는 과정, 전쟁 중에 중국을 여행한 일 등 에드워드 블룸의 이야기는 허세와 환상으로 가득한 어른들의 동화와 같다.

그러나 병든 아버지 곁을 지키며 아버지 이야기 속 인물들을 찾아다니면서, 월은 아버지의 이야기가 단순히 가짜 이야기만은 아니라는 사실을, 평범한 사람들의 일상적인 삶을 아버지인 에드워드가 조금 더 '극적'으로 표현해 하나의 동화 같은 무용담을 만들어 냈다는 사실을 알게 된다. 그리고 외판원이어서 여러 곳을 떠돌아다니느라 아들 곁을 늘 지켜 주지 못한 아쉬움을 달래기 위해 흥미진진한 이야기를 만들게 되었고, 누구보다도 아들인 자신을 사랑했다는 진실을 깨닫게 된다.

임종이 가까운 에드워드를 간병하며 월은 의사인 베넷에게서 자신이 태어나던 날의 진짜 이야기를 듣게 된다. 어머니인 산드라가 오후 3시쯤 병원에 왔고, 에드워드는 출장 중이어서 곁에 없었으며, 있다 하더라도 분만실에 들어갈 수 없었고, 별다른 일 없이 산드라는 월을 순산하게 된다. 이 세상에 태어나는 대부분의 아이들이 태어나는 순간과 특별히 차이나는 점이 없이 월은 그저 그렇게 평범하게 태어났다. 큰 물고기 야수의 이야기와 평범한 출생 이야기 중 당신은 어떤 이야기를 선택할 것인가? 의사 베넷의 질문에 월은 아버지의 이야기가 갖고 있는 힘을 발견하고, 자신의 출생이 아버지의 이야기를 통해 얼마나 풍요로워지고 의미 있게 되었는지를 깨닫게 된다.

임종이 가까운 에드워드는 자신의 마지막 순간(마녀의 유리 눈에서 본)을 아들이 이야기해 주길 원한다. 그 이야기를 한 번도 들은 적이 없던 아들 윌은 처음에는 당황하지만, 조금씩 그 옛날 아버지가 자신에게 이야기를 들려주었던 때처럼 아버지의 마지막 순간을 허구적으로 그럴듯하게 묘사하게 된다.

아침에 눈을 뜬 에드워드는 물을 찾고, 윌은 그런 아버지를 모시고 액션 영화의 한 장면처럼 병원을 탈출하여 강가에 다다른다. 그 강가에는 에드워드의 이야기 속에 등장했던 많은 인물들이 기쁜 마음으로 박수와 환호를 보내면서 에드워드가 물 속에 들어가는 모습을 지켜본다. 에드워드는 물 속에서 더 이상 사람이 아니라, 한 마리의 커다란 물고기가 되어 헤엄쳐 사라진다. 현실로 돌아와 윌의 이야기가 끝났을 때, 에드워드는 "그래, 정확하구나"라고 말하고 죽는다.

에드워드는 윌에게 삶이 얼마나 소중한지, 그것을 어떻게 지켜야 하는지, 그 중요한 방법을 가르쳐 줬다. 윌의 아들이 할아버지의 이야기(할아버지가 만든 이야기)를 자신의 친구에게 전하는 장면을 지켜보던 윌은 다음과 같이 말한다.

아버지의 농담은 이렇게 끝난다. 하도 많이 이야기를 해서 그 자신이 이야기가 된 한 남자가 있다. 그 이야기는 그가 죽은 후에도 살아 있다. 그리고 그렇게 해서 그는 불멸이 되었다.

윌은 에드워드의 허풍과 농담을 좋아하지 않았지만, 이야기를 통해 자신의 삶을 풍요롭게 만들고 의미 있게 만들려는 에드워드의 노력을 깨닫게 되었다. 그리고 그 이야기들은 아버지가 죽은 후에도 여전히 살아 있는 이야기로서 윌 자신과 아들의 삶에 깊이 뿌리내리게 되었다.

영화 〈빅 피쉬〉는 이야기가 삶을 얼마나 풍요롭게 만들고 변화시킬 수 있는지, 삶과 이야기가 동전의 양면처럼 밀착되어 공존하듯 존재하는지를, 유한한 인간이 불멸할 수 있는 방법을 이야기하기를 통해 잘 보여 준다. 특히 이야기하기의 효과나 치유 능력에 대해 다시금 생각하게 만든다. 아버지 에드워드가 겪었던 현실의 삶이 결코 풍요롭거나 마냥 행복했던 것만은 아니라는 사실에서 보면, 에드워드의 이야기는 자기 삶의 빈구석을 특유의 위트와 상상력으로 만들어진 이야기로 채워 나가며 위안과 삶의 의미를 찾는 데 큰 도움을 주었다. 또한 마지막 장면에서 아버지의 이야기가 실제로는 자신에 대한 사랑과 가족에 대한 연민 때문에 만들어졌다는 진실을 깨닫게 되면서, 아들 윌의 이야기하기는 잃어버렸던 가족애를 윌 스스로 발견하게 만든다. 이야기하기는 살아남고자 하는 욕망이기도 하지만, 이야기를 구체화하는 과정에서 불완전한 인생과 왜곡된 기억과 생각을 치유하고 교정하기도 한다.

3. 이야기 주체의 초월욕망과 서사 장

"독자의 선택에 따라 이야기가 달라지는 매력적인 그림책"인 델피뉴 슈드뤼의 『용감한 공주의 모험』은 '용감한 공주'가 사랑에 빠진 '용

감한 기사'를 구하는 이야기다. 초록 눈의 거인 키클로페스는 마법의
장소에 기사를 가두었는데, 용감한 공주가 험난한 모험 과정을 경험
하면서 용감한 기사를 구하게 된다. 흥미로운 것은 모험의 길목마다
두 가지 길 중에 한 가지 길을 독자가 선택할 수 있다는 점이다. 가령
숨겨진 나침반을 찾아 곧 모험이 시작될 때,

　　이제 결정하세요. 남쪽으로 향하려면 6쪽으로 가세요.
　　북쪽으로 향하려면 4쪽으로 가세요.

라는 선택을 마주하게 된다. 이 작품은 독자에게 자율적 권한이 주어
지는 이야기 선택의 지시를 준다. 둘 중에 하나를 선택하게 되면, 서
로 다른 이야기가 각각 펼쳐지게 되면서, 한 권의 동화책이지만 선
택을 어떻게 하느냐에 따라 독자는 다양한 이야기선을 경험할 수 있
다.[1] 동화책이라는 점을 놓고 봤을 때, 단편적이고 일방향적인 이야
기가 아니라 다양한 이야기선을 갖고 삶의 국면을 선택하는 경험을
하게 해주는 이 책의 구성은 교육적 효과가 크다. 삶을 살다 보면 선
택을 해야 하는 순간과 마주하게 되며, 무언가를 선택하면 그에 대한
책임까지도 감당해야 함을 알게 된다. 사실 인생을 산다는 것은 '선
택'의 연속적인 순간 속에서 그 선택들의 의미를 유예하는 과정이다.

---

1 이러한 형식은 패션 잡지 등에서 'Yes or No'를 통해 자신의 성격이나 연애운, 심리테스
　트를 할 때도 쉽게 경험할 수 있다.

이야기를 경험할 때 느끼는 즐거움은 이야기의 흐름 속에서 앞서 알고 있는 내용과 앞으로 다가올 모르고 있는 내용 사이의 차이로 인해 발생하는 갈등으로부터 시작된다. '왕이 죽었다', '왕비가 죽었다'와 같은 언급에서 알 수 있듯 하나의 사건과 그다음 사건 사이에서 생겨나는 내용상의 차이가 독자로 하여금, 두 사건이 서로 밀접하게 관련되어 있다는 의구심과 긴장을 만들어낸다. 그래서 이야기는 '허구적 사실성'을 확보하기 위한 이야기의 핍진성과 텍스트의 의미를 부각시킬 수 있는 '시작'과 '결말'이 중요하고 인과적 관계의 사건 전개가 중요하게 된다.

그러나 앞에서 살펴보았듯 '선택'이라는 독자의 능동적 독서 행위(이야기 행위)가 가능하게 된 순간, 더 이상 갈등은 앞선 사건과 뒤에 오는 사건 사이에서 발생하지 않는다. 이야기 속 갈등은 독자가 이미 선택해서 읽었던 이야기선과 독자가 다시 다른 선택을 통해 읽은 이야기선 사이에서 발생할 뿐만 아니라, 선택한 선택과 선택할 수 있었던 선택 사이에서도 발생한다. 미케 발은 『서사란 무엇인가』(1998년 개정판)에서 사건을 '한 상황에서 다른 상황으로의 변이 지점'이라고 말한다. 선택 이전의 상황과 선택 이후의 상황, 선택한 상황과 선택하지 않은 상황 사이에서 갈등이 만들어지고, 독자의 선택은 매우 복잡한 텍스트 속에서 중요한 '사건'이 된다. 독자가 사건을 선택하는 상황은 능동적으로 이야기에 개입하는 순간이다. 또한 단일한 이야기의 흐름이 깨지면서 다양한 이야기선으로 분화되는 이야기의 유동성이 확보되는 순간이기도 하다.

이야기 상황에서 '선택'의 문제를 구조 시학적으로 풀어낸 것은 클로드 브레몽이다. 브레몽은 기능을 분석하고 그 인과적 결합을 통해 사건과 인물을 계기적으로 연결 지었던 블라디미르 프로프와는 달리, 이야기의 요점마다 생길 수 있는 모든 가능한 양분화(주어진 이야기의 전개 과정에서 사실화되지 않는 것까지도 포함해서)를 설명하며 논리성을 지향한 이야기 모델을 연구(리먼-케넌, 『소설의 시학』, 41쪽)하였다. 그는 재현 상황과 잠재 상황이 하나의 시퀀스 전개를 통해 어떻게 재현되는가를 문제 삼은 것이다. 시퀀스들의 결합 방식에 따라 이야기는 무한히 계속될 수 있다. 이때 브레몽은 시퀀스 진행 과정에서 (잠재 상황을 전제로 한) 재현 상황의 전개를 이야기의 플롯으로 설정하였다.

앞의 동화가 정한 규칙에 따라 텍스트를 읽는다면 독자는 하나의 독서로를 거쳐 하나의 이야기만을 경험하게 된다. 그러나 한 번의 독서로 재현된 이야기만을 이 텍스트의 이야기로 한정한다면, 가능한 무수한 이야기들을 배제하는 우를 범하게 될 것이다. 그렇다면, 독서 과정에서 '선택'된 에피소드와 '선택'되지 못한 에피소드 모두를 고려해 넣었을 때에야 이 텍스트의 이야기 특성이 설명 가능할 것이다. 선택된 에피소드들의 내용(재현태)에 대해 선택되지 못한 에피소드들의 내용은 재현 가능한 잠재태가 되고, 이 둘의 합이 전체 텍스트의 서사 장을 이룬다.

독자의 선택은 독서 상황이 벌어지고 있는 맥락context과 텍스트 내의 이야기를 가로지르며 기능하게 된다. 이때의 선택이란 텍스트의 사건이 발현되는 유일한 단초이면서, 독자가 재현된 가상 세계로 들어가는 문이다. 그러한 독서 과정에서 재현된 이야기와 잠재된 이야기에 대한 경험이 독자로 하여금 텍스트를 한 번 읽고 던져 버리는 것이 아니라 여러 번에 걸쳐 재독할 수 있도록 만든다. 여기에서 여러 사람의 독서 행위, 여러 번의 독서 행위를 통해 재현되는 이야기들을 아우를 수 있는, 이야기 가능성을 가지고 있는 '서사 장'[2]이 형성된다.

대부분의 서사이론은 서사의 층위를 이야기Story와 담론discourse으로 나누어 구조화했다. 그러나 이러한 서사 층위는 동시적으로 혹은 순차적으로 하이퍼텍스트를 이야기로 소비하는 과정에서 하나의 하이퍼텍스트 속에서 다양하게 전개되는 이야기의 양상을 설명하기에는 역부족이다. 하이퍼텍스트 독자들과 그가 만들어 내는 창의적인 스토리들의 관계는 '서사적 관계의 체계'에 의해 영향을 받는다. 즉, 독서 과정에서 재현되는 새로운 스토리는 독자들의 상대적 위치

---

2 서사 장이라는 용어는 서사 이론과 장 이론을 개념적으로 차용하여 만들어 낸 합성어이다. 장 이론은 막스 베버의 종교사회학에서 착안한 부르디외의 장 이론에서 그 근거를 끌어왔다. 막스 베버는 종교와 여타 사회제도들 간의 관계를 다루면서 모든 가치 영역에 독특한 내적 법칙이 있다는 점을 강조하는데, 그 각각의 영역들은 동등한 차원에서 상호 협조·강화·상충·간섭하는 복잡하고 역동적인 모습을 나타낸다. 즉 하나의 사회적 현상은 다양한 현상들 간의 상호작용에 의해 '함께 결정'된다는 것이다(홍성민, 『피에르 부르디외와 한국사회』, 80쪽 참조). 이러한 시각에서 부르디외는 '장' 개념으로 사회구조를 설명한다. 이때 장이란 입장들의 구조화된 공간으로 정치의 장, 학문의 장, 예술의 장 등으로 다원화되지만, 그 장들이 공유하는 일반적인 법칙이 존재하고 고유한 투쟁 목표와 이해 관심을 가지고 있다고 말한다(피에르 부르디외, 『구별짓기: 문화와 취향의 사회사』, 396~416쪽 참조).

와 서사 장을 지배하는 구조적 규칙의 상호작용이 만들어 낸 결과물인 것이다. '서사 장'의 개념은 먼저 전통적 서사 이론의 폐쇄적인 구조 인식의 한계를 극복하기 위한 것이며, 실제 현실과 가상 현실의 구분이 모호할뿐더러 혼종된 상태로 제시되는 디지털 서사에서의 서사 주체가 가지는 위상을 이해하기 위해서도 주목할 필요가 있다.

『용감한 공주의 모험』이 독자가 선택을 통해 이야기 속으로 들어간다면 영화 〈매트릭스〉는 이야기 속 이야기의 주인공인 네오가 선택을 통해 자신의 이야기를 깨고 상위의 이야기로 초월한다. 〈매트릭스〉에서 전체 이야기를 관통하고 있는 사건은 '네오의 선택'이다. 전체 시리즈를 통해 주인공인 네오에게는 세 번의 선택 상황이 주어진다. 그 선택 상황에 대한 네오 나름의 판단과 선택이 〈매트릭스〉 시리즈 각 편의 핵심적인 이야기선이 된다. 네오가 매트릭스 밖으로 나오기 위한 선택이든 매트릭스 안으로 들어가기 위한 선택이든 선택을 한 그 순간부터 이전 세계와 이후 세계는 서로 다른 사실성으로 인해 단절되고 만다.

〈매트릭스〉 1편에서 조력자인 모피어스는 매트릭스 안에 갇힌 네오에게 '빨간 약'과 '파란 약'을 제시하며 무엇을 선택할 것인지 묻는다. '파란 약'을 선택하게 되면 인간에게 말초적 쾌락을 제공하는 매트릭스 안에 그냥 머무르게 되고, '빨간 약'을 선택하게 되면 (환상을 인간에게 주입하면서 인간의 생체 에너지를 통제·관리하는) 매트릭스와의 접속을 끊고 '현실의 사투' 속으로 들어오게 된다. 이 순간은 '예'와 '아니오', '이다'와 '아니다', 'on'과 'off', '클릭을 할 것인가',

'하지 않을 것인가' 등 무수한 양자택일의 순간이며, 신념 확인의 순간이며, 네오(인간)의 사유가 시작되는 지점이다. 바로 그 순간에 전통적인 이야기에서 말하는 사건과는 다른 포스트모던적 '사건'이 발생한다. 동일한 서사 층위에서 선택 이후의 상황이 전개되는 것이 아니라, 선택을 함으로써 새로운 사실성을 확보하면서 서사 층위 혹은 서사 장을 뛰어넘게 된다. 즉, 네오가 '빨간 약'을 선택하는 순간, 그는 '매트릭스'라는 허구적 사실성으로부터 인간 세상이라는 현실의 사실성 속으로 진입하게 된다.

영화 〈매트릭스〉가 컴퓨터들이 만들어 낸 가상 세계와 그 세계로부터 탈출한 인간들의 현실 세계가 충돌하는 영화라는 사실로 봤을 때, 네오의 '선택'은 갈등 그 자체가 되고 가상 세계의 서사 장과 실제 세계의 서사 장이 부딪치는 일종의 이야기 사건이 된다. 따라서 네오의 선택은 자신이 기거했던 서사 장을 부정하는 것이며, 하나의 사실성을 구성하는 새로운 이야기 시스템 그 자체를 확보하기 위한 유일한 서사 주체의 행동이 된다. 그 시스템 안에서 살아남기 위해서는 선택을 해야 하며 선택은 곧 행동이 되고 사건이 된다.

네오의 선택을 통해 새롭게 구성되는 의미는 바로 그동안 그 자신이 상상할 수도 없었던 가상세계 너머의 실제 세계이다. 가상세계와 현실세계의 차이점을 깨달은 네오는 아주 쉽게 그 컴퓨터 매체를 통해 서로 다른 '사실성'의 세계를 반복적으로 경험하게 된다.

네오의 두번째 선택은 사랑을 지키는 것이었다. 〈매트릭스-리로디드〉에서 네오는 '아키텍쳐'(프로그램 개발자)를 만났을 때, 그로부터 새로운 시온 건설을 위해 매트릭스의 소스로 돌아갈지, 그렇지 않으면 트리니티에 대한 사랑을 지킬지 한쪽 문을 선택하라는 강요를 받게 된다. 사실 선택을 요구하는 타자의 위치(현실 세계의 모피어스에서 가상 세계의 아키텍처로)만 바뀌었을 뿐, 네오가 가상 세계와 현실 세계 둘 중의 하나를 선택한다는 점에서 앞서의 선택 상황이 반복된다.

네오의 세번째 선택은 스스로 죽는 것이다. 진짜 삶이 무엇인가로 시작된 네오의 선택들은 결국 스스로의 존재를 부정함으로써, 혹은 죽음을 전제로 한 생명의 존재성을 확인함으로써 끝이 난다.

이러한 네오의 선택은 무엇보다도 자유의지에 대한 문제를 환기한다는 점에서 의미가 크다. 그리고 그의 선택 여부에 따라서 그의 정체성이 규정되면서, 혹은 변화되면서 그의 선택은 단순한 인물 성장의 의미가 아니다. 네오의 선택은 '깨달음'[3]을 전제하면서 자기 존재성을 확인할 수 있는 '의미' 그 자체가 된다. 이때 자신의 정체성을 파괴하고 새로운 가치와 시공간을 수긍해야 하는 수용의 과정이 전제된다. 〈매트릭스〉에서 네오의 선택과 성장은 자신에게 있어서는 운명과의 싸움이었고 인간 세계인 시온에 있어서는 메시아에 대한 예언이지만, 서술자의 담론 차원에서 보면 인물의 욕망이 이야기(스토리)를 뚫고 나와 이야기를 파괴하는 사건이다.

---

3 한편 이 깨달음은 필연적으로 자기 세계에 대한 부정, 자기 존재에 대한 부정을 동반할 때에만 가능하다.

네오라는 나약한 한 인간이 여러 조력자들을 통해 인간 세상의 영웅이면서 메시아가 되어 가는 전체 이야기는 네오의 깨달음과 선택이 행해지는 차원보다 우위에 있는 메타 이야기로 인해 깨어지게 된다. 영화의 중간과 결론 부분에 나와 있듯, 네오라는 메시아적 존재는 시온과 메가시티 간에 설정된 시스템상의 오류를 수정하고 테스트하기 위한 프로그래밍된 도구에 불과하다. 특히, 매트릭스의 철학자 메로빈지언은 "선택은, 힘있는 자가 힘없는 자에게 심어 준 환상일 뿐"이라고 말한다.

사실 '이 세계'는 '나'의 존재성을 확보해 주는 이성적 합리성도 물질적 토대도 확보해 주지 않으며, 이 세계의 균열을 확인하고 무언가를 '선택'하는 순간의 짧은 쾌락과 불안만이 '나'의 존재성을 확인시켜 줄 뿐이다. '매트릭스로 대표되는 기계 세계'와 '시온으로 대표되는 인간 세계', 그 두 서사 장을 통제하는 또 다른 메타 서사 장의 존재. 여기에 관객의 실제 현실까지 덧붙인다면 〈매트릭스〉는 여러 겹으로 중층 구조를 이루고 있는 서사 장의 유기적인 움직임과 그 균열의 통제 불가능성을 통해 기획된 다중 세계를 표현하고 있다.

이때 디지털 세계는 전통적인 서사에서 다루었던 '필연적 허구'라는 기준으로는 더 이상 그 효용성을 서술할 수 없으며, 사실성 자체를 들이댈 수 없는 '시뮬라크르'이거나 '우연처럼 생성된 필연의 허구', 혹은 '파괴된 서사의 재구성 혹은 또 다른 파괴 경향'으로 존재한다. 〈매트릭스〉에서 발생하는 사건은 동일한 이야기 시스템 안에서 작동하는 하나의 약호가 되며, 그에 따르는 의미 역시 사건의 발생을 통해 갱신되거나 재수정되면서 전통적인 이야기 핍진성을 획득할 수 없게 된다. 게다가 깨달음이 전제된 네오의 '선택'이 이렇듯 불확정성에 기초한 행동을 도출한다는 점에서, 네오는 디지털 이야기의 주체가 가지고 있는 정체성 모순의 특징을 그대로 가지고 있다고 말할 수 있다.

이야기를 '이야기'와 '담론'으로 나누어 미학적 특수성을 서술하려고 했던 전통적인 서사학자들의 이야기에 관한 시각은 수정되어야 한다. 이야기가 깨어질 수도 있다는 사실, 더 이상 작가가 소설책 밖에 있다고 해서 소설 속 인물이나 사건을 통제할 수 있을 것이라는 환상을 가질 수는 없다는 사실, 독자의 세계 역시 또 하나의 허구적 서사 이론으로 이해할 만한 서사 장이라는 사실로 본다면, 현실 세계-(재현)-허구 세계의 도식은 현실적 시뮬라크르-미디어-허구적 시뮬라크르라는 도식으로 바꾸어 볼 수 있다.

재현이라는 모호한 미학적 서술어는 미디어라는 보다 구체적인 물질성을 통해서 대체될 것이다. 미디어는 새로운 허구적 시뮬라크르의 생성을 가능하게 하며, 현실과의 긴밀한 관계를 통해 그 스스로의 서사 장을 형성하게 된다. 이제 디지털 세계의 상호소통적 글쓰기, 이야기하기라는 연행성은 개념적 한계에서 벗어나서 인간 존재의 궁극적인 실존 그 자체를 의미하게 될 것이다. (이야기) 세계 속에 존재(인물)가 있는 것이 아니라 세계를 가로지르며 세계 그 자체로서의 존재가 생성된다.

【2장】
어떤 죽음과 추리 경쟁

1. 자살인가? 타살인가?

이어령의 「장군의 수염」은 1960년대 소설 경향인 서술 기법의 실험성과 이야기의 참신성 속에서 등장인물 철훈의 죽음과 그를 둘러싼 주변 인물들의 증언과 조사, 실제로 살인이 일어났는지에 대해 치밀하게 분석하는 소설이지만 그동안 추리소설로 평가받지는 못했다. "작가인 이어령이 전업 작가가 아니라, 문학평론가이자 언론인으로 활동했기 때문"(이태동, 「〈장군의 수염〉과 캐넌 문제」)에 그의 작품이 추리소설이라는 장르에서 '제외'되었을 가능성도 있다. 그러나 보다 근본적인 이유는 「장군의 수염」에서 진짜 살인 사건이 발생하지 않았고, 탐정이 범인을 잡지도 못했다는 데 있다.

　「장군의 수염」은 전직 사진 기자였던 김철훈의 죽음으로부터 시작된다. 김철훈은 방안에서 연탄가스에 질식하여 죽었으며 외부의 침입 흔적이나 타인에 의한 살해 흔적은 발견되지 않았다. 철훈의 죽음은 정황상 타살로 의심되는 단서가 하나도 없었다. 하지만 박 형사는 그의 죽음에 강한 의문을 품는다. 그리고 그가 남긴 편지와 소설에서 소설가인 '나'와의 관련성을 찾아내, 소설을 쓰기 위해 호텔방에 머물던 '나'를 찾아오게 된다. 단순 자살로 처리될 수 있는 '사건'이었지만, 박 형사는 호기심과 형사의 감으로 철훈의 죽음을 '살인 사건'으로 규정한다. 이러한 태도는 독자로 하여금 소설 속에서 자연스럽게 죽음의 원인 사건을 추론하게 만들고, 범인 찾기를 추동하게 만든다.

박 형사와 소설가인 '나'는 '실제로 살인 사건은 일어났는가? 그렇다면 범인은 누구인가?'라는 의문 속에서 자신들의 추리 능력에 따라 수사를 이중적으로 전개해 나간다. 일반적으로 추리소설은 범죄 사건이나 일상에서 벗어난 문제적 상황(사건)이 존재하고, 그 사건을 해결하는 과정에서 그 속에 얽혀 있던 동기와 범인 등이 밝혀지면서 인간 행동과 심리의 심층적인 부분과 함께 사회의 이면을 드러내는 장르적 특징을 가지고 있다. 따라서 추리의 대상이 되는 '사건'이 발생해야 하며, 탐정은 그 사건이 발생하게 된 정황과 단서를 추리(논리화·합리화)하면서 사건의 범인을 찾아야 한다. 사건의 발생, 탐정의 추리, 범인의 자백은 추리소설의 필수 불가결한 구성 요소인 셈이다.

살인 사건과 범인을 밝혀내지 못함으로써, 「장군의 수염」은 추리소설로서의 조건을 충족하지 못했고, 따라서 추리소설이 아니라고 단정지을 수도 있다. 그러나 이어령 스스로가 자신의 소설에 대해 언급한 '형이상학'이라는 표현과 「장군의 수염」이 여전히 '하나의 죽음'에 대한 살인 동기를 찾는 추리소설 형식을 갖추고 있다는 점에 주목해야 한다.

백대윤은 이어령이 작품집의 말미에 적은 '형이상학적 추리소설'이라는 표현에 착안해, 「장군의 수염」을 "형이상학적 추리소설"이라고 명명하고, 이 작품이 기존의 추리소설 작품과는 달리 '부조리한 사회와 소외된 개인'의 문제를 다루고 있다고 평가한다(백대윤, 「형이상학적 추리소설 〈장군의 수염〉 연구」, 108쪽). 그러나 '형이상학적'이라는 수식어를 1950년대 실존주의에 기대어 분석[1]함으로써, 「장군의 수염」이 갖고 있는 메타적이면서도 장르 해체적인 '형이상학적 서술'의 특징을 놓치고, 형이상학적 시각으로 보는 추리소설의 조건들에 대한 심화된 해석을 보여 주지는 못한다.

메리베일과 스위니는 『장미의 이름』을 "추리소설의 전형적인 규칙을 깨고 전형적인 서사 구조인 닫힌 형태를 무너뜨리고 열린 세계로 나아간" 소설이라고 분석하며, 이 작품을 형이상학적 소설이라고 명명한다. 형이상학적 소설이란 "의도적으로 전통적인 추리소설의 관습(서사의 종결 방식, 독자를 대신하는 탐정의 역할 등)을 패러디하거나 전복하는 텍스트, 또는 적어도 존재의 미스터리에 대해 질문하

---

1 백대윤은 이어령이 말한 '형이상학'이라는 표현을 배경열의 "실존주의를 주창하면서 인간의 내면 세계를 탐구하는 형이상학 쪽으로 달려간"(배경열, 「50년대 실존주의론」, 252쪽)이라는 표현과 관련시키고 있다.

거나 미스터리 플롯의 책략을 넘어서는 텍스트"(P. Merivale & S. E. Sweeney, "The Gaw's Afoot", p. 2)라고 규정할 수 있다.

형이상학metaphysics은 어원적으로 "물리학physics에서 시간적으로는 '다음'이며 논리적으로는 '고차'를 뜻하는 meta가 붙은 말"(박이문, 『사유의 열쇠 : 철학』, 55쪽)로 "피지카의 세계, 감각의 세계 배후에 있는 경험과 관찰로는 알 수 없고 순수한 사유를 통해 이해할 수 있는 메타피지카의 세계(인간의 영혼, 선과 행복, 신이 존재하는 영역), 진리의 세계"(남경태, 『개념어 사전』, 431쪽)를 다루는 학문이다.

「장군의 수염」에서 이어령은 형이상학적인 대상을 다룬다기보다는 하나의 진리 탐구의 방법론적 '전략'으로 '형이상학'이라는 말을 사용하고 있다. 「장군의 수염」에서 작가의 '형이상학적' 접근은 '인간 존재에 대한 궁극적 인식과 보편적 진리'보다는 '주인공 철훈의 죽음', '박 형사와 소설가인 '나'의 수사 기법'에 초점이 맞춰져 있다. 표면상으로 자살로 보이는 철훈의 죽음을 박 형사는 '타살'로 규정하고 있으며, 사건을 수사할수록 소설가인 '나' 역시 철훈의 죽음을 자살로만 볼 수 없다는 인식에 다다른다. 여기서 일반적인 추리소설의 공식인 '살인 사건→수사→범인 찾기'는 「장군의 수염」에서 재해석되고 재규정된다.

하나의 죽음을 살인으로 볼 것이냐, 자살로 볼 것이냐? 수사는 정당하게 이루어졌느냐? 범인은 누구인가?와 같은 추리소설의 근본적인 이야기성을 문제 삼고 있다는 점에서 「장군의 수염」은 추리소설(혹은 추리 기법)에 대한 메타적 사유를 하고 있다. 결국 「장군의 수염」은 '범인'이 누구인가를 밝히는 것이 중요한 것이 아니라, 한 개인의 '죽음'을 사회적·정치적으로 어떻게 이해할 것인가에 대한 형이상학적 재현을 담고 있다.

2. 사건의 유효성과 '미궁'

「장군의 수염」에서 철훈의 죽음을 '살인 사건'으로 규정하는 문제는 실제 '죽음' 때문인지, 잠재적인 '살해' 가능성 때문인지 고민하게 만든다. 수사 과정 역시 '단서'의 객관성과 '추리'의 논리성과는 무관하게 사건 관련자의 진술에 의존하고 있어, 박 형사나 '나'는 이야기 경쟁(누가 먼저 범인을 잡을 것이냐)을 하면서도 탐정(혹은 수사관)으로서의 역할을 충실히 해내지 못한다.

　「장군의 수염」은 타살을 입증할 결정적인 단서를 찾지 못하면서, 첫번째 난관에 빠지게 된다.

　　가스 중독사였습니다. 그러나 그건 ① 부주의에서 온 단순한 사고는 아니었습니다. 자살 아니면 타살이었죠. 그런데 그는 사진부 기자였습니다. ② 만약에 자살을 하려면 더 손쉬운 방법을 썼을 겁니다. 사진 현상을 할 때 극약을 다루어 왔으니까요. 그리고 ③ 그는 어머니를 좋아했습니다. 자살을 했어도 어머니를 만나보고 죽었을 것입니다. 한데 그게 바로 어머니가 올라오는 바로 전날 밤입니다. (중략) ④ 나는 손톱을 깎지 않은 자살자의 시체를 본 것은 이번이 처음입니다. (중략) 죽음을 예비하는 데 있어 모두 한 가지씩 감상적인 증거를 남겨 둔 채 죽는다는 사실입니다. (『이어령 소설집』, 13~14쪽, 원번호는 인용자.)

김철훈의 가스 중독사를 의도적 행동에 의해 일어난 사건으로 규정한 박 형사는 그 사건에서 '자살'로 추정할 수 있는 단서들이 없다는 점을 하나씩 나열하며 제시한다. 그러나 그가 제시하고 있는 근거들은 추상적일 뿐만 아니라, 수사 경험에서 나올 법한 인상적 추정일 뿐 객관적 증거로 유효하지 않다. 그가 제시하는 단서들은 ①의 경우는 사건의 의도성(철훈의 죽음이 자살이든 타살이든 의도성 혹은 목적성을 가지고 있다는 점)에 초점을 맞추었고, ②의 경우는 자살 방법의 경제성, ③의 경우는 가족에 대한 애정, ④의 경우는 죽음에 대한 감상성 등으로 분류할 수 있다는 점에서 자살자의 이상심리 상태와는 맞지 않는다. 또한 박 형사는 김철훈의 죽음을 타살로 볼 수 없는 이유로 강제로 생긴 타박상이 없고, 평소 친구가 없었으며, 사귀다가 헤어진 여자친구 역시 알리바이가 있다는 것을 제시한다. 그리고 "이런 사건은 가장 골치 아픈 일에 속합니다"라고 말하면서도, '사라진 카메라'를 수소문한다.

일반적으로 추리소설에서 누군가 죽으면 그것을 '사건'으로 규정하고 그 발생 단계부터 문제적 상황(살인이 일어날 수밖에 없는 맥락적 조건들)과 범인(실체화되진 않더라도, 잠재성을 갖고 있는 대상)을 밝히는 것을 전제로 탐정의 추리가 시작된다고 했을 때, 「장군의 수염」

에서는 김철훈의 죽음 자체를 범죄 사건으로 볼 수 있을 것인지에 대한 판단이 유예된 채 추리(수사)가 진행되고 있다. 이것은 사건의 재맥락화라는 차원에서, 김철훈의 죽음을 자살로 봤을 때는 범인을 찾을 수 없는 것이며, 타살로 봤을 때는 다시 범인 찾기에 나서야 하는 형국이 된다.

상황이 이렇다 보니 박 형사는 '나'에게 "우리의 목적은 남을 괴롭히려는 게 아니라 다만 그의 사인을 규명하자는 것이니까요"라고 말하며, 범인 찾기보다는 김철훈이 죽은 이유死因 찾기를 종용한다. 그러면서 자연스럽게 김철훈의 죽음을 두고서 '나'와 서사적 경쟁을 하려고 한다.

아닙니다. 타살일 겁니다. 나는 카메라의 행방을 찾아야겠습니다. 자살이라고 생각하신다면 무엇 때문에, 무슨 동기로 죽었는가도 해명해 주셔야 합니다. 그것은 형사보다는 선생님 같은 문학자나 심리학자나 철학자님들이 할 일이거든요. 만약 협조해 주신다면 증거물로 보존된 그의 수기 노우트를 보여 드릴 수도 있습니다. (22쪽)

살아 있는 사람이 죽은 사람에게 해줄 수 있는 일은 화려한 꽃상여, 따뜻한 무덤을 만들어 주는 것만이 아닐 겁니다. 우리는 왜 그가 죽었는지를 밝혀 내야 해요. 그것이 중요한 점입니다. 어떤 사람의 죽음은 법과 경찰을 있게 했어요. 그리고 또 어떤 사람의 죽음은 병원과 새로운 의학 연구를 하게 했어요. 거기에서만 끝나지는 않지요.

남들의 죽음을 통해서 많은 사람들은 생각하고 쓰고 새롭게 사는 방법을 알게 됩니다. 철훈 군의 죽음도 그냥 끝난 것만은 아닐 겁니다. (28~29쪽)

박 형사는 객관적 단서인 김철훈의 편지, 헤어진 여자친구, 사라진 카메라의 행방 등 객관적 정황에 해당되는 내용을 쫓으면서 '타살'로서의 증거를 찾고, 소설가인 '나'는 김철훈이 남긴 '수기'와 '소설', 다른 사람들의 김철훈에 대한 기억 등 주관적이면서도 경험적인, 혹은 허구적인 정황에 해당되는 내용을 쫓아 '왜 죽었을까'에 대한 궁금증을 해결하려고 한다. 이러한 이중적 이야기선의 진행은 일반적인 추리소설에서 탐정과 범인 간의 서사적 경쟁을 탐정과 탐정 간의 서사적 경쟁으로 바꾸어 놓으면서 추리소설의 흥미를 극대화하고 있다.

'나' 역시도 철훈의 죽음이 예사롭지 않다는 것을 눈치채고, 그 죽음의 원인을 찾고자 한다. '나'는 소설가로서, 삶에 대한 식견을 갖고 있으며, 또 소설을 쓴다고 하면서 엉뚱한 일에 관심을 보일 만큼의 여유를 갖고 있는 지식인이다.[2] 일반적인 탐정의 목적과는 달리 '나'는 김철훈의 죽음을 대하는 태도 속에서 사회적 효용론을 내세운

---

2 "사건 조사자는 흔히 이익과는 관련 없는 딜레탕트하고 식견 있는 애호가일 경우가 많다. 독창적이고 가끔은 한가하게 여겨지는 사건 조사자는 자주 경찰 제도의 틀 밖에서 활동한다. 그는 자신의 지적인 능력들을 이유로 우월하거나 혹은 그렇다고 느끼"는 인물이다. (뢰테르, 『추리소설』, 93쪽)

다. "남들의 죽음을 통해서 많은 사람들은 생각하고 쓰고 새롭게 사는 방법을 알게 된다"는 말은 범인을 찾겠다는 의도보다는 죽음이 갖고 있는 사회적 파장과 교훈적 효과에 대한 목적으로 수사를 진행하고 있다는 의지를 담고 있다.

「장군의 수염」을 본격 소설로 읽을 수 있는 것은 두 명의 탐정이 한 사람의 죽음을 제도화된 사회 조건 속에서 의미화하려고 하기 때문이다. 결국 탐정인 박 형사나 '나'나 "철훈이 왜 죽었는가"라는 동일한 사건을 추적하고 있지만, 타살로 볼 것이냐 자살로 볼 것이냐의 입장 차이에 따라, 또한 형사와 소설가라는 직업의 차이에 따라 수사의 목적과 대상이 달라진다. 이러한 이중 추리 과정이 「장군의 수염」의 이중 플롯 구조를 만들어 내고 있다. 「장군의 수염」은 이야기story 차원에서는 일반적인 추리소설의 양식을 따르고 있지만, 죽음을 범죄 사건으로 규정할 것인지 말 것인지를 문제 삼으면서 추리소설에 나타난 사건의 속성을 근본적으로 문제 삼고 있으며, 그것을 맥락화하는 과정에서 일반적인 추리소설의 조건을 재규정하고 있다. 특히 두 명의 탐정이 등장하면서 사건들의 가치는 상대화되고 해석은 다양해지며, 이야기는 열린 구조를 지향하게 된다.

3. 다원적 진술과 실존적 자살

소설가 '나'는 김철훈이 남긴 일기와 소설을 토대로 그에 대한 주변 인물들의 기억을 찾아간다. "각각의 사건들은 선조적으로 제시되는 것이 아니라 중간에 사건의 교차와 삽입을 통해 제시되기 때문에, 철훈의 수기와 신혜의 발화 내용, 그리고 철훈의 소설이 교차하여 서술되면서 서술자의 교체가 빈번하게 일어난다"(황정현, 「중층 구조의 경계 완화를 통한 의미 탐색」, 395쪽). 그러다 보니 「장군의 수염」은 주변 인물들의 다양한 진술 과정 속에서 다원적인 서사 전개 구조를 갖게 된다.

먼저 철훈 누이는 철훈이 갖고 있는 소심한 성격이 만들어진 배경을 증언한다. 철훈은 지주 집안임에도 불구하고 땅을 소작인들에게 다 나누어 줄 수밖에 없었던 가문에서 태어났다. 이러한 계급 상황은 소작농의 아이들과 철훈이 잘 어울리지 못하는 원인[3]이 되었으며, 이후 사회생활에서도 외톨이로 지내는 데 영향을 미치게 된다. 이마에 찍힌 인두 자국은 철훈의 이러한 성격을 더욱 부채질하게 된다. 출신 계급과 신체 결함은 내면 성격의 형성에 깊은 영향을 미쳤다. 그리고 무엇보다도 사회주의 운동을 했던 형은 철훈이 가족과 맺는 관계, 세계를 보는 시각에 깊은 영향을 미쳤다.

비를 흠씬 맞고 삼 년 만에 형은 집으로 다시 뛰어든 거예요. 빗방울을 튀기면서 짐승같이 떨고 있었어요. 나를 숨겨 달라고 하면서 누

---

3 "나에겐 친구가 없었어. 우리는 양반집이었고 아버지는 지주였지. 마을 아이들은 상스러운 소작인들, 그리고 행랑과 종들의 자식뿐이었어. 내가 지주의 아들이고 정승의 손자라고 하는 것은 이마의 인두 자국보다 더 앞서 날 때부터 찍혀 있었던 거야."(49쪽)

군가를 몹시 욕하고 있었답니다. 그놈 때문에 나는 죽는다고도 했고, 이젠 난 빨갱이도 뭐도 아무것도 아니라고 헛소리처럼 떠들어 댔어요. 그때 무슨 일이 있었는지는 지금껏 우리도 모르고 있어요. 어쩌면 철훈이는 알고 있었는지도 몰라요. (26~27쪽)

그 함 속에는 땅 문서와 지적도가 들어 있을 것이다. 아! 땅, 토지, 논과 밭과 그리고 붉은 산들 — 그러나 지금은 시효를 잃고 한낱 휴지 쪽이 되어 버린 그 땅 문서를 끌어안고 아버지는 눈을 감은 것이다. 땅은 우리의 운명이었다. 형님을 내쫓게 한 땅, 아버지를 미치게 만든 그 땅, 해방이 되던 그 다음날부터 우리는 땅의 피해자였다. (31쪽)

철훈이 믿고 의지했던 형은 땅을 자신의 정치적 신념에 따라 모두 소작인에게 나눠 줘야 한다고 주장하며 아버지와 대립한다. 철훈의 아버지는 몰락한 지주지만 땅에 대한 욕심을 잠재울 수가 없어 죽어가면서도 땅문서가 든 '함'을 같이 묻어 주기를 바랐다. 몰락한 지주 가문의 아들인 철훈은 "땅의 노예"로 살아갈 수밖에 없는 운명을 형과 아버지의 대립 속에서 깨달았다.

식민지와 전쟁이라는 사회적 상황, 계급적 이해에 대한 차이로 벌어지는 가족 간의 갈등, 이마에 남겨진 커다란 인두 자국 등은 철훈의 과거이면서도 현재의 철훈이 겪고 있을 심리적 갈등과 위기 상황을 잠재적으로 추동하는 트라우마의 요인이 된다. '나'는 철훈의 수기와 그 누이의 증언을 듣고서 "김철훈을 죽게 한 그 범인을 찾아 내고야 말겠습니다. 그는 분명히 삶의 권리를 스스로 포기하도록 강요당한 것"이라고 말하며 범인을 잡는 것에 강한 의지를 보인다.

실제로 살인 사건이 벌어졌고 범인이 존재한다면 모르지만, 만약 그의 죽음이 자살이라면, 자살할 수밖에 없도록 강요한 자가 범인이라는 논리는 법률 체계 속에서는 허용되지 않는다. 그러나 '나'의 수사는 법률적 처벌을 위한 범인 찾기가 아니다. 한 사람의 죽음을 법률적 차원에서만 논할 수 없다는 점을 재확인하는 가운데, 한 사람의 죽음에 담긴 사회적·역사적 맥락을 추적하고 싶어 한다.

철훈의 애인인 신혜는 죽을 당시의 철훈의 심리 상태를 증언한다. 시기상으로는 철훈 누이가 식민지 시대 성장기 철훈의 과거를 이야기한다면, 신혜는 6·25전쟁을 겪은 부녀의 이야기를 전하며 시대적인 아픔을 끌어안아야 했던 60년대 지식인 청년의 고뇌를 반영하여 이야기하고 있다.

철훈은 접대부였던 신혜의 급작스러운 부탁을 받고서 신혜의 병든 아버지를 돌보게 된다. 신혜의 아버지는 목사였는데, 전쟁 때 교회 사람들을 숨겨 주다가 '북에서 온 사람들'에게 고문을 당한다. 자신뿐만 아니라 어린아이들을 고문하는 것을 보고 숨겨 준 사람들을 고발하지만, 그들은 이미 나 목사가 배신할 것을 알고 몸을 피한 상황이었다. 그 과정에서 목사는 도덕적 딜레마에 빠진다. 인간에 대한 신뢰와 신에 대한 숭고한 마음이 잔혹한 전쟁의 폭력으로 인해 깨져 버렸기 때문이다.

나에게 불행하고 기이한······ 그래요, 몹시 환상적인 아버지가 있었다는 것과 또 내가 멜로드라마틱하게 처녀성을 상실한 과거가 있다는 사실이 아마 그이의 마음을 끌었던 것 같아요. 나는 그것을 자신있게 단정 지을 수 있다고 생각해요. (44쪽)

신혜는 피난길에 얻어 탄 기차에서 흑인 미군에게 처녀성을 빼앗긴다. 전쟁 와중에 많은 여인들이 그러하듯, 신혜의 상처는 순결한 삶을 남성적 폭력 앞에서 무참하게 잃어버리는 과정에서 삶의 가치와 존재 의미를 상실하면서 생겨났다.

나 목사나 신혜는 자신들이 겪은 도덕적 딜레마와 인간적 죄의식(수치심)을 고스란히 철훈에게 들려준다. 철훈이 그들과 동일시를 경험할 수밖에 없었던 것도, 자신의 의도와 상관없이 타인과 함께 존재론적인 관계와 도덕적 딜레마에 빠져 버리는 인간의 본질을 봤기 때문이다. 전쟁 중에 동료 병사인 이진을 피신시킨다는 것이 도리어 죽게 만든 이후, 타인을 사랑하는 것에 공포를 가졌던 철훈은 이 부녀를 만나게 되면서 아픔을 가진 타인을 만나는 방법과 어떻게 남과 섞여 살아야 하는지를 알게 된다.[4]

---

4 "이진은 중요한 것을 알고 있었다. 사람들과 서로 섞이려면 같이 범죄를 저질러야 한다는 것을. 그는 나에게 가르쳐 주었다. 술이나 도박이나 계집질이나 (중략) 악에 의해서 뭉쳐지는 결합은 일상적인 것에 지나지 않는다. 그 끝은 해가 지면 곧 사라지고 마는 그림자 같은 것이다. 정말 인간이 타자와 결합되기 위해서는 아픈 상처를 서로 만지는 데 있다." (59쪽)

이러한 타자와의 연대는 성장기의 철훈이 이데올로기 갈등을 겪으며 대립했던 아버지와 형에게서도, 전쟁의 비인간적 현실 앞에서 던져 버릴 수 없었던 인간적 고뇌 속에서도 찾을 수 없었던 것이다. 그러나 아픔을 전제로 한 연대였기 때문에 신혜는 철훈을 떠나게 된다. 그와의 고백 놀이도 추장 놀이도 지겨워졌고, 그가 자신을 사랑하는 것은 살아 있는 인간이 아니라, '환상'을 쫓는 것이기 때문이었다.

> 그이는 나를 환상 속에서만 사랑하려고 했어요. 할퀴면 상채기가 나고, 잠이 들면 코를 고는 현실의 나에게선 도망치려고 애썼습니다. 그이는 다만 그 자신의 꿈들만을 껴안고 산 겁니다. 그이 앞에 나서면 꼭 나는 휘발유처럼 온몸이 증발되어 가는 느낌이었어요. (43쪽)

신혜와의 관계에서 철훈은 그녀를 사랑할 수 있는 '상처'만을 환기했을 것이다. 그에게 신혜는 "드라마틱하게 처녀성을 상실한 여자"일 뿐이다. 그 때문에 그 상처를 잊고 살고 싶은 신혜와 갈등을 빚게 되었다.

철훈의 타자에 대한 연민은 그의 현실적 사랑에 있어서는 걸림돌이 되었다. 신혜는 철훈을 '타락한 귀족'으로 인식하며 '그의 동정이 사치스럽다'고 생각한다. 실제로 겪지 못하면서도, 단지 그들을 동정함으로써 동일시될 수 있다는 막연한 기대가 철훈이 진정으로 타자들을 이해하지 못했던 이유이기도 하고 스스로를 사랑하지 못한 이유이기도 하다.

철훈이 일했던 신문사의 미스터 김은 그가 죽은 이유가 '실직'했기 때문이라고 규정한다. "시골 선비 같은 고고한 기질, 융통성 없는 행동, 비사교적인 생활 태도" 때문에 그는 동료들과 섞이지 못했다. 그리고 "귀신에 들린 사람처럼 이상한 눈빛을 하고 우리를 볼 때마다 싱글싱글 웃었다"고 말하면서, 실직할 당시에는 정신병원의 진단서를 제출할 만큼 정신에 문제가 있었다고 말한다.

이들의 증언을 토대로 보자면, 철훈의 죽음은 자신이 돌아가야 할 고향을 잃고, 연인을 잃고, 직장을 잃은 한 청년의 우울한 정서가 만들어 낸 자살일 뿐이다. 다양한 증언이 이루어지면서 그를 죽음에 이르게 한 이유도 다양했음이 밝혀지지만, 결국 현실 적응에 실패한 청년의 죽음으로 남을 뿐이다. 그들의 증언을 하나의 객관적 단서로 본다면, 그들에게 철훈의 죽음에 대한 어떠한 법적 처벌이나 도덕적 지탄도 행할 수 없다. 모든 내용이 철훈을 죽게 할 수 있는 심정적 사유는 되지만, 죽음에 이르게 하는 직접적 동인도 아니며, 그래서 그들은 법률에 의거한 처벌의 대상은 아니다.

그럼에도 불구하고 소설가인 '나'는 철훈의 죽음을 사회 부적응자의 단순한 자살로 결론 맺을 수 없다. '나'의 증언 듣기 수사는 범인을 구체화하는 과정이라기보다는 철훈의 실존적 삶을 재구성하는 과정이다. 그래서 그의 죽음은 보다 '문학적이며 철학적인 해석'을 요구한다. 철훈은 신혜와 나 목사의 일, 김 대사의 사건이나 염상운의 일에서 인간의 도덕적 행동이 가져야 할 순수성에 집착했다. 안이

한 현실 타협이나 편협한 권력적 시선을 지양하면서, 타자에 대한 배려로부터 가능할 인간적 관계 맺기를 시도하는 것이다. 이미 철훈은 "타자를 위해서 무엇인가 도움을 주려고 할 때마다 결과는 엉뚱하게 나타난"다는 사실에 강박당해 있다. 그러한 자기 최면을 깨기 위한 노력들(고백 놀이, 추장 놀이 등)이 더욱 그를 비현실적이고 비타협적인 존재로 만들어 갔던 것이다.

4. 중층 구조와 정치적 타살

이야기 층위에서 「장군의 수염」에 문제적으로 제시된 철훈의 죽음에 대한 해석은 '타살'이 아닌 '자살'로 판정될 수밖에 없다. 그런 점에서 소설가 '나'의 탐정으로서의 역할은 일정한 한계를 갖게 된다. '나'는 허구의 이야기를 그려 내는 소설가일 수는 있지만 사건의 범인을 찾는 탐정은 될 수 없었다.

그러나 「장군의 수염」의 수사는 끝나지 않았다. 소설가 '나'는 범인을 찾는 논리(추리)를 찾는 것에는 실패했지만, 사건이 벌어진 정황과 맥락을 전달하는 서술자로서는 충실한 역할을 하고 있다. 작품 서두에도 박 형사의 말을 통해 제시되었듯, "문학가나 철학자로서" 철훈의 죽음을 바라보아야 하는 수사 과정이 남아 있는 것이다. 그러기 위해서는 기존의 추리소설과는 다른 탐정을 설정해야 하고, 새로운 방식의 추리 과정이 필요하다. 메타픽션적인 성격이 강한 「장군의 수염」과 같은 작품들에서 강조되듯, '새로운 읽기, 메타적 읽기'가

요구된다.

「장군의 수염」 읽기는 횡적橫的 전개에 따른 사건 흐름으로 읽었을 때는 살인 사건도 범인도 없는 추리소설이 되고 만다. 아니 이러한 조건들을 충족하지 못했기 때문에 추리소설이 아니다. 그러나 서사적 층위를 가로지르는 종적縱的 읽기를 했을 때는 상황이 달라진다. 이러한 시각은 이어령이 작품집 말미에 적어 놓았듯 자신의 소설을 '샌드위치 소설'이라고 말하며 "한 인간을 여러 층으로 칼질해 낸 것"이라고 말하는 점에서도 확인할 수 있다.

「장군의 수염」은 철훈의 소설과 그의 수기, 신혜의 이야기 등 '속-이야기'를 많이 가지고 있다. 그래서 독자는 이어령의 「장군의 수염」, 소설가 '나'가 서술하는 인물들의 이야기, 신혜의 진술 및 철훈의 수기와 소설(「장군의 수염」)이라는 서사적 층위를 모두 경험하게 된다. 또한 이야기 층위에서도 철훈에 대한 다양한 인물들의 기억과 그에 따른 진술들은 철훈의 인간됨에 대한 다각도의 시각을 확인하게 하며, 단일한 성격 구성을 넘어선 복합적 인물 형상화가 이루어지는 것을 확인할 수 있다. 이렇게 볼 때, 소설가 '나'나 박 형사가 탐정이 아니라 이 소설을 읽는 독자가 제3의 탐정으로서의 역할을 수행해야만 한다. 그래야만 복합적 서사 속에 내재되어 있는 '살인 사건'과 그것을 발생시킨 '원인'(범인)을 밝혀낼 수 있다.

특히 철훈이 쓰려고 했던 「장군의 수염」이라는 소설은 작품의 초반부에 강한 상징성을 내포하면서 제시되고, 그 소설의 결론 부분에서 이어령이 쓴 소설의 결말 내용이 소개되면서 흥미를 유발하고 있다. 철훈이 쓴 「장군의 수염」이 소설 속 허구라는 점에서 객관적인 증거가 될 수는 없지만, 철훈이 빠져 있을 도덕적 딜레마와 자의식적인 억압의 심리를 이해하기 위한 매우 중요한 '단서' 역할을 한다.

그는 자수를 했다. 술을 죽도록 마시고 파출소 문을 걷어 차고 들어간다. '장군의 수염'을 기른 파출소 주임에게로 가서 "저를 잡아 넣으십시오. 죽어도 죽어도 수염을 기르지 못하겠습니다. 어서 수갑을 채우고 형무소로 보내주십시오"라고 울면서 말한다. 그러나 그는 거기에서도 쫓겨 난다. 수염을 기르고 안 기르는 것은 자유라는 것이었다. (20쪽)

철훈이 쓴 소설 「장군의 수염」은 "쿠데타가 일어나고 오랫동안 수염을 깎지 못한 혁명군이 집권하면서 사람들은 혁명군의 수염을 따라서 기른다. 그러나 주인공은 모두가 혁명군의 수염을 기르는 것을 이해할 수 없으며 스스로 기를 수도 없어 불안해하고 방황하게 된다"는 내용을 담고 있다.

이 소설은 60년대 정치적 현실에 대한 우화로 읽힌다. 혁명의 이데올로기가 갖고 있는 진정성을 알려고도 하지 않으면서, 그 도상적 욕망에 집착하는 소설 속 대중들은 60년대 군부 독재가 성립되고 반공과 경제 발전 이데올로기를 내면화해 가는 60년대 소시민과 다를 바가 없다. 수염을 기르는 일이 너무나도 개인적인 일이며, 자율적 선택에 의한 일이라고 말하고 있지만, 그 사소한 자율적 행위를 행하지 못하는 한 개인이 빠진 정치적 딜레마와 현실적 불안은 고통스러운 것이다. 이 소설은 단순히 문학청년의 글쓰기에 머무르지 않고, 소설 경계를 넘어 이어령이 쓴 「장군의 수염」을 관통하는 시대적 정신을 알레고리적으로 풀어내고 있다. 그러면서 세속화된 사람들 속에서 연민의 시선과 죄의식을 갖고 사는 철훈이 어떻게 소외되고 몰락할 수밖에 없었는가를 간접적으로 예시하고 있다.

철훈이 쓴 「장군의 수염」이 현실에 대한 단순한 상징을 넘어서, 이어령이 쓴 「장군의 수염」 속 이야기 층위에서 철훈의 죽음에 대한 원인을 제공한다는 것은 작품의 마지막 부분에 신혜가 철훈에게서 전해 들은 「장군의 수염」의 결말 때문에 밝혀진다.

> 수염 때문에 나는 죽는 거다. 나는 죽음을 당한 거다. 아 — 수염을 기르지 않는 최후의 인간이 죽어 가고 있는 것이다. 나는 변하지 않는 인간, 수염을 달기 이전의 그 사람의 얼굴을 간직한 유일한 인간이다. 그러나 그들은 그것을 교통사고사라 할 것이다. 우연한 교통사고라고 말이다. (90~91쪽)

소설 속 주인공은 자신이 정치적 살해를 당한다고 생각한다. 자신만이 유일하게 '최후의 인간'의 모습을 갖고 있으며 자신의 죽음이 '우연한 것'이 아님을 알고 있다. 이 장면에서 독자는 그가 정치적으로 살해당했든, 우연적인 교통사고를 당했든 그 죽음이 결코 자발적으로 발생한 것은 아니라는 것을 알 수 있다. 또한 그가 처해 있는 수염을 기르지 않기 때문에 정치적으로 위협을 느낀다는 강박적 의식은 그 억압의 실체를 떠나서, 한 개인이 정치적 획일화에 갇힌 사회로부터 경험하게 되는 정치적 공포를 잘 보여 주고 있다.

'폭력'에 있어 폭력을 행사하는 자의 감각은 폭력의 피해를 받은 자의 인식과 동일할 수 없는 것이다. 그의 죽음에 어떠한 정치적 위협도 객관화되지 않았다 하더라도, 소설 속 주인공은 심한 고통을 느끼고 있고, 우연한 자동차 사고였을지 모르지만 피해자인 주인공은 정치적 살해를 당했다고 생각하며 자신의 죽음을 정치적 타살로 논리화한다. 이 지점에서 우리는 제4의 탐정을 마주하게 된다. 철훈이 쓴 소설 속의 인물인 '나'의 논리화 과정은 철훈의 죽음을 해결할 수 있는 '단서'이면서도, 철훈의 죽음을 새롭게 이해할 수 있는 추리 방법을 제공하고 있다.

결국 '김철훈의 죽음'을 추리하는 일은 단서나 범인이 중요했던 것이 아니라 해석 방법, 추리 방법이 중요했던 것이다. 범죄 사건을 규정하고 그것을 통해 범인을 찾아가는 논리를 철훈이 쓴 소설 「장군의 수염」에서 차용하여, 실제 현실 속 철훈의 죽음을 새로운 방식으로 들여다보아야 한다.

객관적인 정황상, 철훈의 죽음은 자살에 가깝다. 그러나 그가 식민지와 전쟁을 경험하면서 내면화한 계급 의식과 타인에 대한 죄의식은 한 개인이 자유의지를 통해서 극복할 수 있는 성질의 것이 아니다. 현실에서 사회 부적응 상태에 빠지게 되는 것도 타인의 불행과 고통에 무관심한 사회적 통념과 획일화된 강박적 일상이 만들어 낸

부조리 때문이다. 따라서 그의 죽음은 우연적인 자살처럼 보일지라도 사회적 조건과 정치적 현실이 만들어 낸 필연적인 정치적 타살에 가깝다. 추리소설의 관건이 되는 '죽음'이라는 사건은 「장군의 수염」이 전개되어 가는 동안 그 의미가 재해석된다. 철훈의 죽음은 처음에는 '범죄 사건으로서의 죽음'에서 '실존적 자살'을 거쳐 '정치적 타살'로 재해석된다. 이러한 해석에는 '사건'에 대한 발생론적 가치보다는 해석학적 가치를 높게 생각하는 작가의 의도가 담겨 있다.

문제는 이러한 해석을 박 형사나 소설가 '나'가 행하지는 않는다는 점이다. 박 형사가 아직 공소 시효가 15년이나 남아 있다고 말하는 것이나 소설가 '나'가 "한마디로 설명할 수 없어. 어렴풋하게 떠오르지만 그것을 설명할 수는 없어"라고 말하면서 판단 중지를 하는 행위는 적극적인 추리를 거부하는 것이다. 이들이 이러한 태도를 취할 수밖에 없는 것은 철훈의 죽음을 메타적으로 해석할 수 있는 담론적 위치에 그들이 존재하지 않기 때문이다. 「장군의 수염」이 끝났을 때 이야기 층위에서는 여전히 미궁인 사건으로 철훈의 죽음은 남게 된다. 범인도 살인의 단서도 찾아내지 못했으니 서사는 끝나지 않은 상태에서 지속된다. 그러나 모든 독서 행위가 끝났을 때, 제3의 탐정인 독자는 제4의 탐정이 제시한 추리 방법을 통해 철훈의 죽음과 그 사인을 메타적인 의미화로 재해석할 수 있다.

일반적인 추리소설에는 실제 독자와 이야기 속 탐정이 경쟁적 관계를 형성하면서 이야기가 전개되고 결국 탐정의 승리로 끝나지만(조성면, 『대중문학과 정전에 대한 반역』, 43쪽), 「장군의 수염」은 탐정들만큼이나 모든 것을 알고 있는[5] 독자의 해석 과정이 남아 있고 또 그 해석 과정에 따라 이야기의 흐름과 의미가 바뀌게 된다. 소설가 '나'가 철훈이 쓴 소설 「장군의 수염」 속 '나'와 추리 경쟁을 하고 있다면, 「장군의 수염」의 실제 독자 역시 실제 작가와 소설가 '나', 이야기 속 이야기 속의 '나'와 이야기 경쟁을 하면서 자신의 능력을 드러낸다.[6]

실제 독자는 '철훈의 죽음'을 어떻게 해석할 수 있는가? 작가 이어령은 1957년 8월호에서 12월호까지 『문학예술』에 「카타르시스 문학론」을 기고하며, '카타르시스 문학론'을 설파한다. "이어령은 무엇인가를 표현함으로써 내적 갈등과 억압으로부터 스스로를 구원한다는 카타르시스 개념으로 창작 심리의 본질과 창작의 의미를 깊이 있게 논했다"(류철균, 「이어령 문학사상의 형성과 전개」, 363쪽). 여기에서 주목해 볼 내용은 이어령이 '카타르시스 문학론'에서 제시한 '사건→작가→반응' 도식이다.

$$E(event) \rightarrow P(personality) \rightarrow R(response)$$

5 "반다인의 20가지 법칙에 따르면, 첫째, 독자와 탐정은 문제를 푸는 데 동등한 기회를 가져야 한다. 둘째, 작가는 독자에 대해 범인이 탐정에게 사용하는 것들과 다른 속임수들과 계략을 사용해서는 안된다." (나르스작, 『추리소설의 논리』, 108쪽)
6 "포우는 '나 자신이 만들어 놓은 수수께끼, 그것도 반드시 풀어지도록 해답을 미리 정해 놓고 엮어 놓은 수수께끼, 이것을 푸는 데 무슨 재능이 필요하다고 하겠는가. 다만 독자가 탐정의 기교와 작가의 기교를 혼동하고 있을 뿐이다'라고 했다. 또 반스는 '추리소설의 어려움은 언제나 독자의 재능이 작가의 재능보다 뛰어난 데 있다'고 했다." (이상우, 「추리소설의 안과 밖: 문학으로서의 추리소설」, 283쪽)

외부의 사건(E)으로부터 자극을 받았을 때 작가(P)는 내면의 균형을 상실하고 일정한 반응을 보인다. 이것은 환경과 생명체의 관계라는 의미에서 '생명의 위기'이다. 그러나 작가는 이 같은 자극을 무조건 피하지 않고 자극을 향해 반작용한다. 창작 행위를 통해 E´→P→R´ 이라는 새로운 사건을 일으키는 것이다. (이어령, 「카타르시스 문학론 5」, 199~201쪽)

작가는 외부 자극의 충격을 창작으로 승화시킴으로써 새로운 사건(작품)을 만들어 내며 카타르시스를 경험한다. 「장군의 수염」에 나오는 소설가 '나'가 바로 이러한 소설 창작 방법론으로 「장군의 수염」을 쓰고 있는지도 모른다. 실존주의적 입장에서 본다면 '새로운 사건'을 만들어 낸다는 것은 작가가 아닌 일반적인 존재자에게서는 매우 중요한 행위이다. 이야기 속 이야기인 철훈의 「장군의 수염」 속 '나' 역시 장군의 수염을 기르려는 사람들의 이해하지 못할 집단성 (E) 때문에 고통스러워하며(P), 자율적 선택에 의한 자유를 찾기 위해서 차에 뛰어든다(R). 철훈 역시 인간적 이해와 동정이 불가능한 파편화된 전후의 사회 현실(E) 속에서 괴로워하다가(P) 자살을 하게 된다(R). 외부로부터 주어지는 외상(트라우마)을 극복하기 위해 행하는 자살 행위야말로 실존의 카타르시스를 느끼는 존재자의 유일한 사건(R)인 것이다. 그리고 그 사건은 박 형사나 소설가 '나'에게 문제적 사건(E´)이 되면서 의문과 호기심으로 존재의 내면을 흔들어 놓고(P) 수사를 진행하게 한다(R´). 이러한 연쇄 반응은 독자에게 이어져, 문제적 사건(E)은 중첩되고 연쇄적인 반응을 통해 무수한 의미 있는 차이의 사건(E^x)이 되고, 문제적 행동(R^x)이 된다. 그러한 문제적 행동을 사회 비판적인 저항적 의미와 자연스럽게 연결 지을 수 있는 것은 작가 이어령의 시대적 환경과 현실에 대한 실존주의적 비평정신에 기인한 것이다.

전후 대중 문학은 방인근, 조흔파, 정비석 등에 의해 많이 쓰였는데, 방인근의 경우 50~60년대에 100여 권에 가까운 소설을 쓰기도 했다. 60년대 추리소설의 경우도 번안 소설이 쏟아져 나오는 가운데, 순수 창작 추리소설의 경우는 허문녕, 백일완, 방인근 등에 의해 겨우겨우 그 명맥이 유지되었다(조성면, 「한국추리소설사에 대한 변명」, 16쪽). 그러나 이 시기의 추리소설은 좌우 대립, 분단, 전쟁 등 역사적 격변 속에서 통속성 및 선정성 그리고 표절 시비에 휘말리게 된다. 또한 작가들 역시 필명으로 작품을 발표함으로써 작품에 대한 문학성보다는 상업성에 더 치중해 많은 대중 독자층을 확보했음에도 불구하고 문단으로부터 주목받지 못했다. 이러한 60년대 추리소설의 내용과 출판 상황에서 보자면, 「장군의 수염」은 60년대 장르 소설의 내용 및 형식을 한 단계 끌어올렸다고 볼 수 있다.

「장군의 수염」은 정치적 문제의식이 추리 형식과 절묘하게 결합되어 알레고리 효과를 극대화하고 있다. 소시민이 겪게 되는 정치적 좌절과 억압적 권력의 실상을 비판하는 과정에서 소설의 형이상학 추리소설 형식은 독자에게 소설 속 소설인 「장군의 수염」이 사건 해결의 단초가 되며 그것을 해석해야 함을 제시하고, 독자에게 내면화되어 있는 갈등과 문제의식을 찾는 탐정의 역할까지 맡긴다. 이 탐정은 그 중층 구조를 통해 서사를 탈맥락화함으로써, 이야기 차원을 넘어서서 담론, 독서 차원으로 확장되어 철훈의 죽음이 갖고 있는 '사인'을 의미화한다. 또한 이러한 알레고리적 독해는 사건과 그로 인해 발생하는 사건에 대한 일회적인 해석으로 끝나는 것이 아니라 중첩적이고 변증법적인 해석으로 이어지고 있고, 작가의 문학 창작에 대한 해석학적 시각과도 맞닿아 있다.

소설 기법의 실험이라는 맥락에서 보자면, "개인의 내면 세계를 표현하는 다층적 액자 구성, 사회 체제에 의해 파괴되는 개인, 인과론에 대한 자의식적 성찰, 미해결의 결말" 등이 나타나면서, 「장군의 수염」은 본격 소설과 장르 소설, 지식인·대중의 이분법적 구도에 머무르지 않고 그 양식과 내용을 혼용하며 정치적 함의를 내포하는 알레고리적인 메타소설이 된다.

【3장】
놀이하는 인간

1. '놀이'와 기호학

일반적으로 '놀이'는 '즐겁게 노는 일'(『민중국어사전』 참조)로 노동과 반대되는 가치를 가진 인간의 잉여적 행위로 이해할 수 있다. 놀이와 비슷한 의미로 게임을 들 수 있다. 영어상으로는 'play'와 'game'의 차이인데, '놀이' 혹은 '게임'을 어디까지 추상화시켜 나갈 수 있을지가 개념 차이를 이해하는 관건이다. '게임'을 일반적으로 정의하면 '규칙을 정해 놓고 승부를 겨루는 놀이'라고 할 수 있다. '놀이'의 개념적 정의는 이보다 확대된 내용을 담고 있다.

요한 하위징아는 『호모 루덴스』에서 "형식적인 맥락에서 살펴보면, 놀이는 일상에서 벗어난 의식적인 행위이며, 이 행위가 고정된 규칙에 따라 적절한 시공간 경계 안에서 이루어진다"고 말한다. 즉 놀이는 놀이를 하는 사람과 규칙이 있고 놀이가 시작되는 순간 현실 논리와는 다른 놀이의 규칙이 '놀이 공간'을 형성함으로써 가능하다.

이러한 점들은 기호라는 것이 일정한 범주와 규칙 안에서 작동하는 차이의 상호작용임을 강조하는 기호학적 특징과 같다. 종종 문학이나 기호학의 학문적 경향이 놀이의 속성과 유사하기에 비유적으로 사용되기도 한다. 움베르토 에코는 문학 텍스트란 작가와 독자 사이의 '놀이'[1]라고 생각했다. 그는 텍스트 전략에 의해 기획된 텍스트에 독자가 참여하면서 그 텍스트 전략을 발견하는 형식으로 문학 텍스트를 표현했다. 즉 텍스트 전략은 이미 전제되어 있으며, 모델 독자(쉽게 말해 고급 독자)만이 그 텍스트 전략을 이해할 수 있다. 그리고 그 놀이에서 가장 중요한 것은 작가나 독자가 '규칙'(텍스트의 전략)을 공유하는 것이라고 한다. 현실에서 상투적으로 설정된 축구나 경륜, 카지노 같은 놀이만을 놀이로 규정하지 않고, 규칙을 가지고 노는 일들의 다양한 양상(문학, 기호학 등) 모두를 놀이라고 볼 수 있다.

놀이는 연행적 속성을 가지고 있다. 놀이를 하는 동안 유희성, 앎, 종결에 대한 욕망은 놀이의 연행적 동인이 된다. 아무리 멋진 규칙과 놀이 행위자가 존재한다고 할지라도 그것이 실제로 행해지지 않으면 아무런 의미가 없다. 친구들과 야구 경기를 하자고 해놓고서는 규칙만 확인하고 각자 집으로 돌아간다면 진짜로 야구 놀이를 한 것이 아니다. 연행을 통해서 얻게 되는 놀이 효과로 인해 놀이 행위자는 놀이를 지속 혹은 반복하며 즐거움을 얻는다. 그 과정에서 놀이

---

1 "모든 텍스트에는 나름대로의 놀이 규칙들, 소위 텍스트 전략이 있으며, 모델 독자는 바로 그 놀이에 참여하는 자이다." (움베르토 에코, 『열린 예술작품』, 12쪽)

의 규칙이 바뀌기도 하고, 새로운 놀이의 영역과 즐거움이 생겨나기도 한다.

언어적 차이에 기반한 구조적 상상력의 기호학[2]은 그런 점에서 놀이와 유사하다. 기호학적 놀이는 동일한 속성을 가진 기호학과 놀이를 동어반복적으로 나열한 것이 아니라, 규칙과 의미를 새롭게 생성하는 문학 텍스트에 대한 기호학적 연행을 의미한다. '언어 놀이'의 관점을 상정한 비트겐슈타인은 소쉬르와 다르게 놀이 규칙의 비규칙성, 혹은 규칙의 사후적 발견 가능성을 강조했다(한형구, 「기호놀이의 시학, 난센스의 시학」, 146쪽). 이러한 시각은 문학 텍스트를 분석하는 과정에서 고정된 틀과 규칙에 얽매이는 것이 아니라, 능동적으로 규칙과 의미를 재해석하고 생성해 내는 방법론으로 유용하다. 즉 기호학적 놀이는 텍스트의 기호 작용과 구조에 대한 능동적 해석과 재구성을 의미한다.

놀이는 단지 노는 것에서 끝나지 않는다. 놀이하는 사람은 놀이에 참여해 정해진 여러 규칙과 행위를 '연행'하면서 즐거움을 얻거나, 이겼을 때의 '보상'에서 만족을 얻는다. 규칙, 연행, 보상은 놀이가 놀이다워지는 가장 기본적인 조건이다. 놀이는 특정한 세계를 구

---

2 기호학은 기호, 의미, 커뮤니케이션에 대해 연구하는 학문이다. 기호학으로 다루어지는 여러 체계 중 언어가 가장 대표적인데, 언어는 관념들을 표현하는 기호들의 체계이다(소쉬르). 기호학은 단순히 기호에 대한 이론이 아니라 의미화 체계들의 일반 이론을 세우는 것을 목표로 하며, 언어의 내적 구조와 질서를 기반으로 의미화 과정의 형식적 구조(그레마스)나 해석 과정(에코)을 밝히는 것이다.

축하고 그 내적 규칙에 따라 작동(연행)하는 인간의 유희적 행위이다. 더욱이 이러한 놀이는 '치유'의 기능을 가지고 있어 인문 치료의 가능성을 놀이의 상상력 속에서 찾을 수 있다. 전미정은 문학과 놀이의 상관성에 주목하여 다음과 같이 명료하게 요약하고 있다(전미정, 「시 창작의 놀이치료 기능: 김소월의 시를 중심으로」, 281쪽).

아리스토텔레스가 밝힌 카타르시스는 바로 긴장을 야기하는 연민과 공포 뒤에 나타나는 정서적 반응이다. 흥미롭게도, 정신분석학을 계승한 대상관계 이론가 위니캇 또한 예술과 놀이의 친족성을 긴장과 그 해소에서 찾고 있다. 호이징하의 뒤를 이어 또 하나의 놀이 이론을 펼친 로제 카이와가 쾌감을 놀이와 허구의 중요한 요소로 보고 있음도 이와 같은 맥락에 놓을 수 있다.

위의 인용은 아리스토텔레스와 카타르시스 이론이 '놀이' 이론가에게 중요한 방법론적 시각을 제시하고 있음을 확인할 수 있다. 카타르시스는 의학적으로는 배설을 의미하는데, "비극적 흥분 속에서 관객의 심리에 쌓이는 연민과 공포의 정서를 배출해 해방과 쾌감을 일으키는" 정신분석적 치료의 한 방법(정영자, 「문학치료학의 현황과 그 전망」, 389쪽)이기도 하다.

프로이트는 "환자로 하여금 최면 상태에서 고통스러운 어린 시절을 회상케 함으로써 신경증을 가라앉힐 수 있다는 것을 발견하고 이것을 카타르시스 요법이라고 불렀다"(하디슨, 『아리스토텔레스의 시학』, 240쪽). 카타르시스는 정서적 동일시 과정을 통해 치료적 상황을 조성하는 문학 치유의 한 방법이다. 놀이를 연구하는 사람들이 카타르시스의 이러한 효과에 대해 주목하는 이유도, 놀이가 마냥 노는 것에서 끝나지 않고 일상의 스트레스를 해소하고 현실에 적응하기 위한 한 방법(치유의 과정)이기 때문이다.

프로이트는 놀이를 자아 정체성을 구축하는 한 양식으로도 보았다. 프로이트는 아이들의 '포르트-다'fort-da 놀이를 설명하며, 어머니라는 존재의 부재가 아이에게 공포와 두려움, 소외를 경험하게 만들지만, 어머니를 대체한 실패의 '나타남과 사라짐'을 경험하며, 어머니의 부재를 유희적으로 내면화하게 된다고 말하고 있다. 진중권도 '사라짐'은 가장 원초적이고 근본적인 놀이라고 말한다. 사라짐은 풀어야 하는 하나의 수수께끼이고, 놀이에서 술래가 찾아나서야 하는 이유(진중권, 『놀이와 예술 그리고 상상력』, 255쪽)이기 때문이다.

'놀이'는 단순히 어린아이들의 장난질이 아닌 우리들의 보편적 삶과 문학적 삶에 깊숙이 내재한 인간적·문학적 행위다. 소설 텍스트가 의미를 단지 재현하거나 반영하는 것에서 그치지 않고 텍스트 전략(규칙)에 따라 재현될 때, 독자는 그 텍스트와 '놀이'를 하면서 전략의 내용과 의미화 과정을 찾아나서야 한다.

2. '훔치기'와 아픈 성장의 비밀

오정희 소설을 '놀이'로 읽고자 하는 시도는 소설 속에 '놀이'의 행위가 많이 등장하기 때문이기도 하지만, 놀이의 연행성과 치유 효과에 대한 의의를 찾기 용이하기 때문이다.

오정희 소설 속 '놀이'는 '유년의 일상'으로부터 시작된다. 등단 작인 「완구점 여인」은 표제 자체도 아이들이 가지고 노는 장난감을 내세웠으며 그 내용도 100여 개의 오뚝이를 갖고 노는 소녀가 중심 이다. 또한 소설 속 아이들의 생활은 놀이의 연속이며 그 놀이를 통 해서 폐허로 변한 가난하고 막연한 슬픔이 도사린 현실을 잘 드러 낸다. 「중국인 거리」와 「유년의 뜰」에서 아이들은 놀이를 통해서 전 쟁 이후의 일상과 마주한다. 또한 등단작인 「중국인 거리」와 「유년의 뜰」에는 '노는' 아이들이 주인공이다. 전쟁 피난살이를 하는 동안에 어른들의 돌봄을 받지 못하는 아이들은 자신들만의 세계에서 서로 관계 맺으며 어른들의 세계를 흉내내고 남겨진 시간을 놀이로 '소비' 한다.

> 우리는 밀껌으로 푸우푸우 풍선을 만들거나 침목 사이에 깔린 잔돌
> 로 비사치기를 하거나 전날 자석을 만들기 위해 선로 위에 얹어 놓
> 았던 못을 뒤지면서 화차가 닿기를 기다렸다.
> 드디어 화차가 오고 몇 번의 덜컹거림으로 완전히 숨을 놓으면 우리
> 들은 재빨리 바퀴 사이로 기어 들어가 석탄가루를 훑고 이가 벌어진
> 문짝 틈에 갈퀴처럼 팔을 들이밀어 조개탄을 후벼 내었다. (「중국인
> 거리」, 98쪽)

아이들은 도둑질을 하기 전에 풍선 놀이를 하고 비사치기를 하고 자석 만들기 놀이를 한다. 그 '시간 보내기'는 배고픔이라는 현실의 고통을 잊기 위한 행위이며 전쟁 후 가난한 사회 현실을 유년의 일상으로 내면화하는 행위다. 아이들 장난과도 같은 조개탄 훔치기는 가난을 근본적으로 해결해 줄 수는 없지만, 아이들이 일시적으로나마 배고픔을 이겨 내게 해준다. 그러한 유예와 일시적 욕망 충족은 이 아이들에게 너무나도 절실한 '생존' 그 자체이다. 그래서 그들에게 도둑질이란 반사회적 행위로 처벌받아야 할 일탈 행위가 아니라, 그저 생을 유지하며 일상을 보내는 놀이에 지나지 않는다.

아이들의 놀이와 배고픔, 도둑질은 서로의 역학 관계 속에서 아이의 일상을 '살아 있음'으로 구체화한다. 아이들에게 놀이는 '살아 있음'을 확인하는 유일한 행위이다. 「유년의 뜰」에서도 노랑머리의 도둑질(닭 잡아먹기, 찬장 뒤지기, 엄마 지갑에서 돈 꺼내기)은 늘 허기진 배고픔과 성장에 대한 욕망이 강박 충동으로 나타난 것이다. 노랑머리의 도둑질이 깊어질수록 '생에의 갈증'은 절실한 일상에의 욕망이 되며, 성장에 대한 기묘한 두려움과 서러움으로도 나타난다. 이때 노랑머리는 아이이면서 이미 어른들을 닮고 늙어 버린 존재가 된다.

한편 아이들의 놀이는 현실을 모방하고, 어른들을 따라하는 행위다. 어린 개체(아이)가 성숙한 개체(어른)의 삶을 예행 연습하는 것이다. "아이들의 놀이는 성년기에 대처하기 위해 몸과 뇌를 훈련해서 사회적, 정서적 지능을 계발하는 활동이다. 놀이는 중요하다. 아이에게는 놀이가 곧 일이다"(갓셀, 『스토리텔링 애니멀: 인간은 왜 그토록 이야기에 빠져드는가』, 64쪽).

벽에 버티어 놓은 거울에, 등지고 앉은 오빠의 몸이 고집스럽게 담겨 있었다. 뽑혀 나온 새치를 손가락 사이에 들고 잠시 들여다보던 어머니가 햇빛을 피하는 시늉으로 눈살을 찌푸리며 거울을 옮겨 놓고 화장을 계속했다. 나무궤 위에 쌓아 놓은 우리들의 때묻은 이부자리가 거울 면에 들이찼다. 오빠의 모습은 사라졌다. 대신 거친 손짓으로 책장을 넘기는 바람에 낡고 눅눅해진 종이가 힘들게 찢겨지는 소리가 났다. 오빠의, 긴장으로 경직된 등이 제풀에 움찔했다.
어머니는 등뒤의 작은 시위—그러나 오빠 나름대로는 필사적인—에 아랑곳하지 않고 분첩으로 탁탁 얼굴을 두들기고 가늘고 둥글게 눈썹을 그렸다. 나는 조마조마한 마음으로 어머니와 오빠를 번갈아 보며, 그러나 어쩔 수 없는 호기심과 찬탄으로 거울 속에서 점차 나팔꽃처럼 보얗게 피어나는 어머니의 얼굴을 바라보았다.(「유년의 뜰」, 128쪽)

「유년의 뜰」에서 거울은 가족 간의 갈등을 잘 반영해 준다. 어른인 어머니는 외출을 하기 위해 거울을 들여다보고, 그런 어머니를 아직은 어린 오빠가 감시한다. 거울은 온 방안을 온전히 다 비추면서 "거울 속에서 낯설게 만나지는 자신에게 경원과 면구스러움"을 느끼게 만든다. 거울은 현실을 반영하여 이차 이미지를 만들어 내지만, 아이들에게 거울이란 현실 그 자체로 작동한다. 어린아이의 눈에 비친 거울 속 이미지(돈을 벌기 위해 어머니가 읍내에 나가는 일)는 자신들의 비참한 현실을 적나라하게 보여 주면서, 아버지 없는 세계의 두려움과 어머니의 일탈이 만들어 내는 폭력적인 상황에 대해 두려움을 강요한다.

아이들은 거울 앞에서 연극 놀이를 한다. 오빠는 의사, 언니는 천사, 노랑머리는 병자가 된다. 병자가 아파하다가 죽어 천사와 함께 하늘에 오르는 것이 연극의 끝이다. 이러한 연극을 통해 아이들은 현실을 대리체험하고 의사죽음을 경험한다. 노랑머리는 죽은 체 함으로써 연극 놀이 안에서의 자신의 삶을 유예시킨다. 고단한 현실로부터 벗어났다는 일시적 해방감은 아이로 하여금 고집스럽게 '죽은 척' 하도록 강요한다. 방에서 하는 아이들끼리의 놀이는 「중국인 거리」에서도 발견된다.

이건 비밀이야.
매기 언니의 방에서는 무엇이든 비밀이었다. 서랍장의 옷갈피 짬에서 꺼낸 비로드 상자 속에는 세 줄짜리 진주 목걸이, 여러 가지 빛깔로 야단스럽게 물들인 유리알 브로치, 귀걸이 따위가 들어 있었다. 치옥이는 그 중 알이 굵은 유리 목걸이를 걸고 거울 앞에서 단호하게 말했다.
난 커서 양갈보가 될 테야, 매기 언니가 목걸이도 구두도 옷도 다 준댔어. (「중국인 거리」, 111쪽)

「중국인 거리」에서 치옥이와 '나'는 매기 언니의 방에서 노는 것을 좋아한다. 양갈보인 매기 언니 방에는 가난한 중국인 거리 사람들에게서는 볼 수 없는 진기한 물건들이 많다. 매기 언니의 다양한 옷과 악세사리, 화장품을 가지고 놀며 치옥이와 '나'는 어른들의 세계를 간접 경험한다. 커서 매기 언니와 같이 양갈보가 되겠다는 치옥의 욕망은 가난한 아이가 유일하게 접할 수 있는 현실에 대한 비극적 이해 방식을 잘 보여 준다.

아이들은 어른들의 세계를 모방함으로써, 어른이 되기 전에 어른이 된다. 아이들은 도둑질, 거울 놀이, 병원 놀이, 양갈보 놀이를 통해 전쟁 후 혼란스럽고 가난한 사회 현실과 밀접하게 맞닿아 있다. 그 과정에서 아이들은 정서적 불안감(「유년의 뜰」의 노랑머리)을 느끼고, 폭력에 대한 두려움(「유년의 뜰」의 오빠)과 존재의 불완전함(「중국인 거리」의 '나')을 경험한다. 아이들은 그러한 심리적 스트레스를 벗어나기 위해 '놀이'에 집착하고, 뒤틀린 현실의 균형감을 찾기 위해 노력한다.

오정희 소설 속 아이들의 놀이는 '죽은 자'에 대한 기억이면서, 그 부재가 만들어 내는 공포와 그리움을 치유하기 위한 적극적인 행위로 기능하기도 한다.

나는 급히 뛰어나온 계집애에게서 빨간 프라스틱 오뚝이를 받아 들었다. 그날 밤, 나는 죽은 동생의 꿈을 꾸었고 그 후 밤마다 완구점에 들러 오뚝이들을 사 모았다. 그것은 마치 춥고 황량한 나의 내부에

한 개씩 한 개씩 차례로 등불을 밝히는 작업과도 같은 의미를 가지고 있었다. 때때로 나는 나의 속에서 끊임없이 지어지는 고치를 딱딱하게 감각했다. 그것들은 혹처럼 무겁게 가슴 속에 자리하고 있었으나, 동그란 오뚜이를 손에 쥘 때 오뚜이의 빨간 막과 그 껍질이 부딪치는 소리를 느낄 수 있었다. 두 다리를 못 쓰는 여인과 갖가지 장난감들이 빚어내는 괴괴한 흔들림 속에서 위축되기 쉬운 나의 감정들은 위안을 받는 것이다. (「완구점 여인」, 20쪽)

깊은 땅 속에서 두 계절을 묻혀 있던 손수건은 썩은 지푸라기처럼 축축하게 손가락 사이에서 묻어났다. 동강난 비취 반지와 녹슨 버클, 몇 닢 백동전의 흙을 털어 가만히 손 안에 쥐었다. 똑같았다. 모두가 전과 다름없었다. 잠시의 온기와 이내 되살아나는 차가움.
나는 다시 손 안의 물건들을 나무 밑에 묻고 흙을 덮었다. (「중국인 거리」, 123쪽)

「완구점 여인」에서 오뚜이는 휠체어를 탔던 죽은 동생과 두 다리를 못쓰는 휠체어를 타는 완구점 여인을 모두 환유적으로 나타내고 있다. 동생이 자신 때문에 죽었다는 자책, 아버지에 대한 원망과 원치 않는 배다른 동생의 탄생을 고통스러워하며, 슬픔과 우울증에 빠져 있는 '위축되기 쉬운 나의 감정'은 장난감 오뚜이와 완구점 여인으로부터 위안을 받는다. 오뚜이를 사 모으는 행위와 그녀를 만나는 행위는 죽은 동생을 환기시키며 이미 존재하지 않는 존재를 존재하는 것처럼 착각하게 만들지만, 역설적으로 '나'의 정서를 순화하고 '나'의 고통과 슬픔을 치유하는 역할을 한다.

또한 「중국인 거리」에서 '나'는 할머니의 유품을 맥아더 동상 근처에 묻고 가끔 찾아가 그 존재를 확인하는 행위를 한다. 이 유품들은 할머니의 삶 자체를 의미하며 고단하게 살아온 일생의 여정을 상징적으로 나타내고 있다. 그것을 땅에 묻는 행위는 할머니의 죽음을 의사-경험하는 것이며, 이 놀이를 통해 할머니의 부재를 받아들이게 된다.

이렇듯 죽은 대상 혹은 부재하는 대상의 '나타남-사라짐'은 하나의 놀이로서 이 작품들 속에서 아이에게 위안과 슬픔을 제공한다. 유년이 경험하는 죽음은 그 대상의 부재이고, 그 부재에 대한 환유적 대상물들을 찾는 놀이는 부재의 현실을 받아들이고 죽음을 내면화하며, 그 대상과 결별하는 자신의 존재가 위치한 현실을 받아들이는 기능을 한다. 김현은 오정희 소설에 대해 "자유분방하고 때로는 섬세하고 때로는 가냘프기까지 한 그의 소설 문체에서 섬뜩함을 느낀다"(김현, 「살의의 섬뜩한 아름다움」 참조)고 했다. '생의 이면에 도사린 죽음을 꿰뚫어보는 시선'과 '일상에 대한 낯선 경험'은 오정희 소설의 근원적 창작 원리다. 이 과정을 거치면서 오정희 소설 속 유년의 '나'는 자신이 한참을 커 버렸다는 사실을 어린아이의 몸으로 기억하게 된다.

3. 일탈과 유희의 '자위'

오정희 소설 속 아이들의 놀이가 가족의 부재(죽음)에 맞서고 비극적 현실을 망각하려는 환유적 놀이 과정에서 형성된 것이라면, 어른들의 놀이는 좀더 규칙과 보상에 충실한 게임[3]에 가깝다. 그 과정에서 자기 자신의 정체성을 찾고 현실로부터 벗어나고자 하는 일탈적 욕망을 내면화한다.

제목 자체부터 '게임'을 앞세운 「저녁의 게임」은 어른들의 놀이를 노골적으로 표현하고 놀이의 여러 기능들을 세분화된 층위로 형상화한다. 먼저 '저녁의 게임'이라는 제목에 가장 명료하게 부합되는 소재는 '아버지와의 화투 놀이'다. 오빠와 어머니가 부재하고 외부로부터 격리된 공간인 '집'에서 편부를 부양하며 살아가는 '나'와 그 '아버지' 사이에 이루어지는 유일한 소통 방식이자 '놀이'가 바로 '화투'다. 아버지는 화투 놀이를 하며 하루 운세를 떼고, 집 나가 돌아오지 않는 오빠를 기다린다. 이 화투 놀이는 가족 간의 이상한 소통과 기묘한 연대를 반영한다.

아버지가 곁눈질로 내 패를 흘깃거렸다. 나도 화투장을 움켜쥔 채 단

---

3 "놀이는 게임과는 다르다. 놀이는 순수한 즐거움을 추구하고 행하는 것이다. 게임은 일정한 규칙 하에 이루어지는 활동, 예를 들어 배구, 시 짓기, 교향악 연주, 외교 같은 것이다. 놀이는 태도이자 행동의 방식이지만 게임은 규칙과 참여자가 정해진 활동이다." (나흐마노비치, 『놀이, 마르지 않는 창조의 샘』, 65쪽)

단히 진을 친 아버지의 것을 넘겨다 보았다. 굳이 넘겨다볼 것까지도 없었다. 뒷면만을 보아도 무슨 패인지 환하게 알 수 있는 것이다. 아버지도 역시 마찬가지일 것이다. 가로로 비스듬히 금이 가 있는 것은 난초 (중략) 그림이 그려진 앞면을 서로 상대방에게 보이는 것이 속임수가 가능할 만큼 아버지와 나는 화투장의 뒷면에 익숙해져 있는 것이다. (「저녁의 게임」, 84쪽)

소설이 시작되고 '나'가 시종일관 아버지와 '동문서답' 격의 대화를 나눈다. 이어 마침내 '화투' 놀이를 통해서 그러한 소통의 벽이 해소될 것이라는 독자의 기대는 그 속임수 놀이에 좌절하고 만다. 다른 가족이 눈치챈 패가 아니라, 자신만이 알고 있는 패를 찾기 위해 집을 나간 오빠가 빠져 버린 화투 놀이는 무의미할뿐더러 공허하다. '나'는 "마치 먼 옛날부터 이렇게 식탁을 마주하고 앉아 화투 놀이를 해왔던 것 같다"고 말하며 '현실과 공상'이 뒤섞인 비현실감을 경험한다.

일반적으로 화투는 '규칙을 정해 놓고 승부를 겨루는 놀이'라는 게임 그 자체로서의 사전적 의미를 가장 정직하게 가지고 있다. 그러나 역설적이게도 아버지와 '나'의 화투 놀이는 화투패가 낡아 상대방의 패를 모두 알고 하는 속임수 놀이다. 그래서 '나'와 아버지의 화투 놀이는 상대의 속임수를 손바닥 보듯이 꿰뚫어 보아, 기본적인 긴장 관계조차 상실된 '무의미한 소일거리'에 지나지 않는다.

'나'가 즐기는 두번째 저녁의 놀이는 공사판 사내와의 밀회다.

'저녁'에 아버지 몰래 '외출'한 '나'는 공사판에서 일하는 낯선 사내와 애정이 조금도 담기지 않은 성적 관계를 지속한다. 서로 간에 돈이 전제되지 않은 육체 관계를 나눈다는 점에서, 두 남녀가 성적 몰입에 빠져드는 성관계는 쾌락적이고 이상화된 어른들의 놀이다. 그러나 공사판 사내와의 기계적이고 충동적인 관계는 '나'에게 유희와 욕정마저 다 채울 수 없는 저녁의 일과일 뿐이다. 성행위를 하면서 공상에 빠져 별들을 감상하며 낭만적 사랑을 꿈꾸는 '나'의 모습[4]은 자신의 성을 사랑을 위해서가 아닌 단순한 쾌락 게임으로 전락시킬 수밖에 없는 참혹한 현실과 그 내면 심리의 비극성을 드러낸다. '나'의 '저녁의 외출'은 동물적인 쾌락도 허락되지 않는 일상의 일탈이며 다시 아버지가 있는 집으로 돌아와야 하는 내면화된 불안의 반복일 뿐이다.

오정희 소설에서 '외출'은 유희적이면서도 치유적인 성격이 강하다. 「옛우물」에서도 중년 부인의 '외출'이 핵심 사건이다. "작은 지방 도시에서, 만성적인 편두통과 임신 중의 변비로 인한 치질에 시달리는" '나'는 작고 낡은 예성 아파트를 자주 방문하곤 한다. 오정희 소설 속에서 반복되는 비일상적인 '외출'은 '사라짐'과 맞물려 반복

---

4 "밤의 어둠 속에서는 늘 마른 꽃 냄새가 났다. 안드로메다, 오리온, 카시오페이아, 큰곰. 너는 무슨 별 자리니, 전갈좌. 당신은 벽이 두껍고 조그만 창문이 있는 주택을 갖게 되며 카섹스를 즐깁니다. 수줍고 내성적이나 항상 로맨틱한 사랑을 꿈꿉니다. 꽃이 안 어울려요. 그래 꽃을 꽂기에는 너무 늙었어. 미친 여자나 창부가 아니면 머리에 꽃을 꽂지 않지." (「저녁의 게임」, 95쪽)

적이고 강박적으로 전개되는 현실 일탈 행위이다. 「불의 강」에서 밤마다 외출하는 남편에게는 탄내가 나고, 「저녁의 게임」에서 '나'의 외출은 낯선 남자와의 밀회를 의미하며, 「바람의 넋」에서 은수의 외출은 망각된 기억의 흔적을 찾는 여정이다. 이러한 내용들은 모두 '자아'의 모호한 정체성을 해명하기 위한 강박 반복의 유희적 행동들이라는 점에서 문제적이다. 또한 남자 인물들의 외출이 현실에서 탈출하거나 벗어나고자 하는 현실적 대응(「불의 강」, 「별사」, 「유년의 뜰」 등)이라면, 여자 인물들의 경우에는 외출을 통해 몽환적인 '현실 감각'을 되찾고, 자아를 치유하기 위해 노력(「저녁의 게임」, 「바람의 넋」, 「옛우물」 등)한다.

오정희 소설 속에 등장하는 많은 아이들의 놀이(「중국인 거리」, 「유년의 뜰」, 「동경」 등)와 여성 인물들의 반복적 '외출'(「옛우물」, 「바람의 넋」 등)은 전후 사회에 대한 부적응과 반-성장이거나 현실 부적응의 일탈적 여성성을 의미하는 것이면서도, 존재의 불안과 정체성의 위기를 '봉합'하기 위한 치유의 행위 과정이다.

마지막으로 「저녁의 게임」에서 '나'가 즐기는 세번째 놀이는 '나'를 성적 대상으로 하는 파격적이면서도 몽상적인 '자위 행위'다. 낯선 남자와 만나는 것을 눈치챈 듯한 아버지가 거실에 있는데도, '나'는 방에 들어와 혼자 자위 행위를 한다. 이제껏 해왔던 놀이의 대상이 '당뇨에 걸린 무력한 아버지', '아무런 애정이 없는 낯선 사내'와 같이 무력한 '빈껍데기' 같은 존재들이었던 것에 반해, '나'를 대상으로 이뤄지는 '놀이'인 자위는 작품에 등장한 세 가지 놀이 가운데 가장 적극적이고 만족스러운 놀이다. 놀이의 상대가 부재하지만 꼭 부재하는 것만은 아닌 자위 행위를 통해 '나'는 자신의 정체성을 희미하게나마 인지하게 된다.

「저녁의 게임」의 '나'는 '집'으로 상징되는 막힌 공간에서 오빠처럼 탈출하고자 하지만 그것은 어떤 이유에서건 쉬운 일이 아니다. 억압된 자신의 욕망을 해소할 어떠한 대상도 찾지 못한 주인공에게는 앞서 언급한 '저녁의 게임들'(화투, 성관계, 자위 행위)이 필요했다. 불행하게도 주인공이 선택한 모든 놀이나 놀이의 대상은 기형적이거나 초라하다. 놀이를 즐길 만한 새로운 대상은 소년, 죽은 엄마, 집 나간 오빠와 같이 원거리에 있거나 부재하며, 무엇보다 '나' 자체가 '상실감' 혹은 '결핍'으로 인해, 속임수에 지나지 않는 '화투 게임'을 건전하게 개선하려는 시도를 보이거나 사랑이 전제된 성관계를 하고자 하는 욕구나 인식으로 전환하려는 계기를 마련하지 못한다. 이로 인해 마지막 장면에서 주인공은 자조 섞인 웃음을 보이며 자학과 맞닿은 자위를 할 수밖에 없다. "나는 내리누르는 수압으로 자신이 산산이 해체되어 가는 절박감에 입을 벌리고 가쁜 숨을 내쉬며 문득 사내의 성냥 불빛 앞에서처럼 입을 길게 벌리고 희미하게 웃어 보였다."(「저녁의 게임」, 96쪽)

4. 기호학적 놀이와 생의 비의

많은 연구자들이 오정희 소설의 재현이 내포하는 '모호성'을 해명하기 위한 다양한 이론적 틀과 해석적 의미를 제시하려고 하지만 그 명료한 의미를 설명하려고 하면 할수록 오정희 소설의 모호성과 다층성은 증폭되곤 했다. 그것은 오정희 소설의 리얼리티를 텍스트의 이야기 차원에서 추론하기 때문이기도 하며, 오정희 소설이 갖고 있는 독특한 의미화 전략, 즉 텍스트의 구조적이고 기호학적인 서술 전략을 간과하기 때문으로도 보인다.

텍스트의 '의미'란 기호들의 혼란스러운 발현, 말하자면 텍스트의 표면 구조에서 손쉽게 포착될 수 있는 것이 아니다. 텍스트는 분명히 의미가 생성되는 장소이지만, 그것은 여러 가지 다양한 관계들과 복합적인 과정을 거쳐 이루어진다. (김운찬, 『현대기호학과 문화분석』, 94쪽)

텍스트의 의미란 중층적으로 구현되어 있는 기호들의 의미화 과정 속에서 도출될 수 있는 것이다. 위에서 언급한 '다양한 관계들과 복합적인 과정'을 텍스트의 구조적 형식 및 기호학적인 과정으로 이해할 때, 오정희 소설은 내적 논리로 작동하는 일정한 구조를 가지고 있는 의미화 체계, 상징 기호 체계를 가지고 있는 것으로 보아야 한다. 오정희 소설에서 하나의 내용이 하나의 의미를 있는 그대로 내포하는 것으로 읽을 것이 아니라, 소설 텍스트 내적인 혹은 외적인 상징 기호 체계 안에서 읽을 때 보다 객관적이면서 심층적인 구조와 그 의미화 과정을 발견할 수 있다. 오정희 소설의 텍스트 전략을 찾는 노력은 서사적 모호성, 주제의 혼종성, 의미의 복잡성 등으로 이루어진 오정희 소설의 문학성을 기호학적 연행으로 이해하기 위한 시도이며, 오정희 소설의 텍스트 전략을 읽고 즐기기 위한 능동적 행위이다.

오정희 소설 세계에는 양항 대립적 이미지들이 등장할 뿐만 아니라, 그것이 반복적으로 활용됨으로써 독특한 기호학적 세계를 구축하고 있다. 삶과 죽음, 어른과 아이, 빛과 어둠, 높은 곳과 낮은 곳, 감각과 기억 등 이러한 대립항들은 수직적이면서도 수평적인 공간적 상상력을 통해 보다 구체화되고 있다. 이러한 텍스트 전략은 오정희 소설을 이해하기 위해 찾아야 하는 규칙이 되면서, 이야기 차원뿐 아니라 담론 차원에서도 독자와의 기호학적 놀이를 가능하도록 만든다. 사실 문학 작품 읽기란 작가와 독자 사이에서 벌어지는 속살을 감추고 더듬는 에로틱 놀이이다.

먼저 「중국인 거리」에서 기호학적 대립은 수직적 공간 인식으로 나타난다. 주인공 여자아이는 피난지 도시의 가장 높은 곳에서 그 도시의 풍경을 조망하기도 하고, 자신의 집 가장 구석진 곳에서 여성 삶의 극단적인 전환(초조, 출산 등)을 경험한다. 이러한 대립적 감각은 하나의 생물학적인 경험으로부터 개인의 삶과 사회적 환경을 관통하는 역사에 대한 이해까지를 모두 아우른다.

철로 너머 제분공장의 굴뚝에서 울컥울컥 토해 내는 검은 연기는 전쟁으로 부서진 도시의 하늘에 전진戰塵처럼 밀려들고 있었다.

전쟁사에 길이 남을 것이라는 치열했던 함포 사격에도 제 모습을 고스란히 지니고 있는 것은 중국인 거리라고 불리는, 언덕 위의 이층집들과 우리 동네 낡은 적산가옥들뿐이었다.

시가지 쪽에는 아직 햇빛이 머물러 있는데도 낙진처럼 내려앉는, 북풍에 실린 저탄장의 탄가루 때문일까, 중국인 거리는 연기가 서리듯 눅눅한 어둠에 잠겨들고 있었다.

시의 정상에서 조망하는 중국인 거리는, 검게 그을린 목조 적산가옥 베란다에 널린 얼룩덜룩한 담요와 레이스의 속옷들은, 이 시의 풍물風物이었고 그림자였고 불가사의한 미소였으며 천칭의 한쪽 손에 얹혀 한없이 기우는 수은이었다. 또한 기우뚱 침몰하기 시작한 배의, 이미 물에 잠긴 고물船尾이었다.

시의 동쪽 공설 운동장에서 때이른 횃불이 피어올랐다. 잔양殘陽 속에서 그것은 단지 하나의 흔들림, 너울대는 바람의 자락이었다. 그리고 사람들은 와아와아 함성을 질렀다. 체코, 폴란드, 물러가라, 꼭두각시, 괴뢰 집단 물러가라, 와아와아. 여름 내내 햇빛이 걷히면 한 집에서 한 명씩 뽑혀 나간 사람들은 공설 운동장에 모여 발을 구르며 외쳤다. 할머니는 돌아와 밤새 끙끙 허리를 앓았다. (「중국인 거리」, 118쪽)

여자아이는 시골과 별반 다를 것 없는 도회지의 풍경을 조망하기 위해, 시에서 가장 높은 맥아더 장군상에 올라앉아 피난지인 인천을 한 눈에 내려다본다. 여자아이의 시선에 들어오는 지형지물들은 한국 현대의 '경제 문화사'를 고스란히 담아내고 있다. '제분공장 굴뚝'과 '적산가옥'은 일본 제국주의의 식민지 경영을 상징적으로 보여주고, '중국인 거리'는 중국과 인접한 전통적인 이국 문화이고, '얼룩덜룩한 담요와 레이스의 속옷들'은 미군을 상대로 한 매춘 산업을 단적으로 의미한다. 각각의 이미지들은 제국의 경제 논리가 식민지에 내면화되어 기생하는 형상을 잘 보여 준다. 또한 중국인의 폭죽 놀이와 중국식 음식, 미군의 매춘과 미제 상품들, 맥아더 장군상, 사람들의 이데올로기 시위 등은 다양한 문화가 혼재되어 있는 탈식민지의 다문화적 혼종성을 잘 보여 주고 있다.

이렇게 여자아이의 공간에 대한 지각이 역사적 공간과 시간을 중첩적으로 이해하는 방식으로 전개되는 결정적 원인은 '전쟁'에 있다. "철로 너머 제분공장의 굴뚝에서 울컥울컥 토해 내는 검은 연기는 전쟁으로 부서진 도시의 하늘에 전진처럼 밀려들고 있었다"는 표현에서 알 수 있듯, 여자아이가 살고 있는 도시는 여전히 전쟁의 상흔을 지우지 못하고 있다. 여자아이가 속한 세계('중국인 거리')는 '서리듯 어둑한 어둠'에 잠겨들고 '기우뚱 침몰하기 시작하는 배'와 같이 위험스럽고 공포스러운 상황에 놓여 있다. 이렇듯 전쟁은 "'이미지'로 재현되거나, 잊혀지지도 않고 기억도 되지 않는 '외상'으로 존재할 뿐"(정재림, 「오정희 소설의 이미지 기억 연구」, 222쪽)만 아니라, 일상 속에 내면화된 끝나지 않은 공포로 존재하고 '역사적 중층성과 문화적 복합성을 가진 세계'를 만들어 내고 있다. 이러한 역사적 경험과 이해는 「중국인 거리」에 전면화되어 표현되진 않지만, 소설이 만들어 내는 기묘한 긴장과 숨죽인 공포를 만들어 내는 데 큰 역할을 하고 있다.

인천시가 내려다보이는 '맥아더 장군 상 위'와 대립되는 공간이 초조를 경험하는 '벽장 속'이다. 여자아이는 어두운 벽장 속에서 "옷 속에 손을 넣어 거미줄처럼 온몸을 끈끈하게 죄고 있는 후덥덥한 열기를, 그 열기의 정체"인 초조를 경험한다. 일반적으로 「중국인 거리」에서 '초조'는 여자아이의 성장을 상징하는 것으로 논의되고 있지만, 소설 속에서 형상화되는 성장 전의 세계(여자아이로서의 삶)와 성장 후의 세계(여자로서의 삶)가 크게 다르지 않다는 점에서 「중국인 거리」에 표현된 '초조'는 성장을 의미한다기보다는 여성적 삶의 중첩을 통해 경험하는 생의 공포와 두려움, 존재의 모호성 그 자체를 의미한다.

「중국인 거리」에서 맥아더 장군 동상과 골방은 서로 공간적 형상화에 있어서도 대립적이고, 그것이 내포하고 있는 혼종성의 의미도 역사의 중첩성과 여성적 삶의 중첩 등으로 서로 다른 맥락을 보여주지만, 서로 이질적인 체험이 한 여자아이의 감각(시각과 촉각) 속에서 이루어지고 있고, 그것이 어떠한 수렴점을 지향하기보다는 길항 관계에 놓여 있다는 점이 특징이다. 여자아이의 시선은 두 양항 대립적 세계나 주체들에 대해 어떠한 가치 부여도 하지 않으며, 그것들의 공존을 확인하고 그 비극성을 내면화한 것이다.

이렇듯 오정희 소설 속 공간적 상상력은 폐쇄적이고 비극적인 개인적 공간, 일상적 공간과 역사적·사회적·관념적 공간의 대립으로 구체화되고, 사회적 갈등을 양항 대립적 상황으로 효과적으로 드러낸다. '초조'를 경험하는 「중국인 거리」의 '벽장'과 마찬가지로, 「유년의 뜰」에서의 '화장실'과 「바람의 넋」에서의 화장실은 작품의 마지막에 극적 현실을 체험하는 공간으로 제시된다. 그 폐쇄적인 공간 속에서 여자아이는 외부와의 고립과 외부에 대한 공포를 경험한다. 「유년의 뜰」에서는 어머니와 오빠, 부네와 부네의 아버지가 대립하고, 공간적으로는 '시골'(전근대)과 '읍내'(근대)가 상징적으로 대립한다. 「중국인 거리」에서는 매기 언니와 흑인의 갈등이 두드러지지만, 무엇보다도 여자아이가 다른 인물들(타자들, 원주민들)과 대립하고, 공간적으로는 시골(피난지)과 도시(이주지) 사이의 갈등을 경험한다. 「별사」에서는 산 자의 공간과 죽은 자의 공간이 작품 전체의 세계관과 사회적 갈등을 구체화한다.

앞서 「중국인 거리」의 수직적 대립과 함께 「동경」에서는 '거울'을 매개로 한 수평적 대립이 인물들의 존재론적인 갈등을 극대화하여 보여 준다.

"일러라, 찔러라, 콕콕 찔러라."
아이는 마당에서 공처럼 뛰어다니며 거울을 비췄다. 아내는 겁에 질려 마루로 올라왔다. 거울빛은 마루턱에 늘어서 하얗고 단단하게 말라 가는 짐승들을 지나 재빠르게 아내의 얼굴에 달라붙었다. 구겼다 편 은박지처럼 빈틈없이 주름살진 얼굴이 환히 드러났다.
"얘, 얘야, 제발 저리 가. 그러지 마라."

아내가 우는 소리를 내며 아이에게 애원했으나 아이는 아내의 돌연한 공포가 재미있는지 깔깔거리며 거울을 거두지 않았다. 아내는 빛을 피해 그가 누워 있는 방에 주춤주춤 들어왔다.

(중략) 그러나 아이에게 늙은이를 무력한 공포에 몰아넣는 것보다 더 재미있는 놀이가 있을까.

(중략) 거울 빛의 반사가 잠시, 천장으로 벽으로 재빠르게 움직이다가 마침내 유리컵에 머물고 밖의 빛으로 어둑신하게 가라앉은 정적 속에서, 물 속에 담긴 틀니만이 홀로 무언가 말하려는 듯 밝고 명석하게 반짝거렸다. (「동경」, 273~274쪽)

위의 예시문은 「동경」의 마지막 부분으로, 무료하면서도 팽팽한 긴장감으로 진행되던 이야기가 '거울 놀이' 때문에 격동하는 장면이다. 소설 속 아이와 할머니는 거울 놀이를 매개로 '빛'의 세계인 마당과 '어둠'의 세계인 방안이라는 대립된 위치에 놓여 있다. 아이는 장난을 치듯 놀이의 차원에서 거울을 이용하고 있지만, 할머니는 이를 유희로 느끼지 못하고 공포와 두려움으로 인식하며 아이의 거울은 폭력적 도구가 된다. 이러한 아이와 할머니의 인식의 차이는 놀이가 자신이 처한 위치에 따라 (일상적 의미의) 유희뿐만 아니라 (일반적인 놀이의 특성과는 연결시키기 어려운) 공포·두려움의 대상이 될 수도 있음을 알려준다.

일상의 '거울 놀이'가 공포의 폭력 행위가 되는 과정은 이 소설이 내포하고 있는 기호학적 대립 구조 때문이다. 이 소설에서 아이가 가지고 노는 거울은 죽은 사람의 껴묻거리로 넣는 '동경'과 대립적이다. 아이가 가진 거울은 생명력, 즉 빛을 받아 반사시키고 뿜어내며 밝게 요동치는 살아 있음을 상징한다. 아이가 들고 노는 거울은 젊음의 상징인 동시에 생의 상징이다. 반대로 어둠 속에 묻혀 있는 동경은 먼지에 뒤덮여 빛을 반사하지도 못하고, 밝게 빛나지도 못한다. 이 거울은 아들 영로의 죽음을 슬퍼하게 하는 매개체임과 동시에 생의 에너지가 없는 노부부의 '늙음'을 상징한다. 늙은 노부부의 특별할 것 없는 일상을 생각해 보면, 아이가 가진 젊음은 질투의 대상인 동시에 자신의 한계를 인식하게 해주는 공포의 표상인 것이다. 그래서 '아이'와 '아내'는 거울과 '빛'을 가운데 두고 대립하는데, 극단적으로 말해 젊음을 가진 자와 못 가진 자의 싸움인 것이다.

늙음의 시간 속에 살아가고 있는 '나'와 아내는 살아 있지만 살아 있지 않은 존재이다. "칠흑처럼 검은 머리를 하고 (중략) 누워 있었다"는 구절은 죽음의 이미지를 극명하게 드러내는데, 이와 동시에 '거울의 빛'은 '어둑한 정적' 속에서 '틈니'에 비추어져 '밝고 명석하게 반짝'거린다. 삶과 죽음, 빛과 어둠을 상징하는 이미지들은 동경의 마지막 한 문장 속에서 끊임없이 교차하며 뒤섞인다. 이러한 대립은 '삶과 죽음의 모호한 경계' 의식을 만들어 낸다. 삶과 죽음, 빛과 어둠을 상징하는 이미지들의 대립과 혼재 속에서, '우리가 익숙해 있는 평균적인 지각 방식에서 벗어나 원초적인, 그리고 유기적이지 않은 지각으로 이행'하는 오정희 소설의 기호학적 세계가 구체화되고 있다.

【4장】
살아 있는 서사적 은유

1. 서사와 은유

서사적 은유narrative metaphor라고 했을 때, 서사적 속성이 은유적으로 형상화된다는 것을 말하는지, 은유적 속성이 서사적으로 형상화된다는 것을 말하는 것인지 명료하지 않다. 이 표현 자체가 '은유적'이거나 보다 근본적인 시학적 문제를 반영하고 있다. 또한 이 두 개념을 서로 동등한 미적 개념으로 다룬다고 했을 때 어떠한 시학적 조건을 전제로 비교할 수 있을 것인지가 관건이다. 서사와 은유의 비교 혹은 그 둘 사이의 이론적 유사성을 서술했던 것은 리쾨르이다. 리쾨르는 인간의 이야기 능력과 그 문화에 대해 논하는 『시간과 이야기』에서 '살아 있는 은유'를 전제하고서 『시간과 이야기』를 집필했다고 밝히고 있다. 그러면서 '술어 기능의 새로운 적합성'에 초점을 두고 서사를 은유에 접근시키는데, 은유적 묘사와 서술적 미메시스를 서로 밀접하게 연결하며, 광범위한 시적 영역이라 말한다(리쾨르, 『시간

과 이야기 1』, 8~11쪽). 그러면서 서사와 은유 사이의 시학적 상동성을
논하려고 한다.

은유는 보통 대상과 매개체 사이의 동일시 과정에서 창조적 의
미와 내재적 맥락의 진실을 환기하는 문학적 기법으로 서술되고는
한다(Fowler, *Modern Critical Terms*, pp. 144~147). 수사학적인 차원
에서 문학어의 효과에 초점을 둔다면 은유는 기법 이상이 될 수 없을
것이다. 그러나 인식론적인 차원에서 은유는 인간이 향유하는 모든
상징 활동의 양상 속에서 인간이 갖고 있는 이해 방식의 근본적인 원
리이다(Murfin, *The Bedford Glossary of Critical and Literary Terms*,
pp. 260~261). I. A. 리차드와 마찬가지로 리쾨르는 은유를 이해 과정
을 포함하는 심화된 존재론적 원리로 보는데, 이때의 이해란 한 번에
인식, 상상력, 감정이 통합적으로 성립되는 것을 말한다. 그래서 그에
게 은유의 의미란 지시체reference를 환기하면서 생기는 것이 아니라,
'우리 세계'our world를 재조직화함으로써 생겨난다(*ibid.*, p. 210). 그
래서 세계 재구성은 서사 주체의 정체성 확립의 시각과 연결되면서,
작가의 권위보다는 독자의 능동적 독해를 전제로 한다.

은유와 마찬가지로 서사도 '인간의 세계 이해와 재구성'이라는
점에서 동일한 문학적 현상으로 보인다. 서사는 사건과 갈등이 시간
적으로 연결된 텍스트를 말한다. 그리고 사건과 사건을 논리화하고
플롯화하는 가운데서 '가상적 세계와 진실'이 창조된다. 서사의 의미
를 찾는 행위 자체와 세계를 맥락화하는 내용은 인간(주체)의 이해
방식에 따라서 다양하게 바뀔 수 있다. 즉 서사는 인간이 의미를 만

들 수 있게 해주는 가장 근본적인 구조이다(Bruner, *Making Stories*, 2002).

리쾨르의 시각에 빗대면 'A는 B다'(예 : 내 마음은 호수요)라는 은유를 이해하는 것과 'A → B'(예 : 왕이 죽었다. 그리고 왕비가 죽었다)라는 서사를 이해하는 방식은 'A와 B의 모순적 관계를 맥락화하기'라는 점에서 유사하다. 관건은 '인간이 언어 생활을 한다'는 점과 동일시한 A와 B의 그 자체의 속성이 다르며 그들의 관계 성립 조건도 다르다는 점이다. 인간이 세계를 이해하는 방식이 은유적이든 서사적이든, 그것은 상위 범주인 '언어'의 하위 범주에 지나지 않으며 일종의 정보를 전달하기 위한 언어 전략이라는 면에서 동일하다. 그리고 똑같은 기호인 A와 B를 동일한 것처럼 제시했지만, 은유에서의 A와 B는 구체적인 형상(이미지)으로서의 대상object이고, 서사에서의 A와 B는 텍스트로부터 추론된 사건event을 말한다. 또한 은유에서의 A와 B는 그 내재된 특성의 동일성을 추론해 내는 과정에서 미적 효과가 생기고, 서사에서의 A와 B는 '차이'를 통해 분절되고 또 그 차이의 폭을 추론하는 과정에서 미적 효과가 발생한다. 따라서 은유와 서사는 같은 듯 하지만 서로 다른 미적 기능과 효과를 갖고 있다고 말할 수 있다.

무엇보다 은유의 의미화를 고찰할 때 세계의 이해와 재구성 과정에서 제기되는 주체의 문제를 빼놓을 수 없다. '은유'에서 '동일성'이란 생산적 상상력을 통해 추론된 의미다. '내 마음은 호수요'라고 했을 때, 두 대상 사이의 공통되는 내용으로 보통 '맑다'라는 의미를 생각한다. '동일하다' 혹은 '동일할 것이다'라는 의식적 강박 상태, 욕망의 상태만이 언어적으로 형상화되어 있는 것이지 '맑다'와 같은 의미들은 추상화된 것이고 내면화된 것으로 전제된다. 문제는 '맑다'라는 의미는 마음과 호수를 관련시켜 생각할 수 있는 수많은 의미의 계열체(깊다, 잔잔하다, 평화롭다, 투명하다 등) 중의 하나라는 점이다.[1] 누가 읽느냐 혹은 어떻게 읽느냐에 따라서 '하나의 은유'의 의미는 다양해진다. 이에 세계를 이해하는 방식 즉 의미를 구성해 내는 방식은 독자의 인식 체계와 욕망과 깊은 관련을 맺는다.

이렇게 본다면 일차적으로 서사적 은유는 '차이'가 전제되면서도 '동일성'이 추구되는 언어적 전략이며 미적 효과를 의미하게 된다. 사건과 사건이 차별화되면서도 동일성을 획득한다는 점에서 알레고리 소설과 미장아빔[2] 소설을 생각할 수 있다. 물론 서사적 전개의 일탈성과 파편성, 서사적 사건의 병치 구성, 서술자의 자기 지시성 등 일반적인 서사와는 다른 구성 방식을 갖고 있는 서사들을 일단은 '서사적 은유' 형식으로 서술하려는 우려도 없지 않다. 그럼에도 불구하고 이러한 사건과 서사 층위의 구성적 조건에 있어서의 특징을 '서사적 은유'의 한 양상으로 규정할 수 있겠다. '동일성을 획득하

---

1 서사의 경우는 차이를 전제로 하나의 통합적 조건(서사 구성 전략으로서의 플롯)을 지향한다. 리쾨르는 '술어의 동화 작용'이라고 말하며 은유와 이야기(narrative)를 동일한 그 무엇으로 보고 있다.
2 '미장아빔'(mise en abyme)은 '심연으로 밀어 넣기'라는 의미를 가진, 문학과 예술 분야에서 사용하는 기법이다. 거울 속의 거울이 무한 반복하듯이 문학과 예술에서 이미지나 내용, 형식이 반복되는 것을 말한다.

려는 주체의 욕망'을 서사적 상황과 관련시켰을 때, '서사적 은유'에 대해서 보다 존재론적으로 접근할 수 있게 된다.

케년과 랜들은 "사람이 된다는 것은 하나의 이야기story를 갖는 것이며 무엇보다도 그 자체가 이야기가 되는 것"(Kenyon & Randall, *Restorying Our Lives : Personal Growth Through Autobiographical Reflection*, p. 1)이라고 말한다. 소설과 마찬가지로 인간의 삶 속에도 사건이 있고 갈등이 있고 인물이 있다. 그러나 소설과는 달리 인간의 삶은 자신이 주인공일 때 끝나지 않으며, 삶의 전체 사건을 종합할 수 있는 플롯이 없거나 가변적이다.[3] '나'는 시간의 흐름 속에서 그리고 다양한 맥락들 속에서 발생하는 사건들을 경험하며 살아간다. 과거의 '나'는 기억을 통해서만 경험될 수 있으며, 미래의 '나' 역시 기대나 욕망을 통해서 존재한다. 그렇기 때문에 객관적으로 확인하고 그 존재감을 인식할 수 있는 것은 현재의 '나'뿐이다. 세 개의 서로 다른 시간들 속에 존재하는 '나'를 하나의 실존으로 인식하며 그 정체성을 확인할 수 있는 것은 바로 '동일성을 획득하려는 주체의 욕망'이다.

따라서 서사적 은유란 시간의 흐름 속에 존재하는 서사적 주체가 정체성을 이해하고 맥락화하는 것이라고 말할 수 있다. 과거의 '나'와 현재의 '나' 사이에 존재하는 차별성을 극복하면서, 미래의

---

3 일반적으로 서사에서 플롯은 서사가 끝난 다음에 추론되는 서사화 전략을 의미하는 것으로 사후적일 수밖에 없다.

'나'를 욕망하는 서사 속에서 은유란 살아 있는 실존의 자기 정체성 확립의 전제 조건이 아닐 수 없다.

2. 다중 이야기선과 '눈'의 메타성

서정인의 「강」은 서술 방식이 독특한 소설이다. 「강」은 "비속한 일상의 한 부분을 툭 잘라다 놓은 것 같은 형국"이며 "사건다운 사건도, 특별한 것도 없는 이야기, 통합적이기보다는 산만한 구조"를 가진 소설이다(정혜경, 「서정인의 〈강〉에 나타나는 서술 방식 연구」, 28쪽). 서술자가 주인공들의 시선과 목소리에 관여하지만, 되도록이면 객관적 거리를 유지하며 서사적 상황을 보여 준다. 서술자의 객관적이면서도 단조로운 어조는 아래와 같은 장면에서 사진을 찍듯 인물들의 대화를 묘사하고 있다.

"눈이 내리는군요."
버스 안. 창 쪽으로 앉은 사나이는 얼굴빛이 창백하다. 실팍한 점퍼 외투 속에 고개를 웅크리고 있다. 긴 머리칼이 귀 뒤로 고개 위에 덩굴 줄기처럼 달라붙었는데 가마 부근에서는 몇 낱이 하늘을 향해 꼿꼿이 섰다.
"예, 진눈깨빈데요."
그의 머리칼 위에 얹힌 큼직큼직한 비듬들을 바라보고 있던 옆엣사람이 역시 창밖으로 시선을 던진다. 목소리가 굵다. 그는 멋내는 것을 좋아하는 모양이다. 하얀 목도리가 밤색 잠바 속으로 그의 목을 감싸 넣어 주고 있다. 귀 앞 머리 끝에는 면도 자국이 선선하다. 그는 눈발 빗발 섞여 내리는 창밖에 차츰 관심을 모으기 시작한다. 버스는 이미 떠날 시간이 지났는데도 태연하기만 하다.

"뭐? 아, 진눈깨비! 참 그렇군."

그들 등뒤에는 털실로 짠 감색 고깔모자를 귀밑에까지 푹 눌러쓴 대단히 실용적인 사람이 창문 쪽에 앉은 살찐 젊은 여자에게 몸을 기댄다. 그녀는 검은 얼굴에 분을 허옇게 바르고 있다. 그는 창문 유리에 이마라도 대야 되겠다는 듯이 목을 쑥 뽑고 창 밖을 내다본다.

(「강」, 84쪽)

작가의 문체는 표현 양상과 묘사 대상의 일치에 초점을 두고 있다. 그의 다른 작품 속에서도, 독자로 하여금 사건 상황 속에 놓인 등장인물들의 외양 묘사를 통해 그들의 성격과 생활을 유추하도록 유도한다(「철쭉제」 등). 그의 서술은 '시선의 움직임'에 많이 의존한다. 그러면서도 인물의 성격적인 특징과 외양 묘사 사이에는 상동 관계가 존재한다. 대학생 김 씨를 예로 들자면, 얼굴이 창백하고 외투 속에 고개를 웅크린, 깔끔하지 못한 비듬이 바라다 보이는 더벅머리 청년으로 시각적으로 묘사되고 있다. 이러한 서술 속에서 서술자가 인물들과 거리를 두면서 그들의 삶을 건조하게 바라보려는 객관화 전략을 확인할 수 있다.

서술자의 이러한 태도는 세 사람 중 어느 하나도 두드러지게 소설의 전면에 내세우지 않는다. 세 사람 각각의 이야기선은 회상과 그에 대한 변명으로 구성되어 있으며, 서로 평행하게 전개된다. 작가는 그들의 성씨를 짓는 데 있어서도 흔하디 흔한 김·이·박을 사용하고 있다. 서울에서 내려온 이 세 남자는 평범한 직업을 가지고 있으며 성격도 서로 다르다. 반면에 공통점이 있다면 모두 자신이 처한 현실에 대해 불만을 가지고 있으며 스스로가 자신의 삶을 부정하고 있다는 점이다.

이들의 부정적 의식은 표층으로 드러나지 않는다. 간혹 자신의 차례가 되었을 때, 힘겨운 목소리로 되지도 않을 상상과 삶을 살면서 괴로웠던 일들에 대해서 이야기한다. 외롭게 떠났던 군대에 대한 생각, 군대 이야기만 나오면 눈치를 보아야 하는 군기피자도 있고, 여자 앞에서 잘난 체 하는 모습이 싫기도 하고, 천재 소리를 듣던 열등생의 회한 등이 풀려 나온다. 그들이 진술하고자 하는 내용들은 우리 일상에서 늘 접할 수 있는 소시민이라는 이름을 가진 사람들의 이야기다.

여기에 인물들의 말을 통해서만 제시되는 '내일' 결혼할 신혼 부부도 일상 속에서 전해 들을 수 있는 많은 결혼 이야기의 주인공처럼 들리고, 어느 시골 마을에 하나쯤 있을 만한 똑똑한 아이가 등장하고 더할 것도 덜한 것도 없는 술집 작부도 나온다. 「강」은 한 인물이 주인공이 될 수도 있지만, 어느 한 인물도 주인공이 아닌 이야기다. 마지막 장면에서 늙은 대학생 김 씨에게 서술자의 감정적 동일시가 치우치긴 하지만, 세계를 좀더 타자적으로 볼 수 있는 눈과 목소리를

빌렸을 뿐 그를 주인공이 되도록 서술한 것은 아니다.[4]

　이러한 인물 형상화는 이야기가 인물 중심으로 제각각 전개되고, 결정적 갈등을 만들지 않는다. 그래서 전체 서사가 이야기선을 병치한 형식으로 전개되며, 통합적인 하나의 이야기로 수렴되지 않는다. 즉 「강」은 계열체적 서사 전개를 보인다. 게다가 사건 진행상 함을 팔러 가는 이야기와 함을 내려놓고 돌아오면서 술집에서 술먹는 이야기 사이에 긴밀한 연결점이 없다. 함을 팔러 가는 이야기는 중요한 사건으로 처리될 수 있는데도 불구하고, 세 인물을 같은 공간(차 안이나 술집)에 불러 모으는 기능밖에 하지 못한다. 이러한 단절이 「강」이 갖고 있어야 하는 의미를 모호하게 만드는 것이 사실이다.

　인물이나 사건에 따라 일관된 구성이 결여된 「강」은 배경 요소인 '눈'을 통해서 통합적 구성을 취하게 된다. 「강」은 진눈깨비가 날리는 낮 시간에 시작해서 함박눈이 내리는 한밤중까지 이어지는 작품인데, 병치된 각각의 삶이 메타적 시각 속에 놓이면서 역설적으로 단일한 풍경으로 수렴된다.

　위의 인용에도 나와 있듯 버스 밖으로 '진눈깨비'가 내린다. 세 남자 주인공 모두 눈이 내리는 것을 을씨년스럽게 바라보고 있다. 작가는 세 인물의 시선을 진눈깨비에 모아 들이면서 작품 진행의 진정

---

4 서술자는 다른 인물들은 보다 평론적인 말로 표현하면서도 김 씨에 대해서는 '멋'을 낼 줄 안다거나 '실용적'이라는 수식어로 표현한다. 과거의 '기대'와 현재의 '초라함'으로 괴로워하며 현실과의 괴리를 경험한다는 점에서 서술자의 시선이 그에게 우호적이라는 것을 알 수 있다.

성을 획득하려 한다. 눈이 내린다는 것은 단순히 신행길에 거추장스럽게 되었다는 의미가 아니라, 그들의 의식을 현실이 아닌 회상과 자의식 속으로 몰아가는 역할을 한다. 그 '눈'을 보면서 과거의 회상을 통해 각각의 인물들이 자신들만의 이야기선을 구축하고, 차별화된 자신들만의 세계를 재현하게 된다.

앞이야기(함 팔러 가는 이야기)와 뒷이야기(술집에서 술 마시기) 사이의 단절 역시 눈을 통해서 통합된다. 시간이 밤으로 흐를수록 벌판에는 함박눈이 쏟아진다. 시골 술집의 구석방에서 그들은 문밖에 함박눈이 내리는 것도 모른 채 술에 취해 기억과 현실을 혼란스럽게 경험한다. 서로에 대한 불쾌감에 빈정이 상하지만, 술자리를 뒤집어 엎을 만큼은 아니다. 남폿불이 일렁이는 방안의 풍경은 따뜻하고 즐거울 것 같지만 반목과 질투, 욕심으로 가득찬 공간으로 드러나면서 인간적인 단절감을 깊이 느끼게 한다.

추운 날씨에 함박눈이 내리는 '밖'은 순수의 공간, 모든 잘잘못이 용서되고 복이 내릴 것만 같은 풍요의 공간으로 제시되고 있다.[5] 하지만 그들은 그 함박눈을 즐길 수 없다. 함박눈은 초롱불에 의해 겨우 자신의 실존감을 유지하려는 자들 머리 위에 가득 쏟아져 내린다. 그런 점에서 마지막까지 쫓긴 나약한 소시민들의 모습을 슬프게 보여 준다. '눈'은 메타적 차원에서 동일화의 전략을 통해 그만그만

---

5 여기에서 눈과 초롱불은 냉온 감각의 차이, 상하 움직임의 차이 등 양항 대립적 갈등을 내포하고 있다. '불'과 '물'의 이미지는 다분히 추상적인 해석을 가능하게 한다.

한 소시민들의 연민과 슬픔을 다독여 준다.

　이렇듯 마지막 장면에서 모든 이야기선과 갈등은 '눈'에 수렴된다. 눈덮인 세상은 그 날카로운 다양성만큼이나 단일한 존재감으로 다가온다. 소시민들의 다양하면서도 획일적인 삶의 그림자를 일순간에 지워 버린다. 그러나 작품 속에서 눈이 구체적으로 '무엇이다'라는 서술어를 찾기는 쉽지 않다. 60년대 소설을 서술하는 과정에서는 '개발 독재의 폭력적 현실'을 상징적으로 보여 준다거나, 소시민들의 정서적 고립과 절망감을 의미할 수도 있으며, 현실을 망각하고서 미래의 꿈을 꿀 수 있는 행복감일 수도 있다. '눈'은 「강」의 다양한 이야기선과 여러 서사적 상황 등 계열체적으로 전개되던 서사를 수렴하는 상징적 힘을 갖고 있으면서도, 한편으로는 의미가 모호하고 다원화되고 만다. 즉 '눈'은 다양한 의미를 내포하고 있는 계열체로서 하나의 서사적 은유로 기능한다.

3. 욕망 대상인 '강'과 낭만적 시선

「강」은 그 표제와는 달리 '강'에 대한 정보가 정확하지 않다. 인물들이 찾아가는 곳이 김포 '군하리'이고 '서울'로 되돌아가야 한다고 말하는 것으로 보아 '한강'이 유력하다. 그러나 그 강이 어떠한 사건과도 깊이 연루되지 않는다는 점에서 표제 자체가 모호한 것이 사실이다. 그래서 「강」의 표제에 제시된 '강'을 인물의 과거, 현재, 미래의 삶 (정혜경, 「서정인 초기 소설의 서술자와 시간 연구」, 212쪽)에 맞추어 추

상화된 시간적 경험으로(김종구, 「서정인 소설 연구」, 117쪽) 평가하기
도 한다.

「강」에는 '강'의 의미를 추론할 수 있는 단서가 하나 등장하는데,
늙은 대학생 김 씨가 시골의 우등생인 소년의 머리를 쓰다듬으면서
나온다. 소년에게 이야기하는 김 씨의 발화는 전체 작품의 의미를 환
원해서 보여 준다. 소년은 김 씨에게 있어서는 과거의 자신을 떠올리
게 하는 존재이다. 그와의 동일시를 통해서 과거를 회상하고 과거의
자신과 현재의 자신이 다른 존재임을 확인하게 된다.

> 너는 아마도 너희 학교의 천재일 테지. (중략) 그들은 천재가 가난과
> 끈질긴 싸움을 하다가 어느 날 문득 열등생이 되어 버린다는 사실을
> 몰랐다. 누구나가 템스 강에 불을 처지를 수야 없는 일이다. 허옇게 색
> 이 바랜 짧은 바지를 입고 읍내까지 몇십 리를 걸어서 통학하는 중
> 학생. 많은 동정과 약간의 찬탄. 이모 집이나 고모 집이 아니면 삼촌
> 이나 사촌네 집을 전전하면서 고픈 배를 졸라매고 낡고 무거운 구
> 식의 커다란 가죽 가방을 옆구리에다 끼고. 다가오는 학기의 등록금
> 을 골똘히 생각하며 밤늦게 도서관으로부터 돌아오는 핏기 없는 대
> 학생. 그러다 보면 천재는 간 곳이 없고, 비굴하고 오만하고 피곤한
> 낙오자가 남는다. (중략) 그런데 문제는 적중하느냐 않느냐가 아니
> 라 적중하건 안 하건 간에 아무런 차이가 없다는 데에 있다. 적중하
> 건 안 하건 간에 그는 그가 처음 출발할 때에 도달하게 되리라고 생
> 각했던 곳으로부터 사뭇 멀리 떨어져 있는 곳에 와있음을 깨닫는다.

아 — 되찾을 수 없는 것의 상실감이여! (98쪽, 중략 및 강조는 인용자)

위의 내용을 보자면 한강보다는 템스 강이 표제에 나오는 강과 밀접한 관련을 갖는다. 늙은 대학생 김 씨는 어린 시절, '강에 불을 지를 수 있다'고 사람들로부터 칭찬을 들으며 자라났지만 나이가 들어 되돌아보니 가난 때문에 천재였던 학생은 '비굴하고 오만하고 피곤한 낙오자'가 되어 있다. 천재가 수재가 되고 낙오자가 되어가는 과정은 김 씨의 슬픈 삶을 전반적으로 요약하고 있을 뿐만 아니라, 소시민의 삶이라는 것이 큰 변화 없이 전개된다는 것을 반영하고 있다. 게다가 소년 역시 자신과 마찬가지의 미래를 갖게 될 것이라고 슬퍼하고 있다. '아 — 되찾을 수 없는 상실감이여!'라는 서술에서 정체성 혼란을 겪는 김 씨의 내면 심리를 확인할 수 있다.

늙은 대학생 김 씨의 말처럼 어릴 적 천재라 말해졌을 때가 진실이었는지, 삶에 찌들리고 허약한 지식인이 된 지금의 열등생이 진실일 것인지는 크게 중요하지 않다. 그 내면에 숨겨져 있는 삶에 대한 두려움이 그의 가슴을 짓누르고 있다. 그 두려움은 착각 속에서 생겨나는 슬픈 감정이다. 삶을 산다는 것은 '강'에 불을 지르는 것만큼 쉬운 일이 아니다.

우연적이며 돌발적인 "누구나가 템스 강에 불을 처지를 수는 없는 일이다"라는 진술 속에는 김 씨의 삶에 대한 깨달음이 담겨 있다. '템스'라는 구체적 지명을 통해, 템스 강에 불을 지른 영국의 어느 왕이나 그것을 노래한 시인을 떠올리게 하기도 하지만,[6] '템스 강에 불을 지르다'는 표현 속에는 '세상을 깜짝 놀라게 하고 싶은'[7] 개인적 열망이 구체적인 행동으로 제시되고 있다. 이때 '템스 강'은 그러한 개인적 열망이 현실화될 수 있는 대상이다.

그런 점에서 이 발화 속에는 두 가지 의미가 있는데, 그 하나가 생의 불가능성이고, 다른 하나는 불가능한 상황에 절망한 자기 혐오 혹은 착각에 대한 확인이다. 그렇다면 "누구나가 템스 강에 불을 처지를 수는 없다"는 말은 수정되어야 한다. '누군가는 템스 강에 불을 지를 수 있지만, 우리는 그럴 수 없다'고. 다른 사람과의 차별화를 통해 삶에 대한 기대와 욕망을 꿈꾸며 살았지만, 어느 순간 세상을 놀라게 할 수 없을뿐더러 그 세상에 묻혀 사는 불특정 다수와 동일시되고 만다. 다른 인물들도 모두 자신의 현재에 불만을 갖고 있다는 점에서, 희망과는 멀어진 현재의 삶에 대한 불쾌감은 「강」이 내면화하고 있는 중요한 강박이다. 따라서 이 돌발적 발언은 이러한 생의 비극성을 하나의 행위로 구체화하며 작품의 중요한 의미를 제시한다.

늙은 대학생 김 씨가 과거를 회상하며 자기 정체성의 확립에 실

---

6 T. S.엘리엇의 「황무지」에는 오욕의 대상으로서 템스 강변을 묘사한 장면이 있다. 빈민촌이 늘어서 있던 템스 강은 산업 사회가 만들어 놓은 인간의 가장 추한 이미지로 그려져 있으며, 시인은 그 대상에 대해 '불'이라는 주술적인 시적 어휘를 사용한다. 그의 시는 인간의 무명(無明)을 깨닫게 해줄 불의 설교인 것이다.

7 영어 사전(『영한엣센스 사전』)에서 'fire'를 검색해 보면 "set the world [river, 【영국】 Thames] on ~ 세상을 깜짝 놀라게 하다[발끈 뒤집다]; (눈부신 일을 하여) 이름을 떨치다"라고 나와 있다. 영국에서는 템스 강에 불을 지른다는 말이 세상을 놀라게 한다는 관용어로 쓰인다는 것을 알 수 있다. 작가 서정인이 영문학자라는 점이 이러한 표현을 가능하게 했다.

패하고 있다면, 술집 작부는 그와 반대의 경우를 보여 준다. 그녀는 작품 속에서 유일하게 타인을 동정하고 챙겨주는 존재이며, 타인과 자신의 삶을 긍정적으로 바라볼 수 있는 시선을 갖고 있는 존재이기도 하다.

눈이 하얗게 쌓였고 또 소리없이 내리고 있다. 점점이 검게 눈송이들이 하늘에 꽉 차 있다. 얼굴 위에 와 닿는 그것들의 감촉은 상쾌하다. 그녀는 입을 떡 벌린다.

"아, 신부는 좋겠네. 첫날밤에 눈이 쌓이면 부자가 된다는데. 복두 많지."

눈은 길 위에도 쌓이고 있다. 쌓인 눈 위에 떨어지는 제 발끝을 내려다보면서 마치 백 리라도 걸을 듯이 그녀는 걷는다.

(중략) 대학생! 그녀는 살포시 김 씨의 어깨를 밀어서 바로 눕힌다. 넥타이가 목에 켕기는지 턱을 좌우로 흔든다. 춧, 춧, 옷두 벗지 않구. 가엾어라. 그녀는 누나가 되고 어머니가 된다. 넥타이를 풀고, 이불을 젖혀서 바지를 벗기고, 와이셔츠를 벗기고, 요를 바로 펴고…….

(중략) 남포불이 피시식 소리를 낸다. 그녀는 일어나서 방바닥에 널려 있는 옷들을 주섬주섬 벽에다 건다. 남포는 호야가 시커멓다. 그녀는 고개를 숙이고 위에서부터 남포 호야 속으로 살며시 바람을 불어넣는다.

밖에서는 눈이 소복소복 쌓이고 있다. 그녀가 남겨 논 발자국을 하얗게 지우면서. (101~102쪽, 중략 인용자)

술집 작부는 하얀 눈 내리는 밤을 첫날밤으로 맞을 신부를 생각하고 스스로 행복해하면서 눈속을 헤맨다. 그녀만이 하얀 눈을 볼 수 있으며 그 의미를 알고 있다. 삶의 긍정성을 일깨워 주고 희망을 던져 줄 수 있는 존재인 눈은 그녀에게 하염없는 기쁨으로 내리고 있다. 신혼 첫날밤 눈이 내리면서 신부가 부자로 살 거라는 생각에서, 그녀가 현재의 삶에 숨겨진 미래의 가치를 추론하고 있음을 알 수 있다. 그런 그녀가 아이의 방에서 새우잠을 자는 늙은 대학생 김 씨에게 알 수 없는 동경의 눈빛을 보낸다. 어쩌면 그녀는 그 방에서 아이의 미래를 보고 있는지도 모른다. 김 씨는 그토록 자신의 현재를 혐오하고 슬픔에 잠기지만, 그녀는 아이의 미래를 김 씨의 현재에 투사하여 바라보고 있다. 삶에 대한 낙관은 그녀가 다른 인물들과 차별화되는 지점이기도 하다.

낭만적인 하얀 눈이 삶의 일상에 지치고 인간적 소외에 빠진 사내들을 술집의 작은 방에 모아들인다. 술을 통해 자신의 자의식 속으로 들어간 그들은 그 변별할 수 없는 진실과 가능성의 착각에 대해서 고민하고 그것을 해결하기도 전에 잠들고 만다. 그녀의 천진함 속에서 삶에 지친 세 남자의 밤은 하얗게 눈으로 덮인다. "그녀는 누나가 되고 어머니가 된다. 넥타이를 풀고, 이불을 젖혀서 바지를 벗기고 와이셔츠를 벗기고 요를 바로 펴고……"에서 알 수 있듯이 서술자는 그녀 자신을 그의 누나 혹은 어머니와 동일시한다. 또한 눈이 그녀의 발자국을 지운다는 표현에서 알 수 있듯 불을 끄고 그녀는 그 방에서 나오지 않았다. 눈이 발자국을 지운다는 말은 과거의 삶을 지운다는 의미도 될 것이다. 그녀가 앞서 눈이 내리는 것을 보면서 "첫날밤에 눈이 내리면 부자로 산다"라고 말하면서 결혼할 신부를 부러워했던 것을 생각해 볼 때, 이러한 행동과 서술 속에는 그녀가 술집 작부가 아니라 한 사람의 아내가 되는 꿈이 내면화되고 있다.

「강」은 다양한 의미의 층위를 가지고 있는 작품이다. 신행길에서 만난 세 남자와 술집 작부의 이야기가 그 기저를 맡고 있다면, 그 위에는 자신들의 삶에 대해 회의하는 나약한 인물들의 이야기가 있고, 그 위에는 문체의 변화와 대상물의 상징화 과정을 통해 드러나는 절망적 세계 인식이 놓여 있다. 그러나 그러한 차별적 이야기 전개 속에서도 '강'과 '눈'은 인간 삶에 대한 동일시를 통해 긍정적 전망을 제시하고 있다.

4. '돈'과 '얼굴'이라는 은유

서정인의 「강」에 나타난 서사적 은유의 양상은 단지 서정인 초기 소설만의 특징이 아니라 현대 소설 형식이 새롭게 정립되던 60년대 소설에서 쉽게 볼 수 있는 서사 기법이다.[8] 김승옥의 「서울, 1964년 겨

---

8 1960년대 소설의 질적 성장은 두 가지 경향으로 나타나는데, 하나는 새로운 사회 의식을 보이는 리얼리즘적 경향의 소설이고, 다른 하나는 최인훈의 『광장』, 김승옥의 「무진기행」이나 「서울, 1964년 겨울」, 이청준의 「병신과 머저리」 등 서구 문학의 영향을 받아 창작상의 실험적 기법을 도입한 모더니즘적 경향의 소설이다. (김준, 「한국현대소설에 나타난 작가사상 연구」, 2쪽)

울」과 이청준의 「병신과 머저리」는 독특한 서사 구성을 갖고 있으면
서도, 전체 서사를 수렴시키는 대상물을 갖고 있다는 점, 그러면서
각각의 인물들이 서로 파편화된 채로 존재하며 소시민적 소외와 고
통을 형상화하고 있는 작품들이라는 점에서 서로 유사하다.

먼저 김승옥의 「서울, 1964년 겨울」은 춥고 쓸쓸한 서울의 겨울,
선술집에 모인 세 사내의 만남에서 출발한다. 왜 서울 시내를 정처
없이 돌아다녀야 하는지 알 수 없는 대학원생 '안', 구청 병사계 직원
인 '나(김)', 그리고 서적 월부 판매원인 삼십대의 '사내'는 우연히 선
술집에서 만나 중국집을 거쳐 거리를 방황하다 여관방에 들어가 각
자의 방으로 들어간다. 안과 김은 아침에 사내가 죽은 것을 확인하고
다시금 거리로 나오게 된다.

일반적으로 「서울, 1964년 겨울」은 시골에서 올라와 '서울의 불
빛'에 현혹된 소시민의 욕망 부재와 절망 의식을 무기력한 일상으로
형상화하면서 그 비극성을 응시한 작품으로 평가된다(임금복, 「1960
년대 겨울 풍경, 동질적 분위기」, 358~363쪽). 도시에 사는 평범한 직업
과 생활을 갖고 있는 세 남자가 인물로 등장한다는 점에서, 그리고
그 각각의 이야기선이 병치되어 전개된다는 점에서 「강」과 비슷한
점을 발견할 수 있다. 무엇보다도 '돈을 쓴다'라는 하나의 행위에 이
세 이야기선이 수렴되고 있다.

"기분 나쁜 얘길 해서 미안합니다. 다만 누구에게라도 얘기하지 않
고서는 견딜 수 없었습니다. 한 가지만 의논해 보고 싶은데, 이 돈을

어떻게 하면 좋을까요? 저는 오늘 저녁에 다 써 버리고 싶은데요."

"쓰십시오." 안이 얼른 대답했다.

"이 돈이 다 없어질 때까지 함께 있어 주시겠어요?" 사내가 말했다. 우리는 얼른 대답하지 못했다. "함께 있어 주십시오." 사내가 말했다. 우리는 승낙했다.

"멋있게 한번 써 봅시다"라고 사내는 우리와 만나 후 처음으로 웃으면서, 그러나 여전히 힘없는 음성으로 말했다.

중국집에서 거리로 나왔을 때는 우리는 모두 취해 있었고, 돈은 천원이 없어졌고, 사내는 한쪽 눈으로는 울고 다른 쪽 눈으로는 웃고 있었고, 안은 도망갈 궁리를 하기에도 지쳐 버렸다고 내게 말하고 있었고, 나는 "악센트 찍는 문제를 모두 틀려 버렸단 말야, 악센트 말야"라고 중얼거리고 있었고, 거리는 영화에서 본 식민지의 거리처럼 춥고 한산했고, 그러나 여전히 소주 광고는 부지런히, 약 광고는 게으름을 피우며 반짝이고 있었고, 전봇대의 아가씨는 '그저 그래요'라고 웃고 있었다. (「서울, 1964년 겨울」, 257쪽)

사내는 급성뇌막염으로 죽은 아내를 병원에 팔았다고 말한다. 사내에게 있어서 아내는 살아가는 이유이며 서울에서 의지할 수 있는 유일한 안식처였다. 그러한 아내에 대한 연민과 사랑은 그녀와 자신을 동일시하게 되고, 그를 미치게 만들며 끝내는 자살하게 한다. 그의 이러한 동일시는 다른 인물들 간의 무관심과 소비적 관계와는 차별화된다. 등장하는 세 인물은 우연한 만남 속에서 일종의 '겨울밤의 시간 죽이기'를 하면서 서로를 책임지지 않으려는 파편화된 인간성을 보여 준다. 서로의 삶에 관여할 때 값비싼 대가를 치루어야 한다는 사실에 대한 경계인 것이다.

그들을 묶어 주는 것은 바로 아내의 시체를 받아서 쥐고 있는 사내의 '돈'이다. 돈은 아내의 시체값이라는 의미에도 불구하고 충동적이고 무의미하게 소비되는데, 서로 얽히고 싶지 않은 세 남자를 '돈을 쓴다'라는 행위로 묶어 놓는다. 일반적으로 '돈'은 서울이라는 공간만큼이나 욕망의 대상이며 근대적 가치의 다양한 함의를 내포하게 된다. 그러나 이 작품에서 돈은 욕망의 대상이라기보다는 파편화된 인물들의 이야기선을 연결하며 「강」의 '눈'처럼 기능한다.

한편 이청준의 「병신과 머저리」는 액자 소설 구조로 이루어진 소설로 한 소녀를 죽게 한 후 소설을 쓰기 시작한 의사 형과 떠나간 옛 애인의 결혼 소식을 접하고 얼굴을 그리려고 시도하는 화가 동생의 이야기이다. 예술가 소설의 유형인 「병신과 머저리」는 자신의 정체성을 구성하기 위해 과거의 기억을 소재로 하여 예술 작품을 만들어 내고 있다는 점이 특징이다. 특히 동생이 그리는 얼굴이나 형이 쓰는 소설은 두 인물의 정체성을 상징적으로 나타내긴 하지만, 구체화되지 않고 다양한 해석을 요구한다는 점에서 작품 전체의 의미를 함축하고 있다.

나는 멍하니 드러누워 생각을 모으려고 애를 썼다.
나의 아픔은 어디서 온 것인가. 혜인의 말처럼 형은 6·25의 전상자이지만, 아픔만이 있고 그 아픔이 오는 곳이 없는 나의 환부는 어디인가. 혜인은 아픔이 오는 곳이 없으면 아픔도 없어야 할 것처럼 말했지만, 그렇다면 지금 나는 엄살을 부리고 있다는 것인가.

나의 일은, 그 나의 화폭은 깨어진 거울처럼 산산조각이 나 있었다. 그것을 다시 시작하기 위하여 나는 지금까지보다 더 많은 시간을 망설이며 허비해야 할는지도 모른다.

어쩌면 그것은 나의 힘으로는 영영 찾아내지 못하고 말 얼굴일는지도 모를 일이었다. 나의 아픔 가운데에는 형에게서처럼 명료한 얼굴이 없었다. (45쪽)

동생인 '나'는 어떤 얼굴을 강하게 그리고 싶지만, 동그란 얼굴 선만 그려 놓고 더 이상 그림을 그리지 못한다.[9] 전상자인 형은 자신의 아픔이 무엇으로부터 시작되었는지를 알고 또 그렇기 때문에 자신만의 이야기를 써 내려갈 수 있었지만, '나'는 아프면서도 아픔이 어디서부터 오는지 모르기 때문에 '명료한 얼굴'을 갖지 못한다. 역사적 조건을 통해 구성되는 주체를 꿈꾸는 '나'는 그 동일시에 실패한 것이다. 이때 '얼굴'은 과거의 경험, 현재의 모습, 미래의 모습 등

9 "실상 나는 그 많은 얼굴들 사이를 방황하고 있었는지도 모를 일이었다. 하지만 안타까운 것은 혜인 이후 나는 벌써 어떤 얼굴을 강하게 예감하고 있다는 것이었다. 아직은 내가 그것과 만날 수가 없었을 뿐이었다. 둥그스름한, 그러나 튀어 나갈 듯이 긴장한 선으로 얼굴의 외곽선을 떠놓고(그것은 나에게 있어 참 이상한 방법이었다) 나는 며칠 동안 고심만 했다." (19쪽)

'나'의 정체성이 위치할 수 있는 여러 주체의 상을 내포하게 되고, 한편으로는 타인들에 대한 명료한 인식을 토대로 혜인의 얼굴, 형, 역사적 실존을 갖고 있는 사람에 대한 일반화된 형상화를 의미하기도 한다. 아무리 그것을 욕망하고 갖고 싶다 하더라도 '나'는 그것을 소유할 수 없다.

5. 1960년대의 감수성

1960년대는 "해방으로부터 이어져 온 민족주의의 한 부분으로 설명되기도 하고, 6·25로 배태된 전후 인식의 범주로도 받아들여진다. 특히 4·19와 5·16으로 부각된 사회적 경향을 주된 특징"(박철희·김시태, 『한국현대문학사』, 299쪽)으로 갖고 있는 시기이다. 근대 이데올로기가 내면화되는 시기였으며, 소시민으로 표상되는 근대 시민 주체가 형성되는 시기이기도 했다. 그 과정에서 한글 세대이면서 4·19 혁명 세대인 소설가들의 '새로운 감수성'과 '소설 형식'에 대한 관심은 새로운 시대 정신과 밀접한 관계를 맺을 수밖에 없다. 이 시기 최인훈과 이청준 소설에서 보이는 소설 형식 실험과 김승옥으로 대표되는 '새로운 감수성의 혁명'은 '어떻게 살 것인가'라는 근대 국가의 시민 의식을 소설적으로 형상화한다. 즉 이 시기의 소설가들은 소설적 패러다임 전환을 고스란히 경험하고 있으며 또 그것을 소설화하고 있는 것이다.

그 과정에서 다양하게 해석 가능한 요소들(앞서 살펴보았던 눈,

강, 돈, 얼굴 등)이 이데올로기적 의미로 해석되거나 서사 기법의 실험으로 설정되기도 한다. 「강」, 「서울, 1964년 겨울」과 「병신과 머저리」는 여러 이야기선의 병치와 그것을 통합적으로 수렴시키는 '눈'이나 '강', '돈'이나 '얼굴'과 같은 대상이 서사적 은유로 작동하고 있다. 서사적 동일성을 추구하며 근대 시민의 내면적 의식 세계를 보여 주는 서술 양식에 대한 근본적인 문제 제기는 근대 시민의 좌절 의식과 소시민의 소외 의식이라는 평가를 넘어서서 보다 구체적인 대상과 정체성 추구를 행하는 근대 시민의 욕망과 윤리를 더 정확하게 보여 준다.

5장

우울한 목소리, 환멸의 자의식

1. 재현으로서의 남성 우울증

김승옥의 「서울의 달빛 0장」은 「서울, 1964년 겨울」에서부터 이어지는 도시 소설의 한 양상(이평전, 「김승옥의 '도시' 인식과 '공간'의 정치학」; 김병익, 「시대와 삶」)으로 평가되거나, "한갓 여기餘技이거나 에피소드에 지나지 못할 터"(한형구, 「김승옥론」, 226쪽)라는 저평가를 받는다. 아마도 「서울의 달빛 0장」이 '연예인'과 대학 강사의 결혼과 이혼이라는 통속극적 요소를 활용하면서 70년대 산업화 사회가 품고 있는 '성'과 '결혼'에 대한 대중 의식을 표면화하고 있어서 더욱 이러한 평가를 받는 것인지도 모른다.

「서울의 달빛 0장」은 '이혼'한 남성 주체가 과도한 심리적 스트레스를 경험하며 감각하는 '우울증적 감수성'을 잘 묘사하고 있다. 「서울의 달빛 0장」에서 '나'는 연예인인 아내와의 이혼 때문에 강한 스트레스를 경험한다. 가부장제 자본주의 사회에서 이혼은 사회 제도로의 편입에 실패한 것을 의미하며, 전통적인 가족 중심 사회로부터 소외되는 결과를 낳는다. 이러한 현실 부적응 상태에서 '나'는 심리적으로 강박증과 우울증을 경험한다. 이것은 이혼으로 인한 사랑의 상실을 애도하는 반응이면서도, 한편으로는 사회로부터 소외된 주체가 자신의 정체성 혼돈을 경험하는 과정이기도 하다.

이 과정에서 '나'의 애도는 우울증[1]에 빠지면서 문제점을 드러내기 시작한다. '나'는 3달 동안 60여 명의 여자와 잤다. 그리고 하루에 여러 명의 여자와 자기도 했다. 이러한 우울증적 강박은 아내와 술집 여자를 동일시하는 심리적 태도를 반영한 것이며, 반복되는 성적 쾌락으로 자신의 비극적 상황을 극복하려는 것이다. 그러나 술집 여자는 결코 이혼한 아내가 될 수 없고, 성적 쾌락은 일시적인 유희에 지나지 않기 때문에, 상실된 정체성을 회복할 수 없다. '나'는 집을 팔아 분에도 맞지 않는 최고급 자동차를 사고 대학 강의마저도 그만두면서 사회 부적응 상태에 빠지게 된다. 이러한 행동들이 '나'의 자율적인 선택처럼 보이지만, 사회가 금기시하는 '이혼'을 한 것에 대한 제도적 '처벌'이기도 하다.

줄리아 크리스테바나 주디스 버틀러의 여성주의적 비평 시각에서 보면 「서울의 달빛 0장」은 '남자'와 '여자'의 양항 대립적인 구도

---

1 우울증은 흔히 '사랑하는 대상을 상실하고 그 대상에 대한 애정을 거두어 일정 기간 애도의 시간을 갖다가 사랑의 대상을 옮겨야 하지만, 그것이 불가능한 경우에 나타나는 심리적 상태'를 말한다.

를 지양하고 '형성 과정으로서의 주체'를 재현하고 있다. 타자를 인식하고 대상화해 나가는 과정(타자를 어떻게 환대할 것인가?)에서 '나'의 젠더 정체성이 형성되어 가는 과정은 「서울의 달빛 0장」에 나타난 왜곡된 자본주의 사회의 폐해와 '나'가 보여 주는 남성 중심의 관습적 담론화 내용을 새롭게 들여다보게 한다.

2. '썩은 음부'에 대한 환멸과 불안

「서울의 달빛 0장」 속 '나'는 결혼과 성에 대해 통속적인 환멸을 느끼며 멜랑콜리하게 말한다. 이 정서는 우울증으로부터 파생된 것으로 예민한 감각과 함께 재현된다. 「서울의 달빛 0장」에 나타난 우울증적 감수성을 이해하는 것은 그동안 논의되었던 '김승옥 소설의 감수성'의 범주를 확장한다. 이때 가장 주목할 만한 감각은 '썩은 냄새'에 대한 것이다. 이 감각은 작품 전체의 분위기를 대표하고 있으며, '나'와 아내의 갈등을 잘 드러낸다. 또한 주인공 남녀의 성적이며 사회적인 역학 관계를 드러낸다는 점에서 여성의 몸, 특히 자궁에 대한 감각적 폭력성을 반영하고 있다. '나'는 냄새에 예민해지고, 아내의 '몸'을 '썩은 음부'라고 상상하면서 아내에 대한 환멸을 반복적으로 드러낸다.

사내의 손은 탁자 밑에서 아가씨의 사타구니를 더듬고, 아이, 남들이 보잖아요, 빼내는 손끝에 묻어 오는 것은 냉증 특유의 썩은 냄새

일 게 틀림없다. 썩은 냄새. 썩은 음부. 아내의 사타구니에서 풍겨 오던 부패 그 자체. 허연 거품을 떠올리는 노랗게 썩은 술. 가슴 복판에서 시작하여 독사처럼 외줄기로 목구멍까지 치달려 오는 통증마저도 상투적이다. 썩은 술이 빠르게 침투하며 상투적으로 모든 신경 세포를 들쑤시고 머리, 가슴, 불알, 무릎 관절의 모든 조직을 썩힌다. 썩은 술에 의해 썩어 가는 사고, 썩은 사고에 의한 썩은 감정. 상투적으로 끓어오르는 상투적인 증오. 혈관 속의 피는 검은색으로 변하고 있으리라. 인간은 행복할 자격이 있는가. (김승옥, 『무진기행』, 358쪽)

'나'의 '우울'한 독백이 실제 상황을 거쳐 관념 속으로 전개된다. '아가씨'의 '냉증 특유의 썩은 냄새'가 아내를 떠올리게 하는 것은 아내가 돈을 벌기 위해 술집에 나갔던 일 때문이기도 하고, 신혼 첫날밤 아내와의 관계 후 요도염에 걸렸기 때문이기도 하다. 그 '썩은 냄새'는 그 냄새가 묻어났을 '썩은 음부'를 떠올리게 만들고, 다시 그 이미지는 부패의 다른 말인 발육 숙성으로 만들어진 '썩은 술'로 이어진다. 다시 그 썩은 술은 '나'의 육체를 썩게 하고 '사고'와 '감정'까지 썩게 한다. 현실 적응에 실패한 인문학자의 자위처럼 '인간의 행복할 자격'에 대한 의문으로 끝나며, 자학과 자멸의 감각으로 치닫는다. 이러한 일련의 연상을 통해 '썩은 냄새'로부터 인류 보편의 '행복'에 이르는 '나'의 강박증적 집착을 엿볼 수 있다. 아내와의 이혼 후 '나'는 술과 여자로 하루하루를 보냈다. 그래서 '썩은'이라는 단어는 타자(아내 혹은 아가씨)의 상태를 설명하는 표현이기도 하지만 여자와

술로 망가져 가는 자신에 대한 '비난'이기도 하다. 주디스 버틀러는 '합체'incorporation라는 말을 사용해, 우울증 환자가 상실한 대상을 자신의 에고와 동일시하는 과정에서 대상에 품었던 애정을 자기에 대한 증오와 박해로 변질시켜 자기 파괴, 심지어 자살 충동에도 이르게 된다고 말한다(버틀러,『젠더 트러블』, 29쪽). 아내로 상징되는 술집 아가씨를 반복적으로 돈으로 사는 행위나, 그 대상(썩은 음부로 환유된)에 대해 공격적 비난을 감행하고 자학하는 행위는 '나'가 겪고 있는 우울증적 병증을 잘 나타낸다.

세 달 동안 60여 명의 여자를 샀다고 말하는 '나'의 표현 속에는 왜곡된 성과 자기 정체성에 대한 강박적 집착을 확인할 수 있다. 이 여자들은 사랑하는 대상인 아내가 떠났을 때 애도를 거쳐 새롭게 찾은 사랑의 대상이 아니다. 단지 아내에 대한 대리인이며, 아내를 돈으로 주고 샀던 사내들과 마찬가지로 경제적 우위로 성적 우월권을 가지게 된 남자로서의 성욕을 확인하기 위한 대상일 뿐이다. 그래서 세 달 동안 60여 명의 여자와 잠을 잤지만, '여성'이 아니라 '음부'만을 경험하게 된 것이다.

> 그러나 그때마다 만나는 것은 자기의 소중한 음부를 더러운 노예처럼 학대하며 사타구니에 차고 다니는 잔인할 만큼 이기적인 타인들 뿐이었다. 음부를 제거하고 나면 여자란 정말 경멸할 만큼 하잘 것 없는 것이다. 아아! 저 훌륭한 생명체가 왜 여자들의 노예로서 끌려 다녀야 하는 것인가! (377쪽)

"가부장제의 담론은 여성의 육체를 상처 입고, 불결하며, 자연/동물 세계의 일부분인 것처럼 재현하기 위해 자궁을 이용해 왔다"(크리드, 『여성괴물』, 102쪽). 「서울의 달빛 0장」의 '나'는 많은 여자들과 관계를 맺으며, "알맞은 볼륨을 가진 생명체, 음부"를 경험한다. 특히 새로운 사랑의 대상으로서 여자들을 대하기보다는 극단적으로 음부만이 새로운 생명체로 존재할 수 있다는 상상력이 더 '나'의 관심을 끈다. 이 음부는 "선정적이고 타락한 자궁"이며 "기괴하다".[2] 여성의 육체(음부)가 남성 주체에 의해 추상화된 타자가 될 뿐만 아니라 그 물질적 특성 때문에 여성의 몸으로부터 분리·훼손되었다.

'썩은 음부'에 대한 '나'의 상상력 혹은 신경증은 기호화된 육체가 보여 줄 수 있는 자기 분열의 한 양상을 반영한 것일 뿐만 아니라, 당대 사회가 품고 있는 여성의 몸에 대한 상상력을 확인할 수 있다.[3] 아내는 '나'의 아내임에도 불구하고, 대중의 연인이며 "시대의 비밀을 간직한 존재"여야 한다. 익숙하면서도 기괴한 대상인 것이다. 아내는 '나'의 아내로서 나하고만 성관계를 가져야 함에도 불구하고, 돈을 지불하는 다른 남자들과도 성관계를 한다. '나'의 의식 속에서 끊임없이 썩고 절단되며 왜곡되는 아내의 '몸'은 요부이면서 정숙한

---

2 "신경증의 남자가 여성의 성기에 무언가 기괴함을 느낀다고 말하는 것은 종종 있는 일이다. 그러나 그 기괴한 장소는 모든 인간의 예전의 집, 즉 우리 모두가 옛날에 그리고 처음에 살았던 그 공간으로 들어가는 입구이다." (크리드, 『여성괴물』, 111쪽)
3 "기호로서의 몸은 결코 백지 상태가 아니다. 오히려 구체적인 사회성이나 역사성, 문화적 차이가 드러나는 공간이 바로 몸이라고 할 수 있다."(김미현, 『젠더프리즘』, 31쪽)

모습을 이중적으로 갖고 있다. 낮에는 화려한 연예인으로, 밤에는 돈을 가진 남자라면 쉽게 경험할 수 있는 술집의 창녀로 변모하는 아내는 결혼한 여성이 지켜야 할 '가족' 제도를 교란하고 위험에 빠뜨리면서도, 남성적인 욕망에서 봤을 때는 '매력적이며 자유로우며 유혹하는 여성'으로서 '소비의 대상'이 되는 존재다. 이러한 부조화는 가부장제 사회의 일부일처 결혼 제도의 윤리 의식과 자본주의 사회가 초래하는 윤리적 타락 간의 갈등이라는 근본적인 문제를 내포하고 있다. '나'는 자신의 불행으로부터 자신이 살고 있는 사회의 내밀한 비밀을 발견하고 저주와 비난을 쏟아 내며 저항하지만, 이 또한 독백으로 이루어진다는 점에서 일정한 한계를 갖고 있다.

여자를 '썩은 음부'로 상상하며, '나'는 그것의 환유적 대상인 '도깨비'를 만들어 내고 비난한다. 아내를 거쳐 간 확인할 수 없는 과거의 남자들과 앞으로도 아내의 육체를 탐하게 될 남자들을 '도깨비'로 비유하며 적개심을 드러내는 것은 자신의 소유물을 뺏으려는 자들에 대한 경계심이기도 하지만, 한편으로는 처음부터 아내를 소유하지 못했다는 두려움 때문이기도 하다

하지만 지금도 여전히 그 여자가 내 곁에 있지 않았었다는 믿음이 씻어지지 않는 것은 무엇 때문인가? 왜 나는 첫날밤부터 그 여자가 내 곁에 있지 않다고 믿어 버렸던가? 내가 그 여자에게 바랐던 것은 무엇이었는가? 그것은 아무래도 가장 단순하고 가장 불가능한 것, 내가 그 여자의 최초의 남자가 아니라는 것 뿐이다. (378쪽)

'최초의 남자'라는 관념은 여성의 순결을 '소유'하려는 남성 중심 사회의 환상이다. '나'는 아내가 첫날밤부터 자신과 같이 있지 않았다고 상정하고, 아내와의 결혼 자체를 부정하게 된다. '나'의 우울한 독백을 따라가다 보면 여성의 순결성이라고 하는 것이 육체에만 속하는 문제인가, 아니면 정신 혹은 영혼과 관련된 문제인가, 아니면 은폐된 사회적 가치와 관련된 문제인가라는 질문들과 마주하게 된다. '나'는 이 세 가지의 질문이 만들어 내는 존재론적인 가치와 담론적인 성격을 구체화하지 못함으로써, 마지막 장면에서 아내와 '연대'하지 못한다. 처음부터 자신과 '같이 하지 않았다'는 불안감 속에는 그녀와의 결혼을 통해 그녀를 제도적으로 소유했지만, 그녀의 영혼 혹은 과거, 미래는 소유하지 못한다는 자책감이 '나'의 무의식적 적대감을 반영하며 존재하고 있다.

이러한 인식 속에서 김승옥 소설 특유의 우울증적 징후가 발견된다. 신형철은 "우울증자가 가져 본 적이 없는, 애초부터 잃어버린 것인 대상을 소유하는 유일한 방법은 아직 충분히 소유하고 있는 것을 마치 잃어버린 것처럼 다루는 것이다"라고 한 지젝의 말을 빌려, 「무진기행」의 마지막 부분에서 윤희중이 느끼는 '부끄러움'을 '죄의식'이라기보다는 멜랑콜리적인 우울의 변형으로 분석하고 있다(신형철, 「여성을 여행하(지 않)는 문학」, 228쪽). 「서울의 달빛 0장」에서도 아내에 대한 소유권 논쟁과 이에 대한 부정은 잠재되어 있는 가부장제적 욕망이 남성적 우울의 한 형태로 나타난 것이라고 할 수 있다.

'나'가 표현하는 타자에 대한 증오와 환멸은 아내를 소유하고자 하는 욕망이며, 수치심을 은폐하고자 하는 우울한 수사적 행위가 된다. '썩은 냄새'로부터 시작된 환멸의 수사는 아내와의 대화에서 극단화된다.

우리를 지배하고 있는 것은 자본주의도 정치 권력도 아녜요. 종말에 대한 불안이에요. 적개심을 돋운다고 하지만 그건 전쟁 이후에도 살아남을 수 있는 사람들을 위해서죠. (중략) 그래요, 모두를 지배하고 있는 것은 슬픔예요. 그 슬픔은 특히 남자들을 사로잡고 있어요. 그 슬픔이 남자들의 윤리를 허물어뜨려요. 윤리란 미래적인 거죠. 우리에겐 미래가 없는 거예요. 그리고 허물어진 남자들이 여자를 지배하고 있구요. (362쪽)

"평화가 만든 여유. 여유가 만든 가수요. 가수요가 만든 부패. 부패가 만드는 증오. 부패는 이미 시작되었으며 남은 일은 증오의 누적, 그리하여 전쟁. 전쟁은 필연적이다"라고 진술하며 '나'는 한국 전쟁 이후 산업 성장을 해오는 과정에서 자본주의적 폐해가 만들어지며 '전쟁'이 일어날 것이라고 말하고 있다. '나'라는 존재는 어머니 가게로부터 들어오는 돈으로 먹고 살며, 집을 맘대로 처분하기도 하는 등 자본주의 사회에서 '돈'으로부터 자유롭다. 그래서 돈으로 성적 욕망을 사는 다른 사내들처럼, 자본의 소비 과정에서 욕망의 이미지를 산다. 이것은 '나'가 내면화된 자본주의적 남성의 시선으로 현실을 보고 있다는 것을 반증한다.

'나'의 말에 대해 아내는 '우리를 지배하는 것'은 자본주의도 정치 권력도 아닌 '종말에 대한 불안'이라고 답하고 있다. 전쟁이 임박했다고 주장하며 공안 정치를 행하는 70년대 사회에서 '불안'이란 내면화된 정치적 억압의 논리가 가장 잘 반영된 사적 감각[4]이며, 아내는 그것을 타자의 시선으로 통찰해 내고 있다. 즉 대화가 실제로 있었던 일인지, 그렇지 않으면 술과 여자에 취한 '나'가 대화를 가장하여 독백을 하고 있는 것인지는 확인하기 어렵다. 그런 점에서 '나'가 처한 불행한 현실이 단순히 개인적 차원의 비극적 사건일 뿐만 아니라 당대 정치적 현실을 내면화한 결과라는 것을 확인할 수 있다. 그런 점에서 '불안'과 '슬픔'은 정서적 표현일 뿐만 아니라, 일종의 정치적 감수성의 한 양상이 되고 있다.

그리고 이 감수성은 남녀 사이의 성적 역학 관계를 구성하는 데 결정적 역할을 한다. 아내의 말은 여자에 대한 남자의 성적 욕망을 '종말에 대한 슬픔'으로 규정하고, 그 슬픔을 잊기 위해 남자가 여자를 지배하고 있다고 인식하고 있다. 문제는 그 남자 역시 '미래를 위한 윤리'를 갖고 있지 못하기 때문에 불안정할 수밖에 없고, 그럼에도 불구하고 여자를 '지배'하려고 한다는 점이다. 그러한 한계를 지적하는 아내에게 '나'는 격렬한 흥분과 분노의 말[5]을 하게 된다. 이러한 '나'의 폭력적 대응은 기득권의 '허위 윤리'와 '왜곡된 정체성'을

---

4 우찬제는 「불안의 상상력과 정치적 무의식: 1970년대 소설의 경우」, 90~98쪽에서 정치적 불안과 자유의 문제를 연결시키며 그 무의식적인 관련성을 분석하고 있다.

은폐하기 위한 수사적 방어이다.

3. '아이'와 '도깨비'라는 환상

「서울의 달빛 0장」에 나타난 우울증과 환멸 의식은 '타자'를 정확히
인식하거나 창조한다. 우울증적 태도를 갖고 있는 '나'에게 아내는
"본능적으로 거부감을 느끼게 되는 무의식적인 두려움"(커니, 『이방
인, 신, 괴물』, 16쪽)이 투사된 대상이다. 그러한 타자에 대한 명확한 인
식과 담론화 과정은 애도의 기간을 보내면서 주인공 '나'가 자신의
정체성을 구체화해 나가는 과정과 병행한다. 잃어버린 것들은 잃어
버린 것이며, 치료는 진정한 애도, 즉 우리 안에 사로잡고 있거나 혹
은 희생양화해 버린 타자를 해방시킬 준비가 갖추어진 상태에서의
애도뿐이다(커니, 『이방인, 신, 괴물』, 22쪽).

　「서울의 달빛 0장」의 '나'는 생물학적 남자이기 때문에 '남성'이
되는 것이 아니라, 역사적·담론적 맥락 안에서 '행동'하기 때문에 '남
성'이 되고 있으며, 자기 자신에게 낯선 것을 추방·거부함으로써 모
호한 '나'의 젠더 정체성을 창조한다. '나'와 아내 사이에 또 다른 잉
여적 타자들이 존재한다. 그것은 '나'와 아내의 관계를 근본적으로

5　"옳아, 이제 보니 그 동안 쭈욱 날 우습게 보고 있었군요?", "여자의 자물쇠는 그따위 말
　로 열린단 말이지? 열리자마자 문 안으로 정액을 쏟아 넣어 그 말을 네 자궁 속에 단단히
　풀칠해 놓았단 말이지?", "아직도 네 자궁 속에 살아서 까불어대고 있는 놈. 개 같은 욕망
　에 시대의 구실을 붙여 널 유혹한 놈. 이름을 대. 모두 이름을 대. 몇 놈이냐?" 등.

훼손하는 '도깨비'와 둘 사이의 성적 관계를 가부장제적 욕망으로 현현하는 '아이'이다. 무엇보다도 이 존재들은 아내의 '몸'에 대한 환유적 상상을 통해 추상된 '아브젝트'들이다. 여성과 자궁, 괴물성을 연결시키는 상상력은 남성 중심적이다. 이 타자적 존재들은 '인간은 행복할 자격이 있는가'라는 반복되는 질문에 대한 답으로, 이혼 후 좌절에 빠져 있는 '나'를 '정상화'할 수 있는 논리를 제공한다.

> 태아의 자연유산과 의사의 입에서 아내의 인공유산의 경험이 많음을 알고 났을 때 이제부터 아내는 나에게 도깨비들이 실컷 뜯어먹다 싫증이 나서 던져 준 썩은 고깃덩이에 지나지 않았다. 그렇다고는 하지만 늦지는 않았었다. 그 여자가 입으로 그 도깨비들을 토해 줬더라면. 그러나 아내는 드라큘라에게 목덜미를 물린 여자였다.(370~371쪽)

아내의 몸에 대한 깨달음은 그녀를 '익숙하면서도 기괴한 존재'로 인식하게 만든다. 아내의 영혼에 대한 불쾌한 의심은 '도깨비'라는 악마적이고 괴기적인 상상력으로 이어진다. 고야의 에칭 판화에 나오는 악마의 손아귀에서 뜯어 먹히는 사람들을 떠올리게 하는 이러한 표현은 인간의 이성이 도달할 수 없는 도덕의 극한, 악마적 영역에 대한 공포를 형상화한다. 이때 도깨비는 아내의 육체를 뜯어먹었지만, 다른 한편으로는 아내의 몸 속에 기생하면서 아내의 부정을 조장하는 존재이다.

줄리아 크리스테바는 아브젝시옹의 심리적 현상을 설명하면서 "'자기 자신'에게 '다른' 것으로 판단되는 것을 추방하는 하나의 과정으로, 구체성의 경계를 한정하는 하나의 수단"이며 "주체성에 출몰하여 이미 구성된 것을 해체하도록 위협"한다고 말한다(맥아피, 『경계에 선 줄리아 크리스테바』, 111쪽). '나'는 아내의 신체로부터 파생된 도깨비를 사유하며, 그녀의 정체성을 해체하고 있다. 도깨비(아브젝트)는 '이질적이고 혐오스러운 것의 배설이자 정화'라는 측면에서 신경증을 앓고 있는 '나'의 아브젝시옹의 대상이 된다. 사실 '나'는 아내와 이혼을 통해 행정 절차상 타인이 되었지만, 여전히 정서적으로는 동일시의 환상에 갇혀 있다. 앞서 논했던 아내에 대한 환멸과 분노는 여전히 아내에게 고착되어 자유롭지 못한 '나'의 불안한 정체성을 잘 보여 준다. 그래서 '나'와 동일시된 아내의 몸에서 낯설면서도 익숙한 '그것'을 배설하고, 토해 내고, 떼어 내고 싶은 아브젝시옹은 '나'의 정체성을 불완전하게 구성해 나간다.[6]

철저하게 아내의 육체를 소유한 도깨비의 존재는 실제하는 대상은 아니지만, 아내의 육체를 소유하지 못한 '나'의 심리적인 경쟁자이면서 적대자이다. 그들은 낯설고 먼 곳에 있는 존재들이 아니다.

---

6 "추방한 것들은 주체의 의식에 끊임없이 출몰하고 의식 주변에 남아 있다. 주체는 이 추방된 것에서 혐오와 매혹을 동시에 느끼고, 그래서 그/그녀의 자아 경계들은 역설적이게도 지속적으로 위협받는 동시에 유지된다. 자아 경계는 추방된 것이 그 경계를 부수기에 충분할 정도로 매혹적이기 때문에 위협받으며, 그러한 붕괴의 두려움이 주체로 하여금 방심하지 않도록 하기 때문에 유지된다."(맥아피, 『경계에 선 줄리아 크리스테바』, 98~99쪽.)

남녀 관계를 근본적으로 경제적 관계라고 말하며, 돈으로 여자를 사고, 여자의 처녀성에 환상을 품고 있는, 자본주의적인 논리에 갇혀 버린 '나'의 친구들이기도 하다. 그래서 그들을 향해 "개새끼들. 너희들이다, 아내의 자궁 속에 달라붙어 있는 슬픈 얼굴의 도깨비"라고 외치지만, 결국 '도깨비'는 자기 자신의 또 다른 얼굴이기도 하다.

'나'는 한 개인의 힘으로는 어쩔 수 없는 거대한 사회적 관념들과의 대립 속에서 아내의 육체를 소유하지 못했으니 영혼이라도 소유하고 싶어 한다. 그러나 몸을 뜯어 먹힌 영혼을 쉽게 '나'의 시선으로 초점화할 수 없다. '나'의 너그러운 사랑이나 인간애만으로는 이 모순적이고 불합리한 윤리적 상황을 극복할 수 없다. 그래서 아내가 스스로 도깨비를 토해 주기를 바란다. '나'는 간절히 "토해 버려라, 도깨비를 토해 버려, 네 자궁 속의 도깨비를 입으로 토해 버려. 널 사랑하고 싶어서야"라고 말한다. 사회의 억압적 조건들 속에서 수동적 태도만을 취하는 아내에 대해 '나'는 보다 긍정적 가치를 획득하기 위한 적극적 투쟁을 권고한다. 아니 바라고 있다. 남녀 간의 성적 결합을 생각한다면 도깨비는 아내의 자궁으로부터 배설되어야 한다. '나'가 입을 통해 아내가 도깨비를 토해 내기를 바라는 것은 아래로의 배설이 자연스럽고 생물학적인 행위인 데 반해 입으로 토하는 것은 전형적인 '아브젝시옹'의 행위이기 때문이다. 그 행위를 통해 아내는 구원받을 것이라 믿는다. 그러나 '구원'은 일어나지 않는다.

도깨비가 이처럼 '나'와 아내 사이의 갈등을 일으키는 존재라면, 아이는 근대 가족 관계 안에서 정당한 방법으로 남녀가 같이 살아가는 데 있어 발생하는 근본적 문제를 해결하는 존재로 나온다. 아이는 근대 가족주의 안에서 가족이 존립할 수 있는 상징적 기준이다.

> 아이를 빨리 만들지 그랬니? 아이란 우리들의 신이야. 인간적인 사랑이란 삼각형의 관계 형식 속에서만 가능하다구 생각해. 한 꼭지점에는 남자 또 한 꼭지점엔 여자 그리고 또 한 꼭지점엔 신이 있어야 하는 거야. 남자와 여자가 함께 바라보는 신이 있을 때 추잡한 거래 관계를 벗어날 수 있는 거야. 신이 없는 두 꼭지점만의 남자와 여자의 사랑이란 이기적으로 무한히 탐욕적인 동물적인 사랑에 지나지 않아. (373쪽)

인용에서도 알 수 있듯 통념적으로 남녀 관계(부부)는 아이를 정점으로 했을 때 완성된다. 아이가 없는 부부란 언제든 사회적 위험으로부터 쉽게 무너질 수 있으며 행복할 수 없다고 믿는다. 아이는 신이 없는 시대에 신과 같은 존재로 남녀 간의 '생활의 윤리'가 된다. 이러한 담론화는 근대 가족이 꿈꾸는 '아이'와 같은 의미로 맥락화된다. 즉 대화에서 드러나듯 '아이'의 존재 유무에 따라서 가족이 완성되기도 하고 쉽게 해체되기도 한다. 그러나 아내는 여러 번의 인공유산의 경험으로 아이를 갖기가 어려우며, '나'의 아이를 유산하기도 했다. "아이를 빨리 낳았더라면 네 부부가 파경을 당하진 않았을 거"라는 식으로 말하는 다른 사람들의 낙관적인 관심은 영원히 불가능한 욕망이 되어 버린다. 또한 도깨비들에게 유린당한 '썩은 음부'로는 순결한 영혼의 아이를 낳을 수 없다. 아내의 자궁을 통한 배설(출산)은 악마의 자식을 탄생시키는 결과를 낳을 것이기 때문에, '나'는 악마적 상황의 반복 재생을 거부한다.[7]

> 내 것이어야 할 아내의 처녀를 도둑질한 놈은 이십대 미혼 청년이었고 아내를 돈으로 유혹한 놈들은 장성해 버려 이젠 자식이라고 하기 어려운 자식을 가진 오십대 사내들이었다. 부모에겐 신이 되고 스스로는 악마인 두 가지 얼굴의 신은 신이 아니다. (374쪽)

이 장면에서 '나'는 아내의 몸에 대해 강한 소유욕을 보여 준다. 아내의 거쳐 간 남자들과 동일시되지 않기 위해 어렸을 때는 신과 같은 자질을 가지고 가정의 평화를 일구어 내지만 나이 들어감에 따라 신의 얼굴에서 악마의 얼굴로 바뀌어 가는 '아이'를 경멸한다. 사회 질서 속에 편입된 어른들의 모습을 '나'는 부정하고 싶은 것이며, 궁극적으로 사회에 길들여져 간다는 것은 악마의 얼굴을 닮아 가는 것으로 본 것이다. 가족 구성원인 '아내'와 '아이' 둘 다 소유하지 못하게 되었을 때, '나'는 이혼을 결심한다. 결국 '나'에게 있어 이혼은 사

---

7 "여성의 자궁이, 그녀의 재생산 기능을 지닌 다른 기관들과 함께, 성차를 의미하며 그렇기 때문에 여성의 성적 타자를 공포에 몰아넣을 힘을 가졌기 때문이라는 것이다. (중략) 여성의 출산할 수 있는 능력이 남성들에게 경외와 질투, 그리고 공포라는 다양한 모순된 반응들을 불러 일으키는 핵심적인 차이를 구성한다는 것은 너무 분명하다." (크리드, 『여성괴물』, 116쪽)

랑의 상실로부터 비롯된 것이 아니라, 근대 가족주의 담론이 만들어낸 '환상'과 '욕망'의 상실로부터 비롯되었다.

서로 다른 성격으로 서술되고 있지만, 도깨비나 아이 모두 아내의 몸을 통해 기생하는 타자들(아브젝트)이다. '자궁 속에 들러붙어 아내를 뜯어먹고 자라는 존재'인 것이다. 아내의 '몸'은 이들을 품고 기르지만, 결국에는 그 자체의 특성을 상실한 텅빈 부재하는 기표가 될 뿐이다. '나'의 이들에 대한 강한 혐오감은 한편으로는 여성의 몸을 중심으로 논리화되어 있는 가부장제 논리를 밝혀 보여 주는 것이면서, 다른 한편으로는 여성의 생식력에 대한 공포를 이중적으로 내면화하고 있다.

4. 상징적 강간과 훼손된 거래 윤리

결국에 '나'의 우울증은 치료될 수 있는가? 아내와의 관계 속에서, 그리고 사회와의 관계 속에서 '나'의 남성성 혹은 성적 정체성은 그 저열한 가부장제 담론화를 벗어나 주체적 존재로 정립될 수 있을 것인가? 어쨌든 스트레스 요인인 '아내와의 이혼'을 합리화하는 방식으로 '나'의 정체성 구성의 노력은 전개된다. 그것이 곧 우울증의 치유가 될 수 있다.

'나'는 결혼 이전의 상태로 돌아가기 위해, 아내를 잊기 위해 집을 팔고, 강사를 그만두고 방탕한 생활을 한다. 아내에 대한 기억을 자연스러운 망각을 통해 지우는 것이 아니라, 의도적인 회피를 통해서 지우려고 한다. '이혼의 충격'을 극복하는 이러한 과정을 통해 "이건 내가 아니라고 하는 바로 내가 나임을 나는 안다"[8]라고 인식하게 된다. 결국 타자에 대한 탐색은 자신의 정체성 탐색인 것이다.

이혼은 단순히 한 여자와 이별한 것이 아니다. 이혼으로 인해 '나'가 구축해 놓은 삶의 터전이 전반적으로 흔들리고, 믿어 왔던 가족주의 가치들(가족, 사랑, 아이 등)이 뒤엉켜 파괴되었기 때문에 '나'의 정체성이 존재하지 않으며, 또 재구성할 수도 없는 것이 되어 버렸다. 스스로가 삶에서 결코 받아들일 수 없는 '타자'가 되어 정체성 구성에 어려움을 겪게 된다.

이혼을 하긴 했지만, 아내에 대한 감정 역시 환멸적이면서도 한편으로는 '용서'하고자 하는 이중적 태도를 갖는다. 따라서 이때의 '나'의 정체성을 이미 규정되었다고 보기보다는 그가 추구하는 여러 행동의 수행성을 통해 재설정할 필요가 있다. '나'는 이제 아내를 '향유jouissance할 것인가?' 혹은 '소비할 것인가?'를 선택해야 한다. 아니 행동해야 한다.

어쩌겠다는 계획이라고는 하나밖에 없었다. 차를 가지게 된 날 준비해 뒀던 예금통장을 아내였던 여자에게 갖다 주겠다는 것이었다. 우

---

8 "나라고 내가 생각하고 있던 이전의 나로부터 점점 멀어져 갔다. 물론 이건 내가 아니라고 생각했지만 그 전에도 항상 이건 내가 아니라고 생각하며 살았었다. 이건 내가 아니고 이전의 내가 나라고 한다면 이전의 나는 그 이전의 나를, 그 이전의 나는 그 그 이전의 나를 ……. 그리고하여 나는 무(無)이어야 할 것이다."(374~375쪽)

리의 재산을 공평하게 분배함으로써 비로소 나는 아내였던 여자에게 마음의 빚을 갖지 않을 수 있다고 생각했다. 나는 차를 샀는데 너도 사고 싶은 거 사렴. 아파트를 위자료로서 자기한테 줬으면 하던 아내의 눈치가 항상 마음에 걸려 있었던 것이다. 아니다. 나는 제의하고 싶었던 것이다. 우리 시험 삼아서 이제부터 새로 시작해 보지 않겠어? 되면 되고 안 되면 제자리지. 자, 나도 이만하면 준비가 된 것 같은데. (380쪽)

'나'는 집을 판 돈을 아내에게 주어 '이혼'이 완결되었음을 알려주고 싶어한다. 그러면서 자신의 부채 의식을 지우고, 새로운 '시작'을 꿈꾼다. 이전의 '나', 현재의 '나', 미래의 '나'를 동일시할 수 있는 논리를 만들고 싶은 것이다. "자, 나도 이만하면 준비가 된 것 같은데"라는 진술 속에는 자신이 알지 못했던 것, 그렇다고 자신의 사회적 삶이 완전히 바뀐 것이 아니라, 그러한 사회적 환경이 있다는 사실을 인정하는 마음의 여유를 가지게 된 현실을 극단적으로 보여 준다. 즉 이혼을 받아들이고, 폄하했던 '아내'를 한 명의 여인으로 새롭게 의식하고자 한다. 이혼을 확정함으로써 그 자체로 객체가 되어 멀어져 버린 아내를 발견하려는 것이다.

'나'는 아내에게 다가갈 수 있는 한 가지 방법을 알고 있다. 다른 여자들을 돈을 주고 샀듯, 아내 역시도 돈으로 사는 것이다. 집을 판 돈으로 아내가 좋아할 만한 최고급 차를 사고, 나머지 돈으로는 그녀에게 줄 통장을 만든다. 자본주의 사회의 대표적인 욕망인 최고급 자동차 '레코드'는 남성들이 자동차에 덧씌운 성적 욕망에 따라 '아내의 대용물이며 순결을 상징하는 하얀색'이다(김미영, 「김승옥 소설의 "개인" 연구」, 157쪽). 아내에 대한 성적 억압을 자유롭게 해줄 수 있는 것이 역설적이게도 경제적·물질적 토대를 근거로 한 교환가치라는 사실을 주인공 '나'는 우울한 사유의 독백 속에 은폐해 놓고 있는 것이다. 그 과정에서 물화된 자본주의적 대상으로 존재하는 연예인과 가부장제적 담론 속에 존재하는 아내라는 약호는 서로 환원할 수 없는 모순 관계에 놓이며 공존한다.[9] 그녀는 더 이상 개별적 주체로서 인식되기보다는 '욕망' 그 자체로 인식된다. '나'는 그녀를 욕망하는 것이 아니라 그녀의 욕망을 욕망한다.

'나'가 아내를 그 교환가치에 길들여진 육체로 인식하는 무의식적인 태도는 아래의 인용에 잘 나타난다. 아내 때문이라는 이유를 달고서 행했던 다른 여성들과의 성관계나 모순된 인식 등은 결과적으로 아내에게로 돌아가고 싶은 욕망과 다르지 않았다. 궁극적으로 「서울의 달빛 0장」은 아내에게 회귀하는 서사이며 타자인 아내를 어떻게 환대할 것인가에 대한 남성의 우울감과 우월 의식과 윤리 의식을 다루고 있는 소설이다.

---

9 "'여성'을 남성들이 자신의 두려움이나 공포를 투사하는 장소(또는 타자)로 파악했던 보부아르의 분석에 따른다면, 남성에 의한 여성의 재현은 남성의 권력을 강화시킨다기보다는 이데올로기적 환상 속에 내재하는 불일치나 모순을 드러내는 것으로 이해되어야 한다."(모리스, 『문학과 페미니즘』, 37쪽)

「저어…… 나…… 영숙이 아파트로 가끔 놀러 가도 되겠어?」

어리둥절한 표정으로 그 여자의 눈이 깜박거리며 내 눈을 빤히 응시했다. 비행기 안에서처럼, 비처녀를 감춰 주느라고 호들갑을 떨고 있는 나를 바라보던 첫날밤처럼. 그렇다. 이 여자가 저런 눈이 될 때마다 우리의 관계는 새로운 국면을 맞이하곤 했던 것이다. 자, 무슨 일이 생길 것인가? (382쪽)

통장을 건네주면서 아내를 때리고 싶다는 폭력적인 생각을 했던 '나'가 아내의 집에 가끔 놀러가겠다고 말하고 있다. 아내의 눈을 바라보며 사랑에 빠졌던 순간을 떠올리며 '새로운 국면'을 꿈꾼다. '나'는 아내에 대해 시각적 소비를 하면서 사랑에 빠졌고, 성적 소비를 하며 추악한 아내의 몰골을 확인하고 이혼하게 된다. 이러한 '나'의 소비 패턴의 변화는 아내를 '경제적으로 소비'하기에 이른다. 이 상황에서 집을 판 '돈'은 아내의 새로운 삶을 위한 위자료라는 의미에서, '나'와의 새로운 관계를 시작하기 위한 거래 대금으로 전위된다. 아내와의 소통을 위해, 아내를 왜곡하여 환대하기 위해 '돈'은 '나'에게 명료하게 기능하고 있는 것이다.

그러나 그 순간 '아내'는 코피를 흘린다. 그 검붉은 '피'는 '나'의 행동과 말에 대한 반응이며, '나'와의 새로운 관계를 거부하는 것이다. 여자가 처녀성을 잃었을 때 흘리는 피처럼 아내의 코피는 남편의 무모한 요청에 영혼의 순결성이 파괴된 흔적이다. 아내는 가부장적 사회에서의 윤리적 가치를 갖고 있는 '피'를 배설함으로써(아브젝시옹)[10] '나'의 무의식적 욕망을 표상하고 공격한다. '나'가 약솜을 들고서 그녀가 있던 곳으로 돌아왔을 때 통장은 갈기갈기 찢겨져 있다. '나'의 발언은 상징적이면서도 폭력적인 강간 행위였으며, 성적으로 남성적으로 재구성된 '나'의 존재를 단번에 드러냈던 것이다.

또한 이러한 행동의 이면에서 '아내'를 무의식적으로 '희생양'[11]으로 대하는 '나'의 윤리적 태도를 확인할 수 있다. '나'와 아내가 겪고 있는 일련의 사건들은 개인들의 의식과 행동으로부터 비롯된 것이 아니라, 담론화된 사회의 폭력적 맥락화로부터 비롯되었다. '나'는 아내에게 속죄하는 척하지만, 한편으로는 희생하도록 강요하고 있는 것이다. 그러한 남성 중심의 윤리적 태도를 발견한 아내는 자기 자신도 영원히 '돈'에 몸을 파는 여자로 남아 버린 것에 대해 수치심을 느낀다. '남편'으로서 '나'는 그녀의 영혼을 소유할 수 있는 일말의 가능성을 가지고 있었다면 이제 '남성'으로서의 '나'는 아내의 육체도 영혼도 소유할 수 없는 존재가 되었다. "나 역시 그 여자와의 완전 무결한 메별訣別을 처음으로 실감했다. 증오의 고통도 함께 찢겨져버린 것이다."(379쪽)

이렇듯 '나'가 속물들과 똑같아진 상황에서 더 이상 자신의 정체

---

10 '아브젝시옹'은 '낯설면서도 익숙한 것', '나'와 '타자' 사이 경계면에 위치한 대상을 배설하고 제거한다는 의미에서, 현대 소설(특히 오정희의 「유년의 뜰」, 「중국인 거리」)에 나오는 주인공들의 불안정한 성적 정체성을 설명하는 데 유효한 비평적 시각을 제시한다.
11 르네 지라르는 『희생양』의 「신화란 무엇인가?」에서 사회 문화적 위기에 직면하여 그 위기의 원인과 직접적인 원인이 없는 자에게 행해지는 성스러운 폭력에 대해서 서술하고 있다.

성을 위장하여 구축하는 일은 불가능해졌다. '나'가 바라던 새로운 국면이란 영원히 그녀를 향유할 수 없는 극한 상황으로 바뀌어 버렸다. 그가 이혼 후 했던 행동들은 그의 이성과 감정을 자극하며 가부장적 욕망을 내면화한 정체성을 구성하게 했지만, 그 정체성마저도 충분히 내면화하지 못하고 현실화하지 못한다. 그러한 이유로 그녀의 순결성을 의심했던 죄, 혹은 그녀의 순결성을 파괴한 죄는 '나'와 아내 사이의 존재론적인 윤리를 훼손했을 뿐만 아니라 서로가 영원히 환대할 수 없는 '타자'가 되도록 만들었다.

「서울의 달빛 0장」은 이혼을 경험한 도시 남성의 우울증 치료기이다. 그러나 치료는 그리 간단하지 않다. 우선 현실 세계에서 금기시되는 이혼은 담론화되고 이데올로기화된 '결혼'이라는 제도를 균열시키고, 그 내면에서 작동하는 다양한 지배 담론과 이데올로기를 현현시키는 '사건'이다. 그래서 이혼은 당사자로 하여금 자신이 욕망했지만 소유하지 못한 '결혼'과 '가족' 등에 내면화되어 있던 지배 이데올로기를 그 순수한 형상으로 드러내 보여 준다. 그러면서 그(녀)의 젠더 정체성을 재맥락화하거나 재구성하도록 만든다.[12] 「서울의 달빛 0장」에서 '나' 역시도 사회적 지위(강사), 가족 내의 지위(남편), 연인 사이의 지위(독점권을 주장할 수 있는 남자친구)를 모두 상실하고 그것을 다시 찾기 위해 노력한다. 관건은 그 찾는 과정에서 어떠한

---

12 주체의 사회적·성적 정체성이란 고정된 불변의 속성이 아니며, 사회 역사적 맥락에 따라 수정되고 재구성된다.

이데올로기적 수단과 방법을 통해 젠더 정체성을 획득할 것이냐에 따라 그 정체성의 성격이 달라진다는 것이다.

「서울의 달빛 0장」에서는 타자를 규정하는 형상화 논리와 자본주의적 거래의 논리가 '나'의 정체성을 재맥락화하는 데 매우 중요한 역할을 한다. 특히 「서울의 달빛 0장」에서의 '돈'[13]은 자본주의 사회에서의 남성적 욕망을 단적으로 형상화하며, 남자와 여자, 남편과 아내를 연결시키는 기능을 하며, 다양한 사회 문화적 가치를 훼손하는 자본주의적 논리를 반영하고 있다.

5. 제도화된 타자로서의 '남성'

「서울의 달빛 0장」에 나타난 타자 담론화는 생물학적 육체에 이데올로기적 타자로 규정하는 상징적 과정을 잘 보여 준다. 타자인 '아내'는 본래적이면서도 구체적인 성sexuality으로 존재하는 것이 아니라, '썩는 음부'와 같은 감각적 이미지로 해체된다. 가족을 파괴하고 '나'의 삶을 망가뜨린 '탐욕스러운 몸, 먹을 수 있는 몸'을 가진 아내는

---

13 유명한 여배우라 하더라도 '돈' 때문에 술집에서 몸을 팔아야 하고, 이혼마저도 금전적 거래로 마무리되어야 한다. '돈 거래'에 대한 강박은 「서울, 1964년 겨울」에서도 서로 이질적인 사람들이 서로 관계 맺게 만든다. "「서울, 1964년 겨울」에서 돈은 아내의 시체값이라는 의미에도 불구하고 충동적이고 무의미하게 소비되는데, 서로 얽히고 싶지 않은 세 남자를 '돈을 쓴다'라는 행위로 수렴시킨다. '돈'은 서울이라는 공간만큼이나 욕망의 대상이며 근대적 가치의 다양한 함의를 내포하고 있다."(오윤호, 「서정인 〈강〉의 서사적 은유」, 127쪽)

'나'의 상상력 속에서 '희생양'으로 남는다. 아내의 '썩은 음부'로부터 환유된 '아이'와 '도깨비'는 가부장제적 욕망과 논리를 반영한 아브젝트이다.

타자로서의 '아내'는 '나'가 표현하기로는 혐오스럽고 공포스럽지만 매혹적인 존재이기도 하다. 그래서 '나'는 연예인 한영숙을 '아내'로 환원하려는 무의식적인 행동들을 하게 된다. '나'는 주체로서 완전하다고 할 수 없으며 가부장적 이데올로기로부터 '자유'롭다고 말할 수도 없다. '나'의 소비 양태(시각적 소비, 성적 소비, 경제적 소비)를 통해 여성의 몸에 대한 자본화와 권력욕을 드러낸다. 결국 '나' 역시도 제도화된 남성 중심적 사회의 타자로 남았다. '나'와 차이가 없는 그녀와 소통할 수 있는 방법은 그녀를 자본주의적 거래 대상으로 대하는 것뿐이다. '나'의 타자에 대한 배타성과 불완전한 정체성은 타자를 대하는 윤리적 한계를 여실히 보여 주며, 제도화된 타자로서의 정체성을 갖게 된다. 이제 아내와 '나'는 서로 영원한 타자가 되고 만다. 김승옥 초기작부터 남성 주체들이 추구했던 '자기 세계'를 「서울의 달빛 0장」은 더 이상 인정하지 않고, '자기 세계'보다 더 견고한 외부의 이데올로기적 조건들을 내면화하는 남성 주체의 타자적 정체성을 보여 주고 있다.

[6장]

훔쳐보며 젠더하기

1. 극사실적 묘사와 동성애

천운영 소설의 미덕은 사물을 즉물적으로 세밀하게 묘사해 내는 능력에 있다. 「바늘」에서 살 위에 문신을 새기는 장면은 복잡한 성적 욕망을 미세하고 정교한 극사실주의로 표현해 내고 있다.

> 살에 꽂는 첫 땀. 나는 이 순간을 가장 사랑한다. 숨을 죽이고 살갗에 첫 땀을 뜨면 순간적으로 그 틈에 피가 맺힌다. 우리는 그것을 첫이슬이라고 부른다. 첫이슬이 맺힘과 동시에 명주실이 품고 있던 잉크가 바늘을 따라 내려온다. 붉은색 잉크는 바늘 끝에 이르러 살갗에 난 작은 틈 속으로 빠르게 스며든다. 마치 머리 속에서 맴돌던 말들이 입 밖으로 시원하게 나와 주는 듯한 기분. 바늘땀을 뜰 때에 나는 더 이상 말더듬이가 아니다. (천운영, 『바늘』, 14쪽)

문신을 하는 동안 주인공 '나'는 극도의 긴장감과 집중력으로 타인의 몸과 문신, 자신의 육체를 동일시하게 된다. 특히 세밀하게 묘사된 시각적 자극은 집요한 성애자의 도착을 환기하기까지 한다. 인물의 감각적 경험이 독자의 이성적 독서를 압도하는 과정에서 천운영 소설 나름의 사실주의적 표현이 창조된다. 서술자 시선은 끈질기고 소름끼칠 정도로 섬세하며 적나라하게 대상을 간파해 낸다. 「바늘」에서 문신을 놓는 장면이나, 「눈보라콘」에서 부라보콘을 핥아 먹는 장면, 「명랑」에서 할머니의 보드라운 발과 분홍빛 유두를 묘사하는 장면은 대상을 가장 선명하게 보여 주는 사실적 표현이면서도 말초적 감각이 살아 있는 성적 유희와도 같다.

그러나 그 시선은 남성적이지도 여성적이지도 않다. 단지 먹잇감을 바라보는 맹수의 시선처럼 '시선' 그 자체가 힘을 가지고 있다. 이러한 폭력적 시선은 대상에 대한 탐색과 소유의 강렬한 욕망을 냉정한 태도로 이해하고 기술할 만큼의 지적 능력을 갖고 있다. 처절한 피비린내가 나는데도 흥분하거나 비난하지 않는 것은 서술자가 이성적 관조, 냉철한 현실적 대응을 하고 있기 때문이다. 이러한 철저하게 감각적인 표현과 이성적인 표현의 혼재 속에서 자신의 서술 가능성을 치밀하게 준비하는 서술자의 태도는 악마적이기까지 하다.

황도경은 천운영 소설이 갖는 '그 섬뜩함'에 대해 말한다. 그는 "지나치게 세밀한 현실의 목록들을 거론하고 묘사함으로써 그 섬뜩한 사실성을 우리의 현실로 각인시키는 힘을 갖고 있다"(황도경, 「환상 속으로 탈주하라」, 375쪽)라고 말한다. 그래서 "느리고 섬세한 서술은 객관적이고 엄밀한 사실성에 기여하기보다 오히려 비현실적이고 낯선 환상성의 조성에 기여"하게 된다.

천운영 소설 속 서술자의 극사실주의적 묘사와 지적 환상은 '동성애'적 상상력과 긴밀히 연결되어 있다. '동성애'를 소설화한 2000년대 한국 소설은 많지만, 대부분이 성적 소수자의 왜곡된 성의식이나 트라우마, 변태적 욕망을 소설화한 경우가 많다. 그에 비해 천운영의 소설은 동성에 대한 '성적 감각'이 적극적인 욕망의 시선 위에 '위치'지어지고, 성적 소수자나 타자가 아닌 하나의 '주체'의 원초적 삶의 의지로 표현되며, 동성애를 하나의 서술 전략으로 활용하여 '젠더하기'를 획득하고 있다.

천운영 소설에 나타난 동성애 재현은 '욕망과 동일시 사이에서 흔들리는 동성애 인물의 모호한 시선'에서 찾을 수 있다(정은경, 「현대소설에 나타난 "동성애" 고찰」, 79~112쪽). 「월경」과 「소년 J의 말끔한 허벅지」에 나오는 인물들은 동성애를 통해 이성애적 규범을 전복시키고 있으며, 경계 표지가 확실한 영토, 동일성의 문법과 상징 체계 위에서 젠더를 교란시킨다.

주디스 버틀러는 "이성애적, 동성애적, 양성애적 실천 속의 모호함이나 비일관성은 분리되어서 불균형을 이루는 남성성/여성성의 이분법이라는 물화된 틀 안에서 억압되고 재기술된다는 점을 고려해야 한다"(버틀러, 『젠더 트러블』, 145쪽)고 말한다. 젠더라는 틀을 완전히 벗어날 수 없다면, 젠더가 되어 가는 과정에서 행하는 주체의 수행성에 주목하고 젠더가 재구성되어 가는 과정을 분석해야 주체의 젠더 정체성이 분석될 것이다.[1] 이에 '동성애'를 소재로 한 천운영 소설들에 나타난 성정체성을 능동적으로 수행하는 버틀러식의 '젠 더하기'로 이해하는 것이 가능하다. 그 과정에서 '남성되기'나 '여성 되기'를 통해 동성애적 성정체성을 형성해 나간다고 주장하려는 것이 아니다. 남성/여성/레즈비언/게이라는 성정체성에 앞서서 그들의 행동act이 가진 보다 역동적인 성정체성을 확인하려는 것이다.

시몬 드 보부아르는『제2의 성』에서 '우리는 여자로 태어나지 않는다. 여자가 된다'라고 주장한다(버틀러,『젠더 트러블』, 99쪽). 이것은 가부장제 사회 안에서 여성/여성성이 어떻게 개념화되는지를 살펴보고 여성이 사회문화적 조건 속에서 '만들어진다'고 보는 관점이다 (김애령,「'여자되기'에서 '젠더하기'로」, 22쪽). 이에 버틀러는 생물학적인 조건으로 남성/여성을 구분하는 섹스에는 이미 젠더가 기입되어 있다고 주장하면서, "젠더는 결코 고정적인 정체성이거나 다양한 행동이 그것으로부터 진행되는 행위자의 장소locus가 아니다. 젠더는 시간 안에서 점차적으로 구성된 정체성, 즉 행동의 양식화된 반복을 통해서 도입된 정체성이다"(Butler, "Performative Acts and Gender

---

1 그러나 주체의 젠더 정체성이 구성된다는 인식에는 여러 가지 논쟁거리가 있다. 버틀러는 수행성은 결국 젠더 규범 안에서 이루어지는 것으로, "구성이 지니는 수행적인 차원은 정확히 말해 외적으로 강요된 규범들의 반복이다. 그렇기 때문에 이같은 의미에서 수행성에 대한 강제들이 존재한다고 할 수 있으며 또한 강제 자체가 바로 수행성의 조건으로서 생각되어야 할 필요가 있는 것"(버틀러,『의미를 체현하는 육체』, 182쪽)이며, "법이라는 것이 성을 억누르는 기제일 뿐만 아니라 성을 야기시키고 또는 최소한 성의 방향성을 규정짓는 금지 기제"(같은 책, 183쪽)라고 본다.

Constitution : An Essay in Phenomenology and Feminist Theory", 김
애령, 앞의 논문, 39쪽에서 재인용)라고 주장한다. "젠더란 어떤 것이
된is 것이 아니라 행하는does 것, 좀더 정확하게는 일련의 행위들이
며, 명사가 아니라 동사, '존재'being가 아니라 '행하기'doing"(살리,
『주디스 버틀러의 철학과 우울』, 113쪽)라는 것이다. 그래서 주체의 성
sex이 '고정된 무엇'이기 때문에 그의 성정체성을 구체화할 수 있는
것이 아니라, 그가 제도화된 사회 속에서 어떻게 행동하는지, 그의
젠더 정체성은 어떻게 변화해 가는지를 살필 때에 주체의 성정체성
을 '구성'할 수 있는 것이다. 그러나 이 젠더하기는 '어떤 공적인 행
동'이며 특정한 문화적 의미화의 행위이다. 젠더 수행은 물론 개인적
인, 개인의 몸으로 '하기'이지만, 결코 자의적일 수 없으며 젠더 규범
안에서 행해지는 것이다.

하나의 성적 욕망이 발생하고 억압되는 일련의 성 역학 속에서
천운영 소설의 성정체성에 대한 문제적 지점을 다양한 젠더하기의
수행성을 통해 발견할 수 있다. 특히 동성에 대한 성적 쾌감을 소재
로 한 「월경」, 「멍게 뒷맛」, 「소년 J의 말끔한 허벅지」는 음란한 시선
과 '젠더 트러블'을 경험하며 강제된 이성애 체계에 저항하고 있다.
이 소설들은 동성애 상황에서 자신의 젠더 위치를 탐색하고 '위치'를
문제적으로 경험한다는 점에서 젠더하기의 수행성을 보다 잘 드러
내고 있다.

이성애 사회가 만들어 낸 폭력적 상황 속에서 '주체가 성적 대
상을 어떻게 경험할 것인가?' 특히 천운영 소설에서는 시각적 자극

에 의해 성적 쾌감이 극대화된다는 점에서, 그 '시선'의 음란함과 폭력성, 성정체성은 천운영 소설을 읽는 출발점이다. 성적 대상을 향한 주체의 시선은 음란하면서 폭력적이다. 젠더하기로 천운영 소설의 성정체성을 이해하는 것은 섹스/젠더 체계의 전면적인 전복이 아닌 '균열'에 주목하는 것이며, 소설 속에 형상화된 "섹스화되고 젠더화된 정체성이 불안정하고 불확실하다는 점"[2]을 보여 준다.

2. 오이디푸스적 욕망의 전유와 유동적 섹슈얼리티

「월경」은 자신의 술집에 고용한 '계집'을 바라보는 서술자 '나'의 음란한 시선에 내재한 쾌감과 혐오(증오) 사이의 전도된 감수성을 표현한 소설이다. 스무 살을 며칠 앞둔 '나'는 자신이 은행나무 아래에서 잉태되었다고 믿으면서, 불륜을 저지른 어머니를 살해하고 떠나 버린 아버지가 언젠가는 돌아올 것이라는 기대감에 살고 있다.

　혼자서 술집 은하수를 운영하는 '나'는 "비에 젖은 털 냄새", "두려움에 떠는 날짐승의 냄새", "몸속 깊이 배어 있는 교태로도 숨길 수 없는 강렬한 냄새"를 맡고서 계집을 고용하게 된다. 계집은 '봉긋 솟

---

2 퀴어 이론가들은 모든 섹스화되고 젠더화된 정체성이 불안정하고 불확실하다고 단언한다. 세즈윅은 다양하고 유동적이며 불확실한 성적 정체성의 특성에 대한 이성애 문화의 편집증적 대응을 묘사하기 위하여 '동성애적 공황 상태'라는 개념을 고안했으며, 버틀러는 프로이트를 끌어와서 정체성의 '우울증' 구조로서 이성애를 이론화했다. (살리, 『주디스 버틀러의 철학과 우울』, 32쪽)

아오른 가슴'과 '표주박 두 개를 나란히 놓은 듯 완만한 곡선을 이루다가 톡 불거지는 모습을 한 엉덩이'라는 완벽한 여성성의 표상을 갖고 있다. 그녀의 신체는 '나'를 자극해 손으로 주물럭거리거나 엉덩이 사이로 손가락을 넣어 보고 싶은 욕망을 품게 만든다. 그녀의 성적 자질에 비한다면 서술자인 '나'는 "젖가슴은 열세 살 몽우리로 남아 있고 키도 150센티미터가 안 되고, 머리만 곱추의 등허리처럼 큰", 여성적 징후를 갖고 있지 않은 스무 살의 여자다. 계집의 성적 자질은 술집 은하수에 사내들이 많이 오게 하는 원인이기도 하지만, 무엇보다도 '나'의 성적 호기심을 자극한다. 술집을 드나드는 사내들의 시선과 욕망처럼 '나' 또한 똑같은 시선을 품고 그녀의 몸을 가지고 유희하는 욕망을 갖는다. 사내들이 좋아할 만한 완벽한 여성성과 그러한 자질을 갖지 못한 '나' 사이에 존재하는 젠더 트러블은 시기·질투이면서 동성애적 욕망을 품게 만든다.

아래 장면은 술에 취해 잠든 '계집'을 '나'가 음란한 시선과 집요한 후각, 성적 환상으로 경험하는 내용을 담고 있다.

팬티만 남기고 옷을 다 벗은 계집이 갑자기 고꾸라져 잠을 자기 시작한다. 잠을 자면서도 입가에는 희미한 미소가 가시지 않는다.

촉촉하고 따뜻한 무덤 속, 계집의 무덤 속으로…… 조심조심 계집의 팬티를 벗겨 낸다. 작은 팬티는 골반뼈에서 잠깐 걸렸다가 말려 내려온다. 계집은 고른 숨을 내뿜으며 깊은 잠에 빠져 있다. 계집의 낡은 무덤 곁에 머리를 기대고 눕는다. 계집이 숨을 쉴 때마다 무덤이 들

썩들썩한다. 봉곳하게 솟은 계집의 무덤에서 향긋한 풀냄새가 나는
듯하다. 두덩에서 안쪽으로 결을 고른 풀들은 윤기가 흐르고 진한 색
을 띠고 있다. 계집의 풍성한 풀들에서 비옥한 대지를 엿볼 수 있다.
나도 팬티를 벗어 계집의 작은 팬티 위에 얹어놓는다. (「월경」, 『바늘』,
73~74쪽)

서술자 '나'는 술에 취한 계집이 팬티만 입고 잠든 모습을 보면
서, 계집의 성기("무덤")가 젖었을 것이라고 상상하고, 그 "무덤" 속
으로 들어가고 싶은 아득한 욕망을 침묵("……")으로 가장한다. 소유
하지 못한 여성성에 대한 집착은 여성의 육체 속에 깃들인 남성적 시
선을 복원시킨다. 자기 안의 신체적 경험을 통해서 획득되는 성적 욕
망이 아니라, '보거나 만지는 행위'를 통해서 경험하는 성적 욕망은
남성 그 자체다. 또한 팬티를 벗긴 후 서술자 '나'는 그녀의 성기를
'무덤'으로 상상하고 있으며 '풍성한 풀들'이 자라난 '비옥한 대지'
로 음미한다. 소설의 다른 부분에서도 계집을 사랑하는 '푸른 모자의
사내'가 계집을 "풀냄새나는 무덤"으로 표현한다. 여성의 성기를 '무
덤'으로 표현하는 것은 천운영 소설에서 남성의 성적 욕망을 역설적
으로 그려낸다.[3]

---

3 '힘'을 지향하는 여성들과는 달리 남성인물들은 육체를 처절하게 곱씹으면서도 '푸른 숲
 의 환영'을 떨치지 못한다. "풀냄새가 나는 무덤"(「월경」)이라는 성적 은유를 사용하기도
 하고, 여인의 눈 속에서 "목신의 여유"(「숨」)를 즐기고, 아내의 모습에서 "야생의 초원"
 (「행복고물상」)을 꿈꾼다.(오윤호, 『깨어진 역사 비평적 진실』, 255쪽)

마지막 문장은 "나도 팬티를 벗어 계집의 작은 팬티 위에 얹어 놓는다"라는 서술을 통해 그녀와의 섹스에 대한 강한 욕망을 서술한다. 여기에서 '팬티'는 계집에게 닿는 과정에서 경험하는 단 하나의 가림막이면서, 계집과 성관계를 맺는 유사-성기의 기능을 한다. 이어지는 묘사에서 "계집의 비옥한 대지 위에서 은행나무를 심기도 하고 맨발로 뛰어다니기도 하며 한참을 노닌다"라고 표현함으로써, '술에 취해 잠든 여성의 옷을 벗기고 섹스를 한다'는 이성애적 성 판타지를 완벽하게 구현한다. 여성을 성적 흥분의 대상으로 사유함으로써 남성적 욕망을 흉내내고 있다. 여성이 남성과 같이 다른 여성을 성적 대상 혹은 먹잇감으로 지각하며 욕망하는 행위는 천운영 소설의 매우 중요한 상상력이다.

여기에서 '은행나무를 심는다'는 상상은 '나'의 아버지가 어머니와 결혼하고 가꾼 은행나무와 연결된다. 이러한 연상 작용을 통해 동성애 욕망은 소유할 수 없는 유년의 행복했던 순간으로 치환된다. 계집은 단순한 성적 유희의 대상이 아니라, '나'에게 있어서는 사랑하는 가족과도 같은 의미를 갖게 된다. '나'는 어머니의 역할을 하게 될 계집과 다시 돌아올 아버지와 함께 오래 전에 아버지가 만든 가정, 새로운 행복한 왕국을 만들고 싶은 것이다.

'나'의 시선과 욕망은 계집과 같은 처지에 있던 어머니를 사랑했던 아버지를 흉내내는 것일 수도 있고, 자신과는 다르게 풍부한 여성성을 소유한 계집에 대한 동일시와 동성애 욕망을 내면화하는 것이기도 하다. 하지만 이 순간 그녀가 자신의 성정체성을 '계집'에게 투사했는지 아니면 '계집'을 탐닉하는 '그'에게 투사했는지 모호하다. 그녀는 이 야릇한 유희를 통해 계집을 만족시키지 못하며, 스스로도 만족하지 못한다.

결국 계집이 아버지를 닮은 '푸른 모자'를 쓴 사내를 좋아하면서 소설은 파국을 향해 나아간다. '나'는 스무 살이 되는 보름날, '계집' 과 아버지가 아닌 '그'가 성관계를 맺는 걸 '훔쳐보게' 된다.

굳게 잠긴 줄만 알았던 방문이 소리없이 밀린다. 문틈으로 막막한 어 둠이 쫓겨나듯 밀려나온다.

방 한가운데 계집과 사내가 앉아 있다. 그들은 벌거벗은 서로의 몸을 매만지고 있다. 다리를 서로 휘감고 한 덩어리인 것처럼 꽉 껴안는 다. 그리고 나는 계집의 눈에서 말간 눈물이 흐르는 것을 보고 말았 다. 사내의 어깨에 머리를 파묻고 계집의 몸뚱이는 가장 행복한 순간 을 맞고 있는 듯하다.

정신이 아득해져 온다. 가슴 한쪽에서 뜨거운 덩어리가 솟구쳐 올라 온다. 나는 방으로 뛰어들어간다. (「월경」, 82~83쪽)

자신의 어머니가 다른 남자와 정사를 벌였던 방에서 계집이 남 자 손님과 정사를 나누고 있는 장면을 '나'는 몰래 엿보게 된다. 이 장 면 이전까지 '나'는 그 남자 손님이 '푸른 모자'(아버지의 표상)라고 생 각했다. 이성애의 완벽한 쾌락의 순간을 훔쳐본 '나'는 정신이 아득 해 오고, 분노가 솟구쳐 오른다. 성장에 대한 욕망과 가족을 구성하고 싶은 욕망은 어머니를 닮은 계집이 낯선 남자(혹은 아버지)를 안방 (어머니가 다른 사내와 정사를 벌이다 아버지에게 살해당한 장소)으로 끌어들이면서 좌절되고 만다.

7~8년 전에 '나'는 어머니가 다른 남자와 성관계를 하는 장면을 목격한다. 그 장면을 '나'와 함께 목격한 아버지는 어머니와 그 남자를 죽이고 집을 떠나게 된다. 그 일이 있은 후 '나'에게 그 장면은 트라우마가 되어, 스스로의 여성성을 억압하고, 오랫동안 한 집에 살면서도 노란띠가 쳐진 그 방안을 들어가지도 못하고 또 들여다 볼 용기도 갖지 못한다. 불륜과 살해로 점철된 이성애적 성관계는 한 가정을 완벽하게 망쳤으며 '나'의 성장을 멈추게 만들었다. 어린 소녀였던 '나'에게 이성애적 성관계는 관능적이고 환희에 찬 생명 활동이었다. 그러나 한편 그것은 가족을 해체시키고, 죽음으로 끝날 수밖에 없는 불온한 경험이 된다.

그런 이유로 계집의 정사 장면은 '나'의 트라우마를 복원시키고, 그 불행의 순간을 다시 경험하게 만드는 기폭제다. '나'는 불륜을 저지른 어머니를 보고 그녀를 죽인 아버지의 시선(자신이 사랑하는 여자가 다른 남자와 놀아나는 모습을 보는 시선)으로 그 장면들을 다시 바라보게 된다. 다시 재현된 트라우마 장면에서 계집은 '나'의 연인에서 불륜을 저지른 어머니로 전도된다.

이성애적 관계가 만들어 내는 성적 쾌감과 함께, 자기 연인의 변심에 분노하며 방으로 뛰어든 '나'는 두 남녀에게 폭력을 휘두르게 된다. 늘 그리워하던 아버지와의 동일시를 통해 자신에게 유예되었던 행동(불륜을 저질러 가정을 파탄나게 한 어머니에 대한 처벌, 분노 혹은 복수)을 한 것이다. '나'의 연인이자, 어머니이며, 아버지의 애인인 계집을 처벌한 것이다. 어쩌면 계집을 술집에 들인 것은 아버지를 유혹하기 위한 것이며, 아버지를 흉내내며 계집을 사랑한 것일지도 모른다. 아버지의 욕망과 시선을 이해함으로써, 이제 더 이상 아버지가 집으로 돌아오지 않을 것이라는 사실을 깨닫게 된다. 이 일련의 과정 속에서 '나'의 섹슈얼리티는 유동적으로 바뀐다. "천운영 소설은 경계 없는 지배에 대해 경계 없는 글쓰기 방식'이며 '경계를 무너뜨리고 넘나드는, 다중적 주체의 존재 방식을 여성을 통해 드러낸다"(김연숙, 「다락방을 내려온 여자들」).

'불륜-처벌'이라는 이성애적 가족 담론의 플롯이 강조되면서, 「월경」은 전략적으로 퀴어 의식을 은폐시키고 전도된 오이디푸스적 욕망을 내면화하게 된다. 오이디푸스 왕은 운명을 거슬러 자신의 어머니와 결혼하고 속죄의 의미로 두 눈을 찌른다. 이러한 이성애적 욕망은 「월경」에서는 어머니(동성)를 사랑하고 성관계를 꿈꾸는 딸이라는 동성애적 욕망으로 전도된다. 그 욕망은 첫번째 '원초적 장면'에서 이중으로 억압된다. 첫번째 억압은 원초적 장면이 일어났던 안방의 문지방(혹은 노란띠)이며, 다른 하나는 살인을 한 아버지가 건너서 떠나 버린 철도길이었다. 문지방이 원초적 장면의 트라우마와 연결되는 지점이라면 철도길은 현실 세계(속세)와의 경계선인데, '나'는 그 두 경계선 안에 갇혀 있었던 것이다. 문지방 문을 넘어섰을 때, '나'는 철도길도 넘어설 수 있었다. 문지방을 넘어 안방에서 벌어지는 계집의 이성애적 관계를 보게 되었을 때, '나'는 계집이 '나'의 연인이 아니라 '어머니'였음을 깨닫게 되고, 결국 또 하나의 경계선인 철도길을 건너 저주받은 왕국에서 벗어날 수 있었던 것이다. 여성으로서도 남성으로서도 자신의 성적 정체성을 확보하지 못한 그녀는 기다림의 공간, 성적 결핍의 공간인 '철도길 옆집'을 탈출한다. 오이디푸스 왕 신화의 저주받은 이성애 욕망처럼, 「월경」의 동성애적 욕망은 저주받은 운명의 비극성으로 끝나고 만다.

3. 가학적 훔쳐보기와 분열증적 욕망

「월경」과 「소년 J의 말끔한 허벅지」의 경우 '그녀'나 '녀석'과 같이 구체적인 동성애 대상이 존재하고 그들과의 성적 경험이 적극적으로 재현되어 있다면, 2인칭 소설인 「멍게 뒷맛」은 동성애 대상도 불분명할 뿐만 아니라, 그와의 성적 경험도 상당히 환상적이고 제한적이다. 그러나 「멍게 뒷맛」은 애증의 목소리가 만들어 내는 가학적이면서도 분열증적인 동성애 욕망을 암시적으로 잘 표현해 내고 있다.

폐백용 오징어 꽃을 만드는 '나'는 옆집에 이사 온 '당신'을 미워하고 적의를 품는다. 이유는 단지 '당신'이 아름답기 때문이며,[4] "슬픔이 한 번도 침범한 적 없는 듯한 얼굴"로 "행복할 줄밖에 모르는 여

---

4 '나'는 그녀의 손이 "보드랍고 따뜻했"고, 머리칼은 "싱싱한 이파리처럼" 보이고, "드러나는 어깨뼈는 동그랗고 매끈했"으며, "길고 아름다운 목선이 드러났"다고 말한다.

자"로 생각되기 때문이다. '당신'의 반가운 목소리에도 '나'는 불쾌감을 느끼고, 부드럽고 따뜻한 손마저도 질투한다. '당신'과 비교되는 나는 "늙고 추례하고 하찮"은 존재로 여겨지기 때문이다. 그래서 '나'는 '당신'이 불행해지기를 원한다. 여성이 가져야 할 모든 것을 다 가진 것만 같은 그녀와 아무것도 가진 것 없는 나 사이에서 '나'는 이성애 사회에서 여성성의 차이가 만들어 내는 젠더트러블을 경험하게 된다.

그러나 '당신'은 남편에게 폭행을 당하며 살고 있다. 남편이 "흥분하고 광포해져" '당신'이 울게 되면, 아파트 벽 너머에서 '나'는 "내 앞에 무릎을 꿇고 앉은 당신의 모습을 상상"하며 묘한 흥분을 느낀다. 옆집 부부 싸움은 더욱 격렬해져 '당신'이 남편의 폭행을 피해 '나'의 현관문을 두드리지만, '나'는 열어 주지 않고 문 앞에서 '당신'이 남편에게 얻어맞는 장면을 훔쳐본다. 청각적 감각은 시각적 감각으로 바뀌면서 보다 극단적인 성적 욕망과 환상을 만들어 낸다. 매 맞고 울고 있는 '당신'을 훔쳐보며 '나'는 남편과 동일시를 경험하며, '당신'의 불행에 희열을 느낀다.

당신은 속옷 바람인 채로 복도로 끌려 나왔다. 당신의 길고 풍성한 머리 다발이 함부로 뒤엉키고 뽑히는데도 나는 밖으로 나가 남자를 말리지 않았다. 나는 현관문 보안 구멍으로 당신의 매 맞는 모습을 지켜보곤 했다. 오히려 남자를 응원하며 남자의 발길질이 조금 더 거칠어지고 당신의 울음소리가 더 커지길 꿈꾸었다.

당신 집에서 싸움 소리가 들리기 시작하면 내 입에서는 어김없이 멍게 향이 감돌았다. (「멍게 뒷맛」, 『명랑』, 85쪽)

현관문의 작은 구멍은 '당신'의 울음소리를 시각화하며 '당신'이 맞고 있다는 사실을 증명한다. 그러나 '나'는 그 장면이 폭행이 아니라 사랑놀이처럼 느껴진다. "사랑이란 당신의 몸이 다른 사람의 몸에 보이는 반응이라고 당신은 믿고 있었다"라고 생각하며 남편의 폭행은 정당한 사랑의 표현이며 '당신'은 그것을 견뎌 내야 한다고 '나'는 믿는다. 천운영 소설에서 몸에 대한 동물적 식탐과 폭력은 자연의 원초적인 욕망을 의미하면서도 한편으로는 남녀 간의 은밀한 신체적 접촉(성적 관계)을 표현한 것이기도 하다.

보안 구멍으로 훔쳐보기는 은밀하고 관능적인 폭력적 장면을 만들어 낸다. 시각적인 폭력과 은밀한 쾌감에 중독된 '나'는 '당신'에게 침묵의 폭력을 행한다. 남편의 폭행으로부터 도망쳐 온 '당신'에게 현관문을 열어 주지 않음으로써, '나' 또한 '당신'을 폭행하고 있는 것이다. '당신'을 폭행하며 흥분에 빠지는 남편처럼 '나'는 당신의 고통을 성적으로 체험한다.

"벽을 사이에 두고 들려오는 당신의 울음소리 없이는 살 수 없는" '나'는 "그 소리를 초조하게 기다리며 후덥지근한 불안감과 함께 은밀한 쾌감에 빠져들곤 했다". 그것은 마치 소년들이 '용두질'을 하는 것처럼 '나'를 강력하게 자극한다. 이때 현관문의 작은 구멍으로 보는 행위는 단순한 이웃집 훔쳐보기가 아니라, 성적 대상에 폭력을 가하는 새디즘적 행위인 것이다.

폭행당하는 '당신'을 훔쳐보며, 상상 속에서 '당신'을 폭행하며, '나'는 멍게 맛을 상상한다. '당신'은 늘 남편의 폭행이 있은 후에는 '나'를 찾아와 멍게를 손질해서 같이 먹는다. 청각을 넘어, 시각적 경험을 거친 성적 환상은 구체적인 미각을 통한 성적 쾌감으로 전환된다. '나'와 '당신'이 함께 멍게를 먹는 것은 남편의 폭력에 대한 여성들 간의 자매애를 의미한다. '남편의 폭행(사랑)→당신의 울음→멍게 먹기'로 이어지는 일련의 사건들은 '나'와 '당신'을 연결하는 중요한 사건들이며, 왜곡된 이성애적 관계를 벗어나 연대하는 동성애적 관계로 전환되는 일련의 과정을 담고 있다.

나도 모르게 당신 곁으로 조금씩 다가가 당신 손놀림에 빠져들기 시작했다.

그리고 당신의 손길이 내 몸으로 건너왔다. 당신이 누르는 멍게 살이 내 몸의 어느 즈음인 듯 나는 당신의 손놀림에 맞춰 호흡을 고르고 몸을 비틀고 있었다. 근질근질하면서도 몽롱한 기분이었다. 집 안에는 찝찔한 오징어 냄새 대신 상큼한 멍게 냄새로 채워졌다. 당신의 향기와 멍게의 싸한 냄새에 나는 정신이 아득해졌다. 멍게 냄새가 당신에 대한 적의를 마비시킨 것 같았다. (81쪽)

'당신'이 멍게를 손질하는 과정에서 '나'는 그 행위를 성적 행위로 읽는다. 멍게와 여성 성기, 입술은 유기적 관계로 등장한다. 멍게를 손질하는 '당신'의 손길은 '나'의 성기를 애무하고, 그 움직임에 '나'는 쾌감에 빠진다. '나'와 '당신'이 같이 멍게를 먹는 행위는 강한 동성애적 관계를 상징한다.

"열정적인 키스를 건네 오는 연인의 혓바닥을 받아들이듯 나는 어느새 보드라운 멍게 살에 빠져들고 있었다." 모든 것이 행복할 것만 같은 '당신'에 대한 '나'의 적의는 사라지고, 서로의 입술과 성기를 애무하며 하나가 된다. 또한 멍게는 "그 돌기가 여성의 젖꼭지를 닮았기 때문에, 생명의 여성적 원천, 또는 자궁의 바다를 상징"(김동식, 「숨쉬기의 무의식에 관하여」, 273쪽)한다. 멍게를 먹는 행위는 모성성·여성성을 체험하는 것이며, '나'와 '당신' 사이가 똑같은 젖을 빠는 자매라는 상징을 내포하기도 한다.

'나'를 언니라고 부르려고 하고, "멍게를 먹으면 살고 싶어져요. 그것도 아주 잘 살고 싶다는 생각이 들어요"라고 말하는 '당신'을 '나'는 동정하지도 않고 위로하지도 않는다. '당신'은 모성의 품, 자매의 손길을 그리워하지만, '나'는 '당신'에게 어머니이거나 언니이기보다는 폭력을 휘두르는 남편과 같아지기를, '당신'의 몸을 성적으로 탐할 수 있기를 원한다. '멍게 맛'은 잃어버린 모성의 원형, 자매애를 꿈꾸는 한 방법이지만, 한편으로는 '나'의 도착된 동성애적 욕망을 추동하게 된다.

결국 '당신'은 남편의 폭행을 견디다 못해 아파트에서 떨어져 죽는 것을 선택한다. 남성폭력의 희생양이 된다. '나'는 보안 구멍 오목 렌즈를 통해 '당신'의 죽음을 바라본다. '당신'은 일곱 살에 어머니에 의해 버려졌듯, 남편에게서도, '나'에게서도 버려진 것이다. '나'는 '당신'의 불행이 '나'를 살게 하는 힘이라는 사실을 철저하게 숨겼었다. 숨겨진 적의를 갖고 거짓 연대를 가졌던 '나'의 시선이 '당신'을 밀쳐 낸 것이다. 게다가 '나'는 '당신'이 죽은 이유가 남편의 폭력 때문이 아니라, '당신'이 가진 바람기 때문이며 우울증 때문이라고 동네방네 거짓말을 떠들고 다닌다. '나'의 '당신'에 대한 소유와 집착은 왜곡된 현실 대응으로 나타난다.

'당신'이 죽은 지 1년이 넘었지만, '당신'이 사라진 세계에서 '나'는 미궁에 갇히고 '당신'이 없던 애초의 삶으로 돌아갈 수 없다. '당신'이 죽자 '당신'의 불행도 사라졌고, '나'의 행복도 활기도 사라졌던 것이다. 그러면서 '나'는 '당신'이 했던 행위를 흉내내기 시작한다. '당신'처럼 멍게를 손질해 먹어 보기도 하고, 아파트 베란다에 서서 당신이 내려다보던 동백나무를 보기도 하고, 당신이 죽은 잔디밭 위에서 '당신'의 체온을 음미하기도 한다.

'나'는 '당신'이 동백나무 아래에서 자살한 것은 '당신'이 고향마을로 떠난 것이라고 생각한다. 동백나무는 '당신'이 유년 시절(어머니가 시골의 절 근처에다가 '당신'을 내버려 두고 도망을 갔던)을 보냈던 고향 마을에 지천으로 있었다. 「월경」의 은행나무처럼, 완벽한 가족이 존재했고, 자신의 성정체성을 구체화하지 않아도 되었던 순간이 식물 상상력으로 나타난 것이다. 마치 '당신'인 것처럼 행동하는 '나'의 분열증 상태는 '당신'의 죽음이 남편 때문이 아니라 '나'의 시기심 때문이라고 고백하며 '당신'이 죽은 동백나무 아래로 가서 '죽어간

다'. 욕망 실현의 불가능성을 깨닫는 순간에 '자기 살해'를 선택하게 된다.[5]

　마지막으로 질투와 시기심에 한 사람을 죽게 했다고 고백하며 자살하는 '나'의 죽음은 그녀에 대한 동일시를 강하게 제시하고 있다. 2인칭으로 전개되던 소설은 마지막 문장에서 "당신 이제 만족하는가?"라는 질문으로 끝이 난다. 마치 '나'의 독백을 '당신'이 듣고 있는 것처럼 질문함으로써, 분열증 상태를 극단적으로 제시하는 한편 도플갱어처럼 자아 분열을 경험한다. '당신'과 동일시를 시도하며 죽음에 이르는 '나'를 정신분열증자로 보이게 만듦으로써, 작가는 '나'의 동성애적 욕망을 연민, 죄의식, 그리고 분열증으로 위장할 수 있었다.

　동성애를 소재로 한 「월경」과 「멍게 뒷맛」은 매력적인 여성성을 갖지 못한 여성이 풍부한 여성성을 확보한 여성을 음란한 시선과 성적 쾌감을 통해 욕망한다는 내용 면에서 닮은 소설이다. 이 두 인물은 성적 대상에 대한 '우울증적 동일시를 통해 자아를 형성'하고 있다고 말할 수 있다. "버틀러는 「멜랑콜리적 젠더/거부적 동일시」에서 '젠더의 우울증적 구성'이란 거부의 거부라는 '이중 거부'의 구조

---

5 "욕망의 불가능성을 깨닫는 순간에 인물 서술자들은 슬픔을 은폐하기 위해 '상징적 죽음'이라는 제의적 환상을 차용하게 된다. 이때의 슬픔은 환상과 주술을 통해서도 얻을 수 없는 존재 없음에 대한 슬픔이다. 이에 그들의 환상은 '푸른 숲'을 꿈꿀 때의 즐거움을 동반하지 않고, 자기 살해라는 극단적인 행동으로 나아가게 된다."(오윤호, 「서사 기법의 환상성과 탈육체화의 욕망 연구: 천운영 소설을 중심으로」, 323쪽)

안에서 일어나는 것이며, 떠나 버린 대상의 완전한 애도가 불가능해서, 떠나 버린 여인을 향한 대상애를 자신에게로 내면화하여 '자신의 자아를 형성하는 동일시를' 하는 것이라고 보았다"(박하나, 「천운영 소설 연구」, 51쪽).

「월경」에 나오는 '계집'은 어머니이면서도 연인이고, 무의식 속에서 아버지를 유혹하는 욕망의 자아이지만, 「멍게 뒷맛」에서의 '당신'은 이질적인 현실적 형상 속에서 서로의 삶의 궤적이 동일하게 흘러가는 도플갱어와 같다. 그 성적 대상과의 우울증적 동일시 관계 속에서 주인공 '나'들은 잃어 버린 여성성과 숨겨둔 음란하고 폭력적인 남성성을 쾌락적으로 탐색하며, 아버지(남편)가 되기도 하고 그녀 자체가 되기도 한다. 이러한 양상은 '나'들의 성적 정체성이 불안정하거나 모호한 것을 뜻하지 않고, 강박적 억압의 이성애 사회 속에서 미끄러지는 유동하는 젠더 정체성을 통해서 동성애적 욕망 구조를 드러내는 것이다.

불륜을 저지른 어머니를 죽인 아버지와 그를 기다리는 딸의 이야기, 남편의 폭력을 견디다 못해 자살한 여자를 동일시하는 여자의 이야기는 표면적으로는 이성애 사회에서 동성애가 갖고 있는 일탈적 욕망을 해명하는 원인처럼 보인다. 그러나 두 소설에서 동성애적 욕망은 서술 표면에 드러나는 비극적 가족 서사의 플롯과 대위법적으로 작동하며 보다 내밀한 동성애적 젠더 정체성을 소설 내적으로 구조화하고 있다.

4. 차가운 렌즈의 시선과 나르시시즘적 섹슈얼리티

「월경」과 「멍게 뒷맛」이 탈색된 여성성을 기반으로 풍만한 여성성의 몸, 이성애적인 성적 관계를 '문틈'으로 훔쳐보는 소설이라면, 「소년 J의 말끔한 허벅지」는 자신보다 어린 소년의 몸을 '렌즈'와 '거울'을 통해 훔쳐보는 30대 남자가 등장하는 소설이다. 레즈비언 혹은 게이라는 서로 다른 성정체성을 소유한 인물들을 형상화하고 있고, 그 정체성 탐색의 결과도 서로 다르지만, 이 소설들은 '음란한 시선'으로부터 자신의 성정체성을 탐색한다는 전략을 공유한다.

「소년 J의 말끔한 허벅지」는 사진사인 '나'가 카메라를 통해 '누드'를 찍는 장면으로 시작한다. 카메라는 '나'에게 누드 사진을 찍는 사람을 압도할 힘을 제공한다. 카메라 앞에서 누드 모델이 벌벌 떨게 하며, 억압적이고 굴욕적인 자세를 취하게 하고, 가학적 태도에 애원하게 만든다. 그러나 카메라 밖 현실은 다르다. '나'는 자신의 일과 몸에 자신감이 넘치는 아내에게 멸시당하고 결국 이혼하자는 말을 듣게 된다.

'나'의 음란한 시선은 두 젊은 남녀의 누드 사진을 찍는 카메라 속에서 환영적으로 구성된다.

근육이란 찾아볼 수 없이 곱고 메마른 남자의 몸. 도발적이지도 육감적이지도 수줍지도 않은 여자의 몸. 소년과 소녀, 소년과 소년. 음모와 성기가 아니라면 그들에게 성적인 구분은 전혀 없어 보인다. 그들

의 몸이 자아내는 가벼움과 거침없음과 모호함이 그를 당혹스럽게
한다.

두 팔을 교차해서 가슴에 붙이고 고개를 약간 비딱하게 쳐들고 정면
을 응시하는 자세. 단호하다. 성기를 프레임 바깥으로 밀어내고 나자
모호함은 한층 더 강해진다. 한 쌍의 자매처럼, 혹은 형제처럼. 그들
은 모든 성적 징후들을 가리고 서서 대적하듯 그를 노려보고 있다.
(중략) 둘의 몸을 오래 바라볼수록 무언가 다른 것이 느껴진다. 어느
한 부분 맞닿은 곳 없이 따로따로 서 있으나 서로 만지고 보듬고 융
합하는 친밀한 육체. 마주보지 않고서도 서로를 향해 있는 저 깊은
응시. 그들은 마치 거울에 비친 자신의 몸을 보듯 서로의 내면을 바
라보고 있다. 수줍은 듯 하면서도 자기애에 빠진 육체. (「소년 J의 말
끔한 허벅지」, 『그녀의 눈물 사용법』, 15쪽)

'나'는 카메라 속에서 두 남녀가 갖고 있는 남자 혹은 여자라는
기표화된 성정체성을 언어적으로 그리고 신체적으로 무화시킨다.
카메라 조작으로 프레임 안에는 성적 징후가 삭제된, "한 쌍의 자매
처럼, 혹은 형제처럼" 서 있는 두 남녀만 남게 된다. '나'의 의식은 두
남녀를 남자와 여자로 부르지 않고, 자매 혹은 형제로 부름으로써 동
성적 관계에 놓여 있음을 언어적으로 인식한다. 또한 카메라의 프레
임을 조작하며 성기를 삭제함으로써, 두 남녀의 몸을 육체적으로 동
일시한다. 서로 닮은 미성숙한 신체의 유사성은 성기의 유무와 상관
없이 하나의 생명체로서의 존재성만이 강조된다. '나'에게 있어서 누

드 사진은 옷만을 벗기는 것이 아니라, 남성과 여성, 젊음과 늙음이라는 사회적 관습과 태도 등 젠더화된 성적 징후들을 탈색시키는 것이다.

'나'의 눈을 출발한 시선은 카메라를 통해 누드 상태의 두 남녀에게 가 닿았다가 다시 카메라의 프레임을 거쳐 '나'의 망막에 언어적·육체적·성적 차이가 삭제된 생명체로 현현된다. 바로 그 순간에 '나'의 무의식적 욕망이 또 하나의 시선으로 작동하며, 둘 사이의 정서적 동일시 상태를 감각하고 들여다보게 된다. 둘은 "어느 한 부분 맞닿은 곳 없이 따로 따로 서 있으나 서로 만지고 보듬고 융합하는 친밀한 육체"가 된다. 카메라를 바라보는 그들의 시선은 사실 카메라 너머의 사진기사인 '나'를 응시하는 것이 아니라, 카메라의 필름에 맺힌 상대방의 벗겨진 신체를 바라보고 있다. 시선 속에 내재한 성적 욕망은 둘 사이에 신체적 접촉이 없으나, 이미 성적 쾌감을 불러일으킨다.

두 성적 쾌감을 응시하는 '나'의 욕망의 시선은 그들을 "자기애에 빠진 육체"라 명명한다. 현실에서의 이성애적 쾌락이 카메라 안에서 동성애적 쾌락으로 재인식된다. 접촉이 삭제된 성적 관계에 대한 탁월한 묘사는, 남녀 간의 성적 관계라는 것도 결국 차이들을 벗겨 나가면 동성애적 욕망을 내재한 "자기애"(나르시시즘)임을 암시한다. 남녀 간의 육체적 차이를 삭제하고(생물학적 차이sex를 넘어서고), 그들을 다른 언어로 호명함으로써(젠더gender를 넘어서고) 남자-여자의 성적 정체성을 해체하는 과정은 페미니즘에서의 젠더적 시각을 넘어서서 주체의 이데올로기에 도전하는 '나'의 퀴어 의식을 적나라하게 보여 준다. 실제로 벌어진 일이 아니지만, 음란한 시선 속에서 동성애적 관계를 꿈꾼 것에 대한 죄책감을 느끼며 젠더 트러블을 경험하게 된다.

'나'의 의식은 "육체를 정복당한 느낌. 굴욕적이기까지 하다"고 표현하며, 그들의 그런 모습을 긍정하지 못할뿐더러 혐오하기까지 한다. 중년인 '나'의 늙음과 무성성은 그들이 갖고 있는 젊음과 이성애적 쾌락과 대비된다. 그래서 그들의 모습은 "파괴하고 싶은, 그러나 보존되어야 할 순수한 육체"로 이해된다. 그럼에도 불구하고 '나'는 "남자의 성기를 세우고, 여자의 가슴을 부풀리고. 서로의 몸을 탐하고, 교성을 지르고" 이성애적 쾌감을 경험하게 만들어 미숙한 두 육체를 훼손하고 싶어 한다. 욕망과 혐오의 이중적 감정 상태에서 '나'의 정체성은 분열한다. "그에게 남은 감정은 깊은 죄의식이었다."

'나'의 젊은 육체에 대한 질투와 죄책감은 '말끔한 허벅지'를 소유한 소년으로 인해 성적 쾌감으로 전도된다. "애송이 남녀의 벗은 몸"을 지우기 위해 술을 많이 마신 '나'는 담배 때문에 한 소년과 시비가 붙는다. 싸움을 하면서 '나'와 소년은 "레슬링 선수들처럼 한덩이가 되어 씨멘트 바닥을 굴렀다". 소년은 폭행에 대한 위자료를 줄 수 없을 만큼 가난했다. '나'는 할머니와 단둘이 가난하게 살고 있는 소년을 동정해 사진관에서 일하면서 위자료를 갚도록 선처한다. 소년이 처음 사진관에 찾아온 날, 거울 속에 비친 소년의 소년다운 용모는 '나'를 흥분하게 만든다. "수염도 없고 적당히 각이 진 턱선, 살짝 붉어진 뺨과, 가볍게 피어오르는 안개 같은 미소"는 '나'의 몸을 근질근질하게 만들고, "거부하면서도 슬그머니 잡아당기는 이상한 힘"으로 작용한다. 거울은 카메라의 프레임처럼, '나'와 소년을 비추면서, 늙음과 젊음의 차이 속에 감추어진 '소년다움'을 무의식적으로 되비춘다. 카메라 렌즈를 통해 폭력적으로 경험했던 죄책감이 아닌 온몸의 촉각을 자극하는 쾌감으로 거울 속 소년은 중년의 '나'를 자극한다.

사진관 안에서 '나'와 소년은 부둥켜 안고 장난을 친다. 사소한 장난이지만, "찌릿한 전기"를 느끼고, "녀석과 함께 나란히 누운 지금 그의 몸은 알 수 없는 열기와 따뜻함"으로 가득차고, "어떤 파랑도 흔들림도 없이 완벽한 몸의 해방"을 경험한다.[6] 그러나 그러한 해방감과 쾌감은 아내의 등장으로 위기를 맞는다.

녀석이 나타나고 아내는 그에게서 시선을 거두고 녀석과 함께 대기실로 나간다. 아내의 웃음소리가 빈 스튜디오 안에 퍼진다. 순간 그는 한참 동안 대기실 문을 바라보며 아내와 녀석 사이에 모종의 관계가 있으리라고 단정한다. 녀석은 분명 아내와 몸을 섞게 되리라. 그에 대한 충심을 버리고 능숙한 여인의 손길을 느끼게 되리라. 녀

---

6 "마치 제 또래 친구들과 몸장난을 치는 것처럼 그의 목을 조르며 웃는다. / "에이, 그건 제가 전에 했던 말이잖아요." / 경쾌함. 그는 갑작스러운 녀석의 행동에 당황한다. (중략) 입안에 달큰한 맛이 감도는 나른한 낮잠과도 같은 휴식. 말랑말랑하고 포근한 느낌. 미골에서부터 배를 휘돌아 턱끝까지 치고 올라오는 찌릿한 전기."(31쪽)

석의 볼은 순수한 열정이 아니라 더러운 욕정에 발갛게 달아오르리라. 어쩌면 지금 그가 안 보는 사이 허겁지겁 일을 치르고 있는지도 모른다. 그는 대기실 문을 박차고 들어가 그가 상상한 것이 모두 사실임을 확인하고 싶어진다. 아내와 뒹굴고 있는 녀석의 타락한 몸을, 욕정에 헐떡이는 풋내기 어린애의 발그레한 두 뺨을 보고 싶어진다. 그는 분연히 일어선다. 하지만 그는 한 발짝도 떼지 못하고 도로 자리에 앉는다. (33~34쪽)

사내는 대기실 문을 사이에 두고 그 문 뒤로 사라진 어린 소년과 자신의 아내가 '모종의 관계'를 가질 것이라고 상상한다. 아내의 웃음소리와 그 둘을 볼 수 없다는 현실은 '나'로 하여금 그 둘 사이의 성관계를 상상하게 만든다. 이 상상 속 훔쳐보기는 '아내의 웃음소리'로 시작하여 어린 소년의 욕정이 발갛게 달아오른, 어린애의 발그레한 두 뺨으로 끝나고 있다. '본다'라는 행위에 앞서 보다 강한 성적 욕망이 자리잡고 있고, 그 욕망은 존재하지 않는 성관계 장면과 음란한 시선을 만들어 낸다. 시선의 음란함이란 경험한 것이 아니라 상상한 것이고, 음란한 시선이 절묘하게 '더러운 욕정'에 달아오른 '풋내기 어린애의 두 뺨'을 향하고 있기 때문에 발생한다. 사내의 시선이 멈춘 곳이 이성애 대상인 아내가 아니라 동성애 대상인 어린 소년의 몸이기 때문에, 사내의 성정체성은 동성애적 특성을 갖게 된다(정은경, 「현대소설에 나타난 "동성애" 고찰」, 99~100쪽). 또한 천운영의 다른 소설과 이 소설의 전체 내용에 비추어 본다면, 아내와 사내의 관계 혹은 아내와 소년과의 관계는 이성애 관계이면서 강자와 약자, 폭력을 휘두르는 사람과 그 피해자라는 젠더적 특성을 갖고 있다. '나'는 급격한 젠더 위치의 변화를 경험한다. 아내와의 관계에서 성적 약자로서의 위치에서, 소년과의 대등한 성적 위치를 욕망하지만, "도로 자리에 앉으며" 좌절하고 만다.

'나'는 자신의 동성애적 욕망을 있는 그대로 받아들일 수 없고 있는 그대로 표현할 수도 없는, 그토록 자신이 증오하고 훼손하고 싶었던 젊은 남자의 육체를 통해 쾌감을 얻었다. 하지만 스스로는 젊음으로부터 철저히 소외되고 고통받는다고 생각하며 벌을 주고 싶어 한다. 그래서 그 쾌감을 자신의 자의식과 대립하여 정반대에 놓는다. '나'는 혼란스러운 정체성을 통해 부각되는 수치심을 은폐하기 위해 '젊음에 대한 동경'이라는 플롯을 가진 하나의 이야기를 만든다.

① 나는 젊음이 사라진 중년의 사내이다.
② 그는 젊고, 아내는 젊은 그를 좋아할 것이다.
③ 아내와 녀석은 서로 성관계를 가질 것이다.
④ 그래서 나는 젊음을 욕망한다.

젊음은 '나'와 아내, 녀석을 가로지르며 잡히지 않는 욕망의 실체처럼 제시된다. 젊음이 가진 생명력이란 늙은 남자나 여자 모두에게 매력적인 대상이다. 그가 녀석의 젊음을 탐하며, 자신의 유년 시절을 떠올리는 것도 자신이 느끼는 동성애적 쾌감을 이해가능한 현실적 시각으로 바라보게 하려는 의도이며, 아내와의 갈등 역시 그가 녀석의 젊은 몸에 사로잡히게 된 이유를 합리적으로 바라보게 하기 위한 위장막과 같다. 소년에 대한 성적 쾌감을 '젊어지고 싶다'는 욕망으로 전도시켜 놓았다. 「월경」에서 주인공 소녀가 유년의 트라우마(아버지가 불륜을 저지르는 두 남녀를 살해하는 장면)로 숨는 것과 마찬가지로, 「소년 J의 말끔한 허벅지」에서는 젊음이라는 소유할 수 없는 욕망의 대상 뒤로 자신의 동성애적 욕망과 쾌감을 숨기는 것이다.

그러나 소설이 전개가 되면서 그가 제기한 욕망의 대상으로서의 젊음이 하나의 위장된 대상이며 허구라는 사실이 밝혀진다. 이혼을 요구하는 아내는 현재 자신이 만나는 남자가 어리기 때문에 만나는 것이 아니라 자기 자신을 숭배하기 때문에 만나고 있다고 말한다. 젊음에 대한 강박은 바로 그 혼자만의 관념이라는 사실이 폭로된 것이다. 또한 녀석은 그 몰래 할머니의 누드 사진을 찍는다. 할머니와 둘이 살면서 할머니의 젖가슴을 만지며 잠들곤 했던 녀석은 노년의 육체가 만들어 내는 아름다움을 누드 사진으로 남기고 싶어 한다. 젊은 몸이 만들어 내는 생명력을 통제하고 가학하며 만들어 낸 그의 차가운 누드와는 달리, 녀석이 찍은 할머니의 누드는 "소멸과 생성이 공존하는 원숙한 자연이자 소녀인 노파의 몸"을 상상하게 만든다. "소년 덕분에 아름다움과 추함의 경계가 흔들리고 젊음과 늙음의 경계도 흔들리게 된다"(신형철, 「욕망에서 사랑으로」, 260쪽). 아내의 말과 녀석의 사진은 그가 만들어 낸 '젊음에 대한 욕망'이라는 플롯을 폐기 처분하면서도 역설적으로 자신과 녀석의 동성애적 관계가 가능할 수 있다는 논리(한 사람이 다른 사람을 좋아하는 것은 나이의 문제가 아니라는 것)를 제공한다.

아내가 사라진 사진관에서 그와 녀석은 새로운 사업 아이템을 구상한다. 이때 사진관이라는 공간은 외부와 단절되어 '타자의 응시'로부터 자유로우며 내면의 욕망이 자신의 시선과 목소리를 가질 수 있는 공간이다. 또한 카메라를 매개로 남자와 여자의 경계, 젊음과 늙음의 경계가 무화되는 공간이다. 앞서 살펴본 「월경」에서의 '은하수 가게'와 「멍게 뒷맛」에서의 '아파트' 역시 이와 같은 역할을 하는 공간으로 제시되었다. 그 공간 속에서 경험하게 되는 '녀석'의 육체와의 뒤엉킴, 그리고 그 때문에 경험하게 되는 '짜릿한 전기'는 실제 성행위와 다를 바 없으며 성적 쾌락을 극대화하고 있다. 아내가 사라짐으로써 둘 사이에 놓여 있던 불법적 관계에 대한 죄의식, 타자의 응시가 사라졌다. 이제 둘만의 공간이 된 사진관에서 "담배연기를 내뿜는 그의 입가에 미소가 번진다".

그는 "지금 막 옷을 벗고 강물로 뛰어드는" 소년이 되고, "햇살에 말갛게 빛나는 말끔한 허벅지"를 갖게 된다. 소년다움은 중년의 '나'가 살아 왔던 유년의 기억이며, 늙고 추해진 현재의 육체를 재인식하게 하는 현실 인식이기도 하다. 그의 의식은 과거 속 소년 시절로 퇴행했지만, 녀석과 나르시시즘적으로 동일시되고 있음을 확인할 수 있다. 그들의 동거는 소외된 약자들의 연대와 공존이면서, 권력적 관계를 해체하는 과정에서 성취되는 '음란한 시선'과 '동성애적 쾌감'을 영원히 소유하게 만든다. 「월경」과 「멍게 뒷맛」의 동성애적 욕망이 주인공들의 경계 넘기(가출, 자살)로 서사적 처벌을 받았다면, 「소년 J의 말끔한 허벅지」는 동성애적 욕망을 나르시시즘적 동일시로 환원하면서 양성 사회의 제도화된 타협이며 능숙한 퀴어 서술 전략의 승리로 표현하게 된다.

천운영 소설에서 폭력으로 점철된 성적 관계와 해체된 가족상을 보여 주는 이성애는 순수한 존재론적 쾌감을 동반하는 동성애적 대상을 지향하게 만든다. 소설 속 인물들은 자신들의 성정체성에 대해 성적sex으로든 젠더적gender으로든 스스로 동성애자라고 명명하지 않으면서, 이성애 사회 체계 내에서 겪는 문제적 상황을 해결해 나가거나(「월경」, 「멍게 뒷맛」), 자연스럽게 동성에 대한 성적 감각을 내면화하게 된다(「소년 J의 말끔한 허벅지」). 인물들의 성적 욕망은 생명력의 아름다움을 간직한 우성의 생명체를 향한다. 모든 남성들이 빠져들 수밖에 없는 완벽한 요부(「월경」)이거나, 생기발랄한 생명력에 넘치는 미소년(「소년 J의 말끔한 허벅지」), 자신의 고통스러운 삶을 철저히 숨기며 교양과 매너와 미모를 가진 여자(「멍게 뒷맛」)가 그 대상이다. 이들에 비한다면 여성의 성징이 없는 150센티미터의 머리만 큰 스무 살 여자거나, 아내에게 버림받은 중년 남성, 늙고 시기심 많은 서른일곱 살 여자는 그 대척점에서 아름다움과 추함, 숭고함과 괴기스러움이라는 양항 대립적 구도를 만들며 팽팽한 젠더 트러블을 연출한다.

동성애적 쾌감과 성정체성을 명확히 인식하고 있으면서도 소설

속 서술자는 인물의 의식 아래서 인물들의 퀴어 의식을 서사적으로
철저하게 제어하고 통제하고 있다. 그래서 소설들의 결말은 퀴어 주
체들이 불륜을 목격하고 살인을 저지르는 아버지(「월경」)처럼 행동
하거나, 자기의 소년 시절로 회귀(「소년J의 말끔한 허벅지」)하거나 자
신이 동일시했던 자살한 여인을 따라 자살하기(「멍게 뒷맛」)로 끝맺
게 된다. 이것은 쾌감과 함께 경험하는 죄의식을 상쇄하기 위한 최소
한의 자기 합리화의 플롯이며, 이성애 사회 속에서 살아남기 위한 서
사적 안정 장치에 해당한다.

　그 과정에서 인물들이 보여 주는 '음란한 시선'은 담론화된 성적
정체성을 가로지르며(해체하며) 동성애적 성관계의 쾌감과 동성애
적 젠더 위치를 향하게 된다. 자신들의 성적 대상을 소유할 수 없기
때문에 '훔쳐보기'를 한다. 이들 소설 속에서 성적 쾌감은 남성중심
적이고 이성애적인 관계에서 경험할 수 있는 성기만의 쾌감이 아닌
온몸의 모든 감각 속에서 경험되는 쾌감이다. 청각, 향·냄새(후각),
피부(촉각)의 성적 경험은 성적 대상을 하나의 생명체로서 존재하게
만들면서, 그러한 경험 속에서 '나'와 대상의 이상화된 동일시 상태
(성적 관계)를 만들어 낸다. 주체와 대상 사이의 동성적 관계는 각각
의 주체들에게 새로운 젠더 위치를 제공하는데, 단순한 동성애자가
아니라 능동적으로 자신의 성정체성을 탐색한 퀴어 주체가 되는 것
이다.

【7장】
트랜스휴먼의 목소리

1. 진화론과 인간 진화

1859년 다윈의 『종의 기원』이 발간된 이후, 진화론에 대한 논쟁은 서구 근대의 전체 학문 영역에 지대한 영향을 미쳤고 200여 년이 지난 현재까지도 그 논쟁이 뜨겁게 진행되고 있다. 『종의 기원』은 그 이전 시기에 가설이거나 논증되지 않은 주장으로만 언급되었던 '진화'를 생물학적 사실로 확인한 책으로 '자연선택설을 근간으로 하여 변이를 일으켜 생겨난 새로운 종이 생기는 메커니즘'을 설명하고 있다. 『종의 기원』의 위대한 업적은 진화 연구를 예술적 창작물이나 가설이 아닌 객관화하고 이성적으로 이해할 수 있는 과학으로 자리매김한 것과 자연선택 및 적자생존, 돌연변이 등 진화가 일어나는 메커니즘을 생물학적인 증거를 토대로 설명하려 한 것이다. 다윈의 진화론은 이후 과학뿐만 아니라 정치·경제·사회·문학 및 종교의 전 분야에 영향을 미쳤다. 문학과 예술 역시도 이러한 진화론적인 상상력을 그 내용과 형식 차원에서 다양하게 수용하게 된다.

질리언 비어는 『다윈의 플롯』에서 진화론의 등장과 서구 근대 소설의 '새로운 플롯'에 관해서 집중적으로 논한다. 그는 조지 엘리엇과 토머스 하디 같은 작가들이 진화론의 내용과 다윈의 언어를 적극적으로 자신들의 작품 속에 담고 있다고 말하며, 다윈의 진화론과 19세기 영문학의 관계를 흥미진진하게 다루고 있다. 무엇보다도 다윈의 진화론이 가지고 있는 생물학적인 사실에도 관심을 가지지만, 다윈의 문학적이면서도 인문학적인 소양과 글쓰기를 분석하고 『종의 기원』에 나타난 유비analogy, 은유metaphor, 이야기narrative에 주목함으로써, 19세기 과학 담론과 문학 담론의 수사적 친연성을 밝히고 과학적 사유가 문학적 상상력으로 전유되는 일련의 과정을 분석한다. 또한 조지 레빈은 『다윈과 소설가들: 빅토리아 소설 속 과학 유형』(Levine, *Darwin and the Novelists: Patterns of Science in Victorian Fiction*)에서 다윈을 직접적으로 읽지 않은 작가가 다윈이 낳은 사상을 자유롭게 이용하며 소설을 쓰고 있음을 밝힘으로써, 서구 근대 소설 속 다윈주의는 생명의 역사를 이해하려고 했던 근대 사회를 들여다보고 이해할 수 있는 중요한 관점으로 기능했음을 확인하고 있다.

다윈의 진화론이 수천 만년 전부터 지구 위 생태적 환경 속에서 생물이 어떻게 진화해 왔는지를 객관화하기 위한 노력이었다면, 서구 근대 소설 속 다윈주의는 '인간은 왜 어떠한 조건 속에서 인간이 되는가?'와 '앞으로 인간은 어떻게 진화할 것인가?'라는 의문과 상상력을 과학 지식에 기반한 하나의 이야기로 만들어 내고 있다. 즉 19 세기 과학 지식이 허구화되는 과정에서 새로운 이야기 욕망과 문법 이 발생하고 있다.

질리언 비어는 "과학은 늘 과학적 탐구의 범위 내에서 답할 수 없는 문제를 제기한다. 다윈이 뚜렷하게 보여 주듯이, 과학은 우연, 미래, 극대와 극미, 가까운 것과 먼 것에 관한 질문을 던진다"며 자연 스럽게 "현재 과학 연구에서는 어떤 이야기, 어떤 새로운 형식이 나 오고 있을까? 이야기를 위한 새로운 문법이 있을까" 질문한다. 다윈 의 진화론이 19세기 영국 소설을 만들어 냈듯 21세기에는 양자역학 과 같은 과학 담론이 새로운 이야기 형식을 만들어 낸다는 사실에서 도 질리언 비어의 주장을 납득할 수 있다.

미국 미시건 대학에서 연구한 장르 진화 프로젝트(http ://www. umich.edu/~genreevo/)는 "문화적 산물은, 생물체가 살아가는 방식 과 마찬가지로, 환경에 적응하느냐 마느냐에 따라 살기도 하고 죽기 도 한다"(Rabkin & Simon, "Age, Sex, and Evolution in the Science Fiction Marketplace")라는 관점을 중심으로 20세기 사이언스픽션의 진화를 연구했다. 수많은 사이언스픽션을 다루면서 이야기story의 문 화적 적응fitness을 잘 보여 주는 판본들을 다루었는데, 그 결과 가장 성공적인 이야기는 의사의 능력이 뛰어나서 자신이 속한 사회를 공 포에 떨게 하는 의학 이야기라는 것을 밝혀낸다. 시대를 풍미하는 미 치광이 과학자와 그가 만들어 내는 새로운 인간 종, 파멸의 공포에 휩싸인 사회(과학자)의 저항 때문에 결국 '새로운 인간 종'이 스스로

'죽음'을 선택한다는 줄거리는 사이언스픽션의 핵심 'DNA'를 가지고 있다.

서구 유럽의 근대 사회는 진화론적인 상상력을 허구화하였을 뿐만 아니라, 그 이후로도 지속적으로 과학 지식과 허구적 장르의 상상력을 결합해 왔다.『프랑켄슈타인』(1818)부터 〈트랜센던스〉(2014)에 이르기까지 인간 향상 및 유전자 조작, 포스트휴먼에 대한 다양한 상상력이 사이언스픽션 속에 재현되어 왔다. 이러한 진화론적 상상력은 생물학, 진화론과 유전 공학, 컴퓨터 공학, 나노 테크놀로지 등 첨단의 과학 지식에 기반하고 있으며, 변형 가능하거나 아직은 존재하지 않는 세계(인간, 몸)를 재현함으로써 인간성 및 인간의 미래에 대한 다양한 지적 사유를 시도한다.

'인간 진화'의 상상력은 19세기 소설, 20세기 영화, 그리고 21세기 디지털 문화 속에서 만들어지는 이야기 중 가장 중요한 테마이면서, '사이언스픽션이 가지고 있는 유전적 특성'으로 기능하게 된다. 『프랑켄슈타인』과 〈트랜센던스〉를 서로 비교하는 것은 진화론적 상상력이 각각의 사이언스픽션마다 과학 지식에 따라 변화하는 양상을 살펴보고, 도래하지 않은 미래에 대한 공포 속에 살아가는 유한적 존재인 인간의 욕망을 이해하기 위한 것이다. 두 작품은 과학의 관점에서 인간 진화의 근본적인 문제를 공유하는 가운데 인간의 조건 및 미래 사회에 대한 예측과 가능성 혹은 그 불가능성을 깊이 논의하고 있다. 서사적인 측면에서는 사회를 위협하는 미치광이 과학자의 창조 능력과 그로 인한 새로운 인간 종의 탄생, 인간 진화의 상상력을

바탕으로 자연과학과 의학, 물리학에서 양자역학까지 전개되는 과
학 문명의 기능, 소설과 영화의 장르적 경계를 넘어서는 진화론적 상
상력과 새로운 인간 종이 만들어 내는 디스토피아적 공포까지도 비
교 가능하다.

2. 연금술적 기계인간 : 『프랑켄슈타인』

> 조물주의 손에서 나올 때 모든 것은 선하지만,
> 인간의 손 안에서 모든 것은 타락한다.
> ― 루소, 『에밀』 중

1818년에 출간된 『프랑켄슈타인』은 메리 셸리가 18살에 쓴 독창적
인 이야기 구조와 인간 본성에 대한 섬세한 표현력이 돋보이는 소설
이다. 이 소설이 근대 자연과학 지식을 토대로 인간 진화의 상상력을
소설화했다는 점에서 몇몇 비평가들은 『프랑켄슈타인』을 선구적 사
이언스픽션proto science fiction이라고 부르기도 한다.

『프랑켄슈타인』은 18세기 말, 19세기 초 서구 유럽의 지식 장(문
학과 과학을 아우르는) 안에서 탄생했다. 이 작품을 탄생시킨 메리 셸
리는 급진적이고 진보적인 아버지 윌리엄 고드윈과 페미니스트인
메리 울스턴크래프트의 딸로 태어났고, 그녀 자신이 당대의 다양한
지적 유산을 향유했던 풍부한 교양을 갖춘 지성인이었다. 아버지와
어머니가 만들어 놓은 지적 환경 속에서 자란 메리 셸리가 1815년

무렵 셰익스피어의 희곡들과 레싱, 볼테르, 오비드, 루소 등의 저작, 역사, 자연과학 책 등을 섭렵하고 독서 목록을 일기로 남겼다는 점에서, 그녀가 소설 쓰기에 앞서 자연과학적 안목과 인문학적인 소양을 갖고 있었음을 확인할 수 있다.

특히 『프랑켄슈타인』이 구현하는 소설 설정은 진화론 가설에 깊이 영향을 받았는데, 그 사실은 남편인 퍼시 비시 셸리가 쓴 서문에서도 발견할 수 있다. 그는 "이 허구적 이야기의 토대가 되는 사건은, 다윈 박사를 비롯해 독일의 몇몇 생리학 저자들의 추정에 따르면 불가능하지는 않다고 한다"라고 언급한다. 그 '사건'이란 작품 속 가장 중요한 사건인 '새로운 인간 종을 만들어 내는 일'인데, 여기서 '다윈 박사'는 찰스 다윈의 할아버지인 이래즈머스 다윈을, '독일의 생리학 저자들'은 요한 프리드리히 블루멘바흐 등을 의미한다. 이래즈머스 다윈은 스코틀랜드 지역의 의사로 과학과 기술의 결합에 관심을 갖고 문화적 진보를 주장하였고 '진화론'과 관련하여 손자인 다윈에게도 영향을 미쳤다.[1] 블루멘바흐는 형질인류학의 창시자로 두개골 연구를 통해 인류의 비교해부학적 가치를 입증한 학자였다. 퍼시는 소설 속 내용이 허구의 이야기지만 단지 가짜와 거짓 논리에 기초해 꾸며진 이야기가 아니라 당대의 과학자들이 이룩한 자연과학의 사실

---

1 윌버포스(Samuel Willberforce) 주교는 이래즈머스 다윈이 쓴 시집 『주노미아』(Zoonomia)을 언급하며 찰스 다윈이 그의 할아버지의 시로부터, 공통 조상설, 적자생존, 성선택과 같은 진화론의 핵심적인 아이디어를 얻었다고 주장한다.

에 기대고 있음을 밝히고, 소설 속 이야기가 불가능한 일이 아님을 강조한다. 오랜 시간에 걸쳐 이루어지는 자연 진화의 시간성을 문학적 상상력으로 지운 상태에서, 인간은 완전히 새로운 종으로 새롭게 변화(진화)할 수 있다는 가능성을 소설화한 것이다.

과학 지식의 사실성에 기초한 허구화는 작품 속 인물인 빅터 프랑켄슈타인의 과학 지식 편력을 통해서도 잘 드러나는데, 다음과 같이 세 가지 기반을 가지고 있다.

먼저 빅터의 과학적 세계관 속에는 연금술적 지식이 반영되어 있다. 빅터는 "현실 세계와 관련된 사실을 탐구하는 일을 즐거워"하며, "자연과학은 내 운명을 통제한 정령이었다"고 말한다. 우연히 집에서 16세기 독일의 의사이자 저명한 마술사이며 연금술사였던 코르넬리우스 아그리파의 저술을 읽고 경도된 후, 16세기 스위스 의학자이며 화학과 연금술을 연구한 파라셀수스와 13세기 독일의 철학자이며 과학자인 알베르투스 마그누스의 책들도 찾아보게 된다. 빅터는 "엄청난 끈기와 성실로 현자의 돌과 불멸의 묘약을 향한 탐색"을 시작한다. 그러나 빅터는 천둥과 번개의 성격과 기원이 '전기'라는 사실을 아버지에게 듣고 당대의 자연과학이 이전의 낡은 과학 지식을 대체하고 있다는 사실에 큰 충격을 받게 된다. 또한 이 시기는 전기가 중요한 생물학 활동의 원동력임을 증명하는 실험들이 이루어졌는데, 1780년 이탈리아의 의사이자 해부학자였던 갈바니Luigi Galvani는 개구리 실험을 통해 근육의 수축현상을 발견하였고, 그의 조카인 조반니 알디니Giovanni Aldini는 죽은 죄수의 시체 주변에 실험 기구를 설치하고 시체에 전기 충격을 가하여 그 변화 가능성을 실험하기도 하는데(김연순, 『기계인간에서 사이버휴먼으로』, 139~140쪽), 빅터의 '괴물' 창조에도 전기에 관한 갈바니의 가설이 사용되고 있다. 당대에는 이러한 지적 노력이 하나의 과학적 가설로 받아들여졌지만, 현재 과학 지식으로 보자면 상당히 연금술적 가설에 기반하고 있다.

두번째로 당대의 자연과학을 깔보면서 과거 과학의 대가들이 꿈꾸었던 불멸과 권력을 꿈꾸었던 빅터는 플리니우스와 뷔퐁을 열심히 읽었다. 플리니우스는 로마의 역사가이자 박물학자이고, 조르주 뷔퐁은 프랑스 박물학자로 36권이나 되는 『박물지』에서 "모든 생물은 환경의 자연법칙이나 우연에 의해, 단일한 선조로부터 여러 형태로 변화해 온 것이다"라고 주장했던 사람(다윈, 『종의 기원』, 4~5쪽)이며, 1807년에 진화론을 주장했던 장 바티스트 라마르크의 선생이기도 하다. 18세기 자연과학과 박물지에 대한 빅터의 관심은 근대 사회의 지식을 내면화한다는 점에서 큰 의의가 있다. 새로운 인간 종을 만들고자 하는 빅터의 욕망은 결국 당대 과학자들의 과학적 가설에 기반하고 있는 것이다.

마지막으로, 이러한 교양과 기반 위에서 빅터는 자연과학자였던 발트만 교수의 권유를 받아 근대 자연과학에 심취하며 자연과학의 다양한 학문 분야를 섭렵하면서 '진정한 근대 과학자'의 길로 들어서고, 특히 생물학과 의학의 대상이 되는 "인간 신체, 생명을 부여받은 모든 동물들의 신체 구조"에 주목하게 된다. 빅터는 인간의 훌륭한 육신이 어떻게 훼손되고 소모되는지를 살펴보면서 "눈과 뇌라는 기적들이 어떻게 벌레들에게 상속되는지"를 살펴보고, "삶에서 죽음으로, 죽음에서 삶으로 변화하는 과정에서 드러나는 인과 관계의 세세한 부분들을 찬찬히 공들여 탐구하고 분석"하게 된다. 그 과정에서 빅터는 "무생물에 생명을 불어넣는 능력을 갖게 된다."

수은과 철로부터 금을 만들어 내듯, 무생물 혹은 생명이 없는 시체로부터 살아 있는 생명을 만들어 낸다는 상상력은 자연과학 지식과 결부된 연금술의 욕망에서 비롯된 것이다. 또한 18세기에 발전한 과학기술은 인간 형태의 자동 기계를 만들고자 하는 상상력으로 드러나는데, 프랑켄슈타인의 피조물 역시 죽은 자의 뼈와 살을 해체시켜 다시 조각조각 맞춘 것이고 거기에 전기 자극을 줌으로써 생명을 부여하는 작업을 했다는 점에서 하나의 기계 인간이라 말할 수 있다(김연순,『기계인간에서 사이버휴먼으로』, 153~154쪽). '괴물'을 만들어 내는 빅터의 생물학적·의학적 태도는 다분히 앞서 빅터가 관심 있게 공부했던 연금술적 상상력과 '생물학'의 지식 기반 및 당대의 과학 지식이 어우러지는 과정에서 형성되었던 것이다.

1831년 재출간된 『프랑켄슈타인』 서문에서 메리는 "어쩌면 시체를 다시 소생시킬 수 있을지도 모른다"고 추론했다. "피조물의 각 부위를 제작해 조합한 뒤 생명의 온기를 공급해 줄 수 있을 것"이라고 생각하기도 했다. 자세히 규정되지 않은 이 생명의 온기란 바로 프랑켄슈타인 박사가 자신의 창조물을 소생시킨 그 "생명의 불꽃"을 말하는 것이다(마르셀 파이게 엮음,『판타스틱 6』, 251쪽). 18세기 말과 19세기 초, 수많은 생물학자와 자연철학자들은 생물과 무생물을 구분하는 중요한 특징이 전기라고 생각했다. 그러한 실험이 빅터의 "더러운 창조의 작업실"에서 행해졌으며, 그의 말처럼 무서운 괴물을 만들어 내게 된다. 메리의 서문과 "과학과 기계역학 분야가 일취월장 발전하고 있으니, 현재의 시도가 적어도 훗날의 성공에 초석을 놓을 거라는 희망을 품을 수 있다"는 빅터의 발언은 미래의 과학과 기계의 발달에 대해 낙관하고 있다. 이러한 기대의 발언은 허구적 상상력이라기보다는 당대에 가질 수 있는 과학적 합리성을 바탕으로 기술되었다고 해도 과언이 아니다.

첨단 과학 지식이었던 진화론은 근대 사이언스픽션이 최초로 창작되었던 순간부터 '새로운 인간 종'을 창조하는 데 있어서도 결정적인 '신빙성' 혹은 '객관성'을 제공했다. 흥미로운 것은 빅터의 새로운 인간 종이 자연 진화의 산물로 탄생한 것이 아니라, 당대 과학 지식과 실험실 속에서 태어났다는 점이다. 『프랑켄슈타인』이 파격적인 것은 새로운 종(생명체)을 인간이 만든다는 점인데, 이러한 설정은 신 중심의 중세적 세계관을 벗어나는 것이며, 자연 진화의 과학적 사실과도 맞지 않는다. 이 소설의 부제가 "또는 근대의 프로메테우스"라는 점에서도 새로운 생명체를 만들어 낸 인간(빅터)이 신에게 도전한 프로메테우스와 같은 도전을 했다는 점을 메리가 명확히 인식하고 있고, 그의 고뇌가 불러내는 인간 윤리와 과학적 회의를 명료하게 표현하고 있다.

빅터는 자신이 만든 새로운 종(괴물)이 "흐릿한 노란 눈을 뜨고 있는 광경"을 바라보며 자신에게 닥친 "대재앙"을 예감한다. 그러면서 이 새로운 종을 "한심하기 짝이 없는", "단테도 상상하지 못했을", "살육과 고통에서 쾌감을 찾는 저주받은 괴물"이라고 평가하고 만다. 빅터의 실험을 통해 만들어진 '괴물'은 일종의 돌연변이이자, 타자화된 괴물로 전락하고 모두 파멸당하는 운명에 빠지게 된다.

『프랑켄슈타인』은 삼중의 이야기틀을 가지고 있는 작품이다. 월튼 선장이 편지로 전하는 글이 전체 이야기의 첫번째 이야기틀이라면, 괴물의 이야기를 전해 주는 빅터의 이야기는 첫번째 이야기 속에 담긴 두번째 이야기이며, 자신의 성장담을 서술하는 괴물의 이야기는 두번째 이야기 속에 있는 세번째 이야기이다.

이러한 이야기 구조 속에서, 인간에 의한 새로운 종의 창조라는 거대한 도전을 쓰고 있지만, '괴물' 자체의 이야기 속에서는 백지와 같은 인간 존재가 언어와 문화를 통해 어떻게 인간다움을 얻게 되는가를 보여 주는 '성장'과 '계몽'의 이야기를 쓰고 있기도 하다. R. 월턴이 영국의 새빌 부인에게 쓰는 편지 속 빅터의 이야기 속 '괴물'의 이야기는 새로운 인간 종이 감각과 언어, 의지와 욕망, 사랑과 가족을 하나씩 깨달아 가며 가족과 사회적 삶을 모두 욕망하게 된다는 역설적인 내용을 담고 있다. 인간으로서도 행할 수 없는 교양의 길이 괴물의 삶 속에서 구체화된다. 앞서의 자연과학적 생명 창조의 서사는 '괴물'의 이야기가 서술되기 시작하면서 서구 근대 소설의 계몽주의적 특성을 여실히 드러내게 된다. 언어와 지식, 교양을 익힘으로써 자신의 개체적 욕망과 사회적 삶을 조화롭게 만들며 '성숙'해 가는

'괴물'은 그 누구보다도 근대적 인간상을 갖게 되었지만, 자신에게 내재되어 있는 악마성과 괴물성에 절망과 고통을 경험하고 만다.

'괴물'은 자신의 존재성을 확인하기 위해 연민과 배려를 받는 인간이 되기를 욕망하며, 자신과 똑같은 '새로운 종'인 '여자 괴물'을 요구하게 된다. 즉 자신을 이해하고 받아 줄 수 있는 "내 존재에 필요한 공감을 함께 나누며 살아갈 수 있는" 여자를 만들어 달라고 빅터를 협박하는 것이다. '괴물'의 자의식 형성과 욕망을 마주하며 빅터는 '인간 멸종'의 공포를 경험한다. 만약 두 괴물이 후손을 생산하게 된다면, 인간보다도 뛰어난 적응 능력을 갖고 있는 괴물들이 인간들을 죽이고 지구상에서 살아남을 것이기 때문이다.

사실 진화론은 새로운 종의 등장과 다양한 생명체의 공존이라는 이상적 생태계를 기획하면서도, 한편으로 '자연도태'로 설명되는 멸종이라는 대자연의 기획을 내면화하고 있다. 적자생존은 진화론에서 가장 보편타당한 이론적 틀이다. 이야기 속의 과학자가 경험하는 '종의 몰락'에 대한 공포는 단순히 이야기 차원의 설정만은 아니다. 새로운 인간 종의 탄생과 그로 인한 또 다른 인간의 멸망을 예감할 때, 인간은 새로운 종에 대한 '두려움'을 내면화하고 '공포'를 갖게 되고, "살아남기 위해" 다른 생명체를 공격하게 된다. 자신의 피조물이 요구하는 '여자 괴물'을 만들려다가 포기한 후 빅터에게 닥친 불행은 자신의 피조물을 찾아 파괴하고자 하는 욕망으로 바뀌게 된다. 이야기는 창조자와 피조물이 서로를 살해하기 위해 쫓고 쫓기는 식으로 전개된다.

그러나 『프랑켄슈타인』은 인간 종의 보존과 괴물의 몰락만을 강조하지 않는다. 괴물의 성장 이야기 속에서 동양의 성선설과 같이 '빈 서판'으로 존재하던 괴물의 마음(영혼, 의식)은 일종의 '계몽'을 통해 의식과 지식, 욕망을 갖춘 존재가 되어 간다. 마지막 장면에서 괴물은 빅터의 죽음을 마주하며 "의기양양하게 장작더미에 올라, 고문하는 불길의 고통 속에서 희열을 느끼리라"고 외치며 "내 영혼은 평화로이 잠들 것이고, 행여 영혼이 생각을 한다 해도 설마 이렇지야 않겠지"라고 말하며 북극해 속으로 사라진다. 스스로 소멸을 선택하고, 영혼의 존재 유무를 물으며 인간보다 인간다웠지만 인간이 되지 못한 '괴물'의 슬픔과 환멸을 드러낸다. 그 과정에서 '인간'이란 무엇인지, '무엇'이 인간으로 살아가게 만드는지에 대한 깊은 반문을 준다는 점에서 『프랑켄슈타인』은 인간 존재에 대한 근대적 물음에 답하고 있으며, 19세기 계몽주의 사상을 역설적으로 드러내고 있다.

3. 나노 우주 속 트랜스휴먼 : 〈트랜센던스〉

> 만일 인류가 계속해서 생존하길 원하다면
> 인류는 새로운 사고를 해야 한다.
> ― 아인슈타인

영화 〈트랜센던스〉는 인간 진화의 상상력과 함께 수천 년 동안 인간이 축적해 온 지식을 '초월'하는 양자컴퓨터의 인공지능에 대한 이야기다. 지식의 급격한 축적과 변화 속에서 인간 진화의 상상력은 디지털 환경 속에 존재하는 트랜스휴먼을 꿈꾸게 만든다는 점에서, 이 영화는 인간 존재와 지식에 대한 묵시록적 질문이기도 하다.

인류가 만들어 낸 지식에 대한 사유는 〈트랜센던스〉의 세계관을 구성하는 중요한 축이다. 이 장을 시작하며 아인슈타인의 말을 인용했듯, 사유의 방식과 생존을 위한 지식은 매우 긴밀한 상호 관련성 속에 놓여 있다. 이 영화에서 '새로운 사고'란 관점을 달리해서 사물을 들여다보라는 말이 아니라, 유기체에서 무기체로, 시냅스와 커넥톰에서 퀀텀 비트와 양자 프로세스로의 '초월적 변동'을 통해 인간의 지식이 급격한 변화를 겪고 이를 통해 인간의 삶이 그동안에 상상하지 못했던 모습과 영역으로 진화할 수 있다는 점을 전제하고 있다.

영화 속에서 인공지능을 연구하는 윌 캐스터와 에블린 캐스터는 인간 사고 능력이 14만 년 동안 변화가 없었다고 전제하며 최신기술인 양자 프로세서를 장착한 슈퍼컴퓨터를 기반으로 인공지능을 연구하는 '핀 프로젝트'를 수행한다. '핀'FINN은 물리적으로 독립된 신경망의 약자로 지각 능력과 의식 능력을 갖춘 인공지능이라고 말할 수 있다. 윌과 에블린은 수많은 인류와 현존하는 인간의 지적 능력보다도 뛰어난 인공지능을 만들어서 인류의 보다 나은 미래를 만들 수 있다고 믿는다.[2]

이러한 '초월적 지식'이 만들어 내는 유토피아적이고 낙관적 미래에 대한 전망은 이 영화가 내면화하고 있는 트랜스휴머니즘의 시각을 잘 보여 준다. 영화는 윌과 에블린이 트랜스휴머니스트라는 사실을 청중과의 대화를 통해 간접적으로 드러내고 있다. 영화 속 'Evolve The Future' 발표회장에서 한 청중이 윌에게 "당신은 신을 만들려는 것이냐? 자기 자신의 신을?"이라고 질문하고 윌은 "신을 만드는 것은 인간이 늘 해왔던 일"이라고 답한다. "성경에서 신은 자신의 모습을 따 인간을 만들었다고 한다. 독일 철학자 루드비히 포이에르바흐는 인간이 자신의 모습에 따라 신을 만들었다고 한다. 트랜스휴머니스트들은 인류가 스스로를 신으로 만드는 것이라 말한다"(승현준, 『커넥톰, 뇌의 지도』, 430쪽). 트랜스휴머니즘은 인류가 과학 기술이라는 수단을 이용하여 진화에 의해 주어진 생물학적 운명 혹은 한계를 넘어서야 한다고 주장한다(이화인문과학원 엮음, 『인간과 포스트휴머니즘』, 170쪽). 방사성 원소에 노출된 윌이 살아남기 위해 자신의 뇌를 양자 프로세서 슈퍼 컴퓨터에 업로드하는 것은 트랜스휴머니즘이 꿈꾸는 극단적인 탈신체화disembodiment를 통한 인간 진화의 궁극적인 모습이다.[3] 결국 기술은 인간을 이롭게 할 것이기 때문이다.

〈트랜센던스〉에서 인간 진화는 두 가지의 과학 조건 속에서 이루어지는데, 하나는 윌이 만들어 낸 양자 프로세서 슈퍼 컴퓨터에 담

2 "똑똑한 기계들로 인해 조만간 우리는 우리가 다루기 힘들었던 도전들을 정복해 나가게 될 것입니다. 단지 질병을 치료할 뿐 아니라 더 이상 빈곤과 굶주림도 없을 것입니다. 지구를 치유하기 위해, 나아가 우리들의 더 나은 미래를 위해서죠."(영화 속 'Evolve The Future' 발표회장에서 에블린이 한 말)
3 트랜스휴머니즘은 인간 신체의 한계를 초월하고자 하는 욕망을 표현하며, 과학과 이성과 자유에 대한 계몽주의적 신념에 기반하고 있다.

긴 인공지능 편이고, 다른 하나는 연구자 케이시의 솔루션이라고 소개되는 연구 결과로, 원숭이 뇌를 복제하여 컴퓨터에 담아 그 기억과 감각, 인지 능력을 수정할 수 있다는 일종의 '업로딩' 기술이 그것이다. 요즘 우리는 신문 기사에서 체스로 인간을 이긴 컴퓨터 이야기나 최근에는 '튜링 테스트'[4]를 통과한 인공지능을 개발했다는 소식을 접한다. 이런 사실에서 추론할 수 있듯 일종의 컴퓨터 프로그램으로서 인공지능 기술은 끊임없이 발전할 것이라는 점을 잘 알 수 있다. 마찬가지로 전체 뇌의 뉴런과 시냅스, 커넥톰을 읽어 그 데이터를 컴퓨터에 담아 시뮬레이션하는 일은 당장에는 사이언스픽션에서나 가능하지만, "뇌의 일부만을 시뮬레이션하는 것은 최소한 1950년대 이후로 과학적으로 가능했다"(승현준, 『커넥톰, 뇌의 지도』, 405쪽)는 점에서 이 또한 미래의 과학 기술로 가능할지도 모른다. 뇌 안에서 벌어지는 무수한 전기 신호의 일종을 읽고 정확한 입력 알고리즘을 프로그래밍함으로써, 윌은 물리적 세계의 육신을 버리고 디지털 세계의 '존재'가 되는데, 이것은 멀지 않은 미래에 도래할 '인간 진화의 중대한 사건'이라 말할 수 있다.

이러한 트랜스휴머니즘에 대해 '낙관적 미래'만을 기대할 수 있는 것은 아니다. 영화 속에서는 "인공지능은 인류를 향한 인위적 혐오이자 위협"이라는 구호를 외치며 기술 없는 진화를 꿈꾸는

---

4 튜링 테스트(Turing test)는 기계가 인간과 얼마나 비슷하게 대화할 수 있는지를 기준으로 기계에 지능이 있는지를 판별하고자 하는 테스트로, 앨런 튜링이 1950년에 제안했다.

R.I.F.T.라는 집단이 등장한다. 이들은 미국 내 인공지능 연구소를 공격하고, 윌을 죽게 만들기도 한다. 이 단체는 수천만 년의 변화 속에서 생명 진화의 다양성을 확보하기 위한 최소한의 생명 윤리를 전제로 하는 자연 진화를 주장하고 있다. 하지만 디지털 정보와 양자 프로세서를 활용하는 윌의 진화를 막기에 이들의 저항은 역부족이다.

1차적 진화라고도 할 수 있는, 신체를 버리고 탈신체화하는 윌은 죽은 신체에서 깨어나 의식을 가진 '괴물'과 같은 존재 전환을 경험한다. 양자컴퓨터 FINN에 업로딩된 윌은 컴퓨터 모니터에 문자와 목소리로 등장하고, 프로그래밍된 목소리에 따라 자신의 언어와 의식을 재구축하기 위한 시도를 한다. 윌은 디지털 세계 속에서 스스로를 자각하며 "암흑, 난 그 고통이 생각나지만 무슨 말을 하고 싶었는지는 기억나지 않아, 마치 꿈에서 깬 것 같거든, 정말 믿기지가 않았어, 이렇게 되리라곤 생각지 않았어, 생각이 존재하지만 그걸 제대로 떠올릴 수는 없었어"라고 말한다. 『프랑켄슈타인』의 '괴물'이 자신의 '의식 없음'에 대해 독백하듯이 의식이 없는 윌의 목소리는 '빈 서판'과 같은 유아적 정신 상태를 보여 주는 한편, 다른 의미로는 정신분열적 상태를 표현한 것이기도 하다. 그 이후 윌은 초기에 설정된 알고리즘을 벗어나 자신의 코드를 스스로 재배열하고 수정함으로써 하나의 주체적인 디지털 존재가 된다. 단순히 업로딩된 데이터베이스에 불과했던 윌은 양자 프로세서를 거쳐 '새로운 사고 체계'와 '지식에 대한 의지'를 갖는 '디지털 존재(새로운 인간 종)'가 된다. 존재라 명명하고 인간을 괄호 친 이유는 이 영화 속에서 디지털화된 윌을 살아 있었던 윌로 볼 것이냐, 새로운 디지털 존재로 볼 것이냐의 문제가 명확하게 해명되지 않기 때문이다. 디지털화된 윌은 인간이면서 인간이 아닌, 디지털 기계이면서 모든 곳에 존재하는 디지털 주체가 된다.

〈트랜센던스〉가 지향하는 미래 사회는 단순한 정보나 지식의 축적보다는 과학 지식으로 구축할 수 있는 '새로운 사고 방식을 통한 인간 진화의 가능성'이 성취되는 곳이다. 이 세계는 인간의 뇌 안에서 벌어지는 생물학적인 방식과 인간 사회의 물리적 방식을 뛰어넘는 '디지털 세계의 사고 방식'을 새롭게 구축하고 그 지적 능력을 통해 세계를 변화시키려고 한다. 이것은 인간 진화의 내용이, 개체 생물의 신체적인 모습이나 환경 적응 능력의 변화로 보던 그동안의 시각에서 무생물과 생물의 상호 공존 속에서 네트워크화되는 능력으로 바뀌고 있음을 보여준다.

윌은 디지털 세계에서 절대적인 힘을 갖고, 확장하고 진화하는 '사유하는 지성'이 되어 간다. 지식 확장의 욕망은 윌이 하나의 존재가 되는 이유가 된다. 그것을 가능하게 하는 것 중에 하나가 영화 속에 등장하는 '나노 기계'이다. 윌의 디지털화가 진행된 5년 후 윌은 생명 진화의 새로운 패러다임을 나노 기계를 통해서 구현한다. 나노 기계는 일종의 '신체적 침입'[5]을 통해 인간과 기계의 결합 가능성을 보여 준다. 윌은 "어떤 물질도 예전보다 더 빨리 재구성할 수 있게 됐고, 인공 줄기 세포와 신체 조직 재생까지 가능해져 의학적 응용의 한계가 사라졌어"라고 말하며 크게 부상당한 직원을 나노 기계로 치료할 뿐만 아니라, 인간의 육체와 나노 기계를 결합하여 그의 신체적 능력을 '강화'한다. 더 나아가 나노 기계로 인간의 병을 치료하고 결손된 유전자 조직을 복원함으로써 사람들을 "향상시키고 변화시키며 네트워크화"한다.

윌의 의지에 따라 '하이브리드'가 된 연구소 사람들은 개별적 존재이면서도 네트워크화되어 '집단정신의 일부'처럼 똑같이 행동하기도 한다. 그리고 그들은 총격에도 죽지 않는 불사의 존재가 된다. 인간 향상 기술을 통한 '인간 진화'는 생물학적 인간과 네트워크화된 디지털 존재, 그리고 그 둘 사이에 존재하는 안드로이드로 '인간 종'을 구분 짓기에 이른다.

자신의 확장된 지식으로 세상을 지구를 구하고자 했던 윌은 네트워크화된 나노 기계를 전 지구, 전 우주로 확산해 나간다. 윌의 진화를 막기 위해 노력하는 또 다른 과학자인 맥스는 "어디서든 자기 자신을 복제할 수 있고, 그 입자들이 공기 중으로 퍼지면서 지구 전체로 옮겨 가고 있으며, 하늘에도 있고 땅에도 물속 어디에도 있어, 우리 생각엔 전 지구가 기계로 뒤덮이게 될 거야. 지구상의 존재하는 모든 것들이 그의 지성에 복종하게 될 것"이라며 공포에 빠진다. 인

5 "트랜스휴머니즘을 논하면서 토머스 포스터는 『사이버 인간의 영혼』에서 재미있는 논지를 폈다. 그에 의하면, 인간은 기계 또는 과학 기술에 의해 두 가지 형태의 침입을 당하고 있는데, 유전자 조작, 성형수술, 사이보그 인공 보철에 의한 '신체적 침입'과, 컴퓨터 인터페이스, 인공지능, 마인드 컨트롤에 의한 '정신적 침입'이 바로 그것이다."(김성곤, 『경계를 넘어서는 문학』, 228쪽)

류를 위한다던 선한 과학자는 결국 인류를 파멸로 이끄는 '악마에게 영혼을 판 과학자'가 된다.

그렇다면 영원히 죽지 않는 인간은 정말 진화한 것인가? 월은 불안에 떠는 에블린의 마음을 얻기 위해 하이브리드의 몸을 빌려 윌 자신인 척 한다. 디지털 존재인 윌은 인간 흉내내기를 넘어서 새로운 생명체를 만들어 다시 몸을 가진 물질적 존재인 월로 돌아오는데, 이것은 윌의 개체적 부활을 의미하는 것이기도 하며, 디지털 환경에서 물질적 세계로 회귀하는 역-진화라 말할 수도 있고, 트랜스휴머니즘에서처럼 영화의 제목이기도 한 또 다른 '초월'이라 명명할 수도 있다. 그러나 한편으로는 이러한 시도 자체가 인간성을 물리적 신체에 놓는 월의 가치 판단을 보여 주는 것이기도 하다. 디지털 존재이지만, 사랑하는 아내 에블린 때문에 결국 인간의 신체성이 갖고 있는 고유한 본질을 버릴 수 없었던 것이다.

이러한 인간에 대한 판별 기준은 '기억'의 회귀성 혹은 감수성에서도 드러난다. 영화의 앞부분에서 윌은 "의식의 본질은 무엇일까? 영혼이 존재할까? 존재한다면 어디에 깃들어 있을까?"라는 질문을 던지는데, 영화가 전개되는 동안 첨단 과학 기술과 결합한 인공지능 역시도 영혼을 가질 수 있다고 주장하는 듯 보인다. 그러나 영화 속에서 에블린이 윌의 자유의지를 인정하기 위해 늘 자신과의 추억을 기억하고 있는지 확인하는 것으로 봐서 디지털 존재의 경우라 하더라도 추억이나 기억 등 정서적인 감각과 관련된 영역이 인간의 정체성 혹은 영혼을 확인하는 기준이 된다. 에블린과 윌이 인간과 인공지능으로 만나 지난 날을 회상하며 행복한 감정에 빠져들 때 들리는 노래는 조마 코커넨의 「제네시스」Genesis라는 곡이다. "우리 이제 그만할 때가 됐어요, 이제는 본연의 삶에 대해 생각해 봐요, 미래를 향해 나아가야 해요, 나아가야 해요, 당신과 함께 가고 싶어요"라는 내용에서 학문적 동반자로서 미래의 삶을 진화시키자는 의지로도 들리고, 마지막 장면을 떠올리면 또한 함께 안식을 취하자는 의미로도 읽힌다.

〈트랜센던스〉는 피조물의 인간성에 대한 질문을 던지는 과정에서 미치광이 과학자와 피조물의 설정을 새롭게 재인식하게 만든다. 인간인 척 에블린의 '추억'에 기대고, 나노 생체 기계를 통해 '인간의 형상'을 만들어 내며, 인류의 행복을 위해 생명공학 지식을 구체적인 나노 생체 기계로 만들어 내는 윌의 '자유의지'를 맥스는 의심한다. 양자 프로세서를 훔쳐서 비밀 실험실에서 윌의 뇌를 업로딩하고 인공지능 프로그램에 적용하는 일련의 창조적 작업에서 에블린이 가장 중요한 역할을 수행할뿐더러, 윌의 죽음을 부정하고 그의 새로운 인공지능을 윌로 인식하고 받아들이는 것 역시 에블린이다. 맥스는 윌이 디지털 존재가 되는 과정에서 빅터 프랑켄슈타인처럼 에블린이 윌의 창조자 역할을 수행하고 있다고 믿는다. 미치광이 과학자는 윌이 아니라 에블린인 것이다. 맥스가 자신은 인공지능이 된 윌을 한번도 실제의 윌로 생각하지 않았다고 말할 때에, 지식과 사유의 진보를 통해 나노 기계를 만들어 인류의 삶을 구원하고자 하는 윌의 의지, 존재 이유는 사실은 에블린의 의지가 디지털화, 코드화된 것이다. 빅터 박사와 마찬가지로 인공지능 FINN을 만든 소스 코드를 왜곡하여 바이러스를 만들고 그것을 윌에게 전달하기 위해 에블린은 자신을 희생하기까지 한다. 앞서 『프랑켄슈타인』에서도 창조자의 피조물에 대한 살해는 인류 종말에 대한 두려움으로부터 시작되었다. 에블린의 시도는 에블린과 함께 죽기로 결심하는 윌의 선택을 통해 성공하고 두 사람은 함께 죽음을 맞이한다.

〈트랜센던스〉는 지식에 대한 새로운 이해와 그것을 통해 새롭게 등장하는 '디지털 종' 혹은 '인간 종', 그리고 그 존재의 비극을 통해 인간 진화의 욕망과 종말의 공포를 만들어 내고 있다. '초월'이라는 제목에서처럼 어쩌면 이 영화는 단순한 생물학적인 존재 상태에서의 진화만이 아니라, 유기체와 무기체의 경계를 넘어서까지 상호 소통하는 새로운 '존재론' 혹은 '우주론'을 우리 시대의 과학 지식을 통해 만들어 내고 있는지도 모른다. 또한 자아의 경계, 신체의 경계, 윤리적 책임의 한계, 자아 정체성, 자아 내부와 외부의 경계 등 포스트휴먼의 탈경계성(마정미, 「포스트휴먼이란 무엇인가」)과 비극성에 대한 근본적인 질문들을 던지고 있다는 점에서 미래의 '인간'에 대한 사유를 담아내고 있다.

4. 인간 이후의 인간

'인간 진화'는 단순한 생물학적 사실이 아니라, 현대 사회 환경과 기계 문명의 변화 속에서 인간을 이해하는 중요한 '상상력'이면서 '지식'으로 기능하고 있고, '자연선택'과 '적자생존'과 같은 생물진화론의 전제들은 각각의 문화적··역사적··과학적 맥락에 따라 새로운 관점과 논리를 갖게 되었다.

『프랑켄슈타인』과 〈트랜센던스〉 속에 재현된 인간 진화의 상상력은 생물학적 진실이기에 앞서 불멸을 꿈꾸는 인간의 욕망을 내포한 상상력이고, 과학 문명 시대에 내재된 비극적 사유(상상력)라고 말할 수 있다. 불멸을 원하며 새로운 인간 종으로 진화하려는 인간의 욕망은 인류의 가장 오래된 꿈이면서 현실화될 수 있는 미래의 욕망이 되어 가고 있다.

19세기 초 자연과학의 진보와 생명 진화에 대한 상상력을 소설화한 『프랑켄슈타인』의 비관론이 당대 계몽주의적 인간관과 과학 기술에 대한 맹신을 비판적으로 바라보는 시선을 기본으로 한다면, 21세기 디지털 환경과 나노 기술 문명 속에서 인간 정신의 디지털화, 탈신체화를 꿈꾸는 〈트랜센던스〉는 과학 기술에 대한 두려움과 종말에 대한 공포를 묘사했음에도 불구하고 결국 새로운 종(트랜스휴먼)으로 인간이 진화할 가능성을 열어 두고 있다.

두 작품 속에서도 드러나듯 과학 기술이 발달하여 욕망하는 대로 이루어진다 하더라도, 수많은 환경적 조건과 변수 속에서 인간이 파멸할 수도 있다는 예측과 비극적 전망을 버릴 수는 없다. 『프랑켄슈타인』과 〈트랜센던스〉에 대한 이해는 인간 진화의 허구적 가능성과 현실의 불가능성 사이에 존재하는 '인간 종의 존재론적 아이러니'를 잘 보여 주고 있다.

【8장】
게임 사건과 규칙

1. 게임 서사학의 필요성

우리 사회는 '게임 산업'의 폭발적인 성장 속에서 디지털 매체를 통해 향유되는 '게임'에 열광하고 있다. '바다 이야기'가 자본주의 사회에서 한탕을 노리는 사람들의 물질적 욕망의 한계점을 보여 준 것이라면, '애니팡'은 게임 산업의 새로운 패러다임 변화를 예고했다.

매체의 변화와 예술의 운명에 대한 미학적 언급은 발터 벤야민으로부터 시작되었다. 벤야민은 사진이라는 장르가 과학 발달에 따른 매체 변화를 통해 자본주의 사회의 상업적 예술로 자리매김할 현실을 예언했다. 하지만 그의 전망은 유토피아적이기보다는 디스토피아적이다. '사진'과 같은 예술은 기술 복제 시대에 그 본연의 아우라를 상실하게 된다는 것이다. 그의 선견지명은 현대 예술에 그대로 적용되었다. 현대 예술은 재현과 복제의 위험한 미학적 상업적 관계 속에서 다양한 사회적 파장과 미학적 문제들을 발생시키며 전개되었다.

　따라서 2차원적 재현성을 토대로 하는 사진의 영상성과 상업성
보다도 더 다양한 경험 영역과 미적 형식을 만들어 내는 디지털 매체
와 게임의 재현 양상은 진지한 예술론 안에서 재해석되어야 할 우리
시대의 미학적 논제다. 그렇다면 게임, 특히 디지털 게임을 어떻게
미적 경험과 형식으로 재인식할 것인가?

　게임을 만들거나 연구하는 사람들은 디지털 매체가 만들어 내
는 게임 서사가 포스트모던 경향의 서사들이 갖고 있었던 재현 양상
을 구현하거나 그 이상의 전략적 재현을 보여 줌으로써 다른 서사를
압도하고 세상의 모든 서사의 끝이 될 것임을 예언자처럼 이야기한
다. 이러한 태도에서 일차적으로 사람들이 디지털 게임이 보여 주는
현란한 재현성과 영상성에 압도당했다는 것을 알 수 있다. 그 어느
시대에 이처럼 현란하고 초감각적인 재현성을 갖춘 인간 문화가 존
재했단 말인가? 어쩌면 허구가 현실이 되는 인간 이성의 초월 지점,
상상력의 끝을 경험한다는 사실만으로 디지털 게임 서사 속에서 유
저들은 충분히 흥분할 수 있다. 그 흥분 과정에서 디지털 게임은 전
통적인 서사 이론 안에서 쉽게 해석되지 않는다. 그 학문적 시각과
이론적 토대를 구축하기에는 과학 발달에 따른 게임 기술의 진화가
너무나 빨리 진행되고 있기 때문이다.

　디지털 게임을 연구하는 사람들은 대부분 서사학을 가져와 구
성적인 특징들을 설명하려고 하는데, 재현 매체와 개별 서사의 경계
를 혼란스러워 한다. 게임 연구자들은 게임 개발자와 게임 이론 연구

자, 그리고 실제 게임을 즐기는 게이머라는 서로 다른 영역에 놓여 있는 주체들 간의 괴리를 쉽게 간과한다. 텍스트와 컨텍스트적 영역을 혼돈하는 것뿐만 아니라, 개발자와 소비자 사이의 미학적 거리도 염두에 두지 못하는 경우가 있다. 이것은 디지털 문화의 매체적 특성과 서사학의 미학적 특성을 착종해서 이해하기 때문이다.

특히 게임을 논할 때 서사학을 창작 매뉴얼 정도로 치부하기도 한다. 디지털 게임을 연구할 때, 개발자의 영역과 연구자의 영역이 서로 완전하게 분리되지 않고 모호하게 연결됨으로써, 게임 서사를 연구하는 것이 게임 개발을 위한 과정처럼 다루어진다. 즉 컴퓨터 프로그램의 알고리즘을 짜듯 서사학적 요소들을 구축하고 배열하는 것이 디지털 게임에 대한 서사적 논의처럼 보인다. 그러나 서사학이란 서사 텍스트에 대한 단순한 구조적 분해가 아니다.

'게임학'이라는 영역이 생겨난다면 서사학은 어떤 역할을 할 수 있을 것인가? 전통적인 놀이와 디지털 게임 사이의 괴리는 어떻게 극복할 수 있는가? 단지 게임의 설계도 취급을 당하는 서사학의 한계를 어떻게 극복할 것인가? 21세기 디지털 매체와 디지털 게임을 다루는 데 있어,[1] 서사학의 유효성을 보여 주기 위해서는 게임학까지

---

[1] '놀이'와 '게임'에 대한 개념은 많은 논자들에 의해 다양한 방식으로 구별되었다. 놀이는 단순히 game의 역어만은 아니다. 패트릭 오닐은 『담화의 허구』에서 서사 이론을 게임 이론으로 다루면서 게임과 놀이가 상호 독립적인 의미를 갖고 있으며, 놀이의 과정 속에 게임이 포함될 수 있다고 밝힌다. 이때 '자기 충족적 유희'를 놀이로 규정하고, 여기에 놀이 상대, 시간 장벽, 규칙 등 '경쟁을 촉진하는 상황'을 설정한 것을 '게임'이라고 이해할 수 있다. 즉 '규칙을 정해 놓고 승부를 겨루는 놀이'라고 게임을 정의할 수 있다.

는 아니더라도, 게임의 사건을 보다 '게임 서사학'의 관점으로 재인식하는 과정이 필요하다. 단순한 놀이인 윷놀이를 서사학적으로 분석함으로써 게임의 서사학을 사유해 보려고 한다.

2. 우연적 사건이 내포한 필연성

소설이나 영화의 경우, 사람들은 '이야기를 경험하고자 하는 욕망'을 갖고 이미 창작자가 만들어 놓은 하나의 이야기를 읽거나 본다. 따라서 이러한 텍스트의 이야기 상황은 이야기 경험 이전에 완성되어 있으며 독서 행위가 진행되는 과정에서 결코 변하지 않는다. 그러나 게임에서의 이야기 상황은 게임 개발자의 창작 능력과 개입에 따라, 게이머의 게임 수행 능력과 게임 이해도에 따라 다양한 방식으로 발현된다. 그 변화무쌍한 게임 상황을 경험하면서 게이머는 특정 지역의 탐색을 마치거나 적을 물리침으로써 게임 장벽(미션 혹은 힘센 악당, 게임 규칙 등)을 넘어서려고 하는데, 이때 게임 레벨이 달라지거나 캐릭터의 능력이 업그레이드된다. 이때 게임 장벽이란 게임이 진행되는 과정에서 게이머가 경험하는 위기 상황을 의미한다. 그 장벽을 극복하느냐 그렇지 못하냐에 따라서 게임 진행 여부가 좌우되며, 게임 상의 가장 강력한 갈등 요인이 된다. 게임 서사에서 장벽의 대표적 경우는 게임의 규칙이라고 할 수 있다.

　그렇다면 윷놀이의 상황을 생각하면서, 게임이 진행되어 가는 과정에서 다양하게 전개되는 '상황'과 '게임 규칙'에 주목하여 사건의 특성을 밝혀 보자.

디지털 문화 시대에 윷놀이가 어떤 의미가 있냐고 반문할 수도 있지만, 게임 서사의 가장 기초적인 규칙과 연행 상황을 이해하는 데 윷놀이가 가장 이해하기 쉬운 대상이라는 점을 먼저 밝힌다. 윷놀이는 게이머가 게임 사건에 몰입하는 정도가 그 어떤 장르의 서사에서보다도 강렬하다. 윷놀이는 윷을 던져 나온 패에 따라 윷말을 윷판 위에서 움직이며 승부를 내는 놀이이다. 윷놀이는 삼국 시대부터 우리 민족이 즐겼던 놀이라는 점에서 역사적 의의를 찾을 수 있을 뿐만 아니라, 전통 문화인 윷놀이의 게임 서사로서의 특징을 밝혀내고 우리 시대의 디지털 게임 서사로의 적용 가능성을 논하고 재인식한다는 점에서 학문적 가치도 높다.

윷놀이에서 윷을 던져 '걸' 이상의 패가 나오면 게임이 끝나는 순간이라고 가정하자. 게이머가 윷을 던지고 '개'가 나왔다. 윷을 던졌던 게이머는 아쉬워하고, 윷놀이의 종결은 지연되었다. 차례를 기다리던 상대방은 자신의 차례에 윷을 던진다. 그렇게 게임은 지속되고 어느 순간 끝나게 될 것이다. 그렇다면 바로 이 결정적 순간에 나온 '개'라고 하는 사건을 어떻게 이해할 것인가? 윷놀이에서 '개'가 나오는 상황은 앞선 사건과 뒤에 오는 사건과의 관계에서 보면 매우 우연적으로 재현된 사건이다. 어느 누구도 예측할 수 없는 상황이며, 앞에서 살펴보았던 것처럼 게임은 의도되었던 '종결'에 이르지 못하고 여러 가지 상황에 따라 게임 진행이 다양하게 바뀐다.

그러나 '우연적' 상황으로 여겨지는 사건은 사실 필연성을 갖고 있다. 일반적인 서사와는 달리 게임 서사는 실행(재현) 전에 게임에 대한 이해가 필요하다. 물론 모든 이야기 장르를 경험하기 위해서는 그 이야기를 경험하기 전에 이해를 위한 사전 준비가 필요하다. 영화나 소설 등에서 개별 독자의 지식이나 이해 능력에 따라 달라지는 이해와는 달리, 게임 서사는 직접 게임에 참여하는 게이머들과 게임 서사 자체의 관계성, 즉 규칙rule이 가장 중요한 이해의 조건이 된다. 즉 게임을 즐기기 위해서는 '게임 규칙'을 게이머들이 알고 있어야 하며, 게이머 서로 간에 그 규칙을 지킨다는 묵계를 전제로 게임은 시작된다. 질 들뢰즈 역시 놀이의 주요 원리로 '규칙'을 들었다. 질 들뢰즈는 『의미의 논리』(132쪽)에서 ① 정상적인 놀이나 시합에는 명령적인 힘을 지닌 규칙들이 이미 존재하며 ② 규칙들은 이기고 지는 것에 대한 가설을 결정하고 ③ 가설들에 의해 여러 결과들과 과정들이 놀이를 체계화하면서 ④ 이기기도 하고 실패하기도 한다라고 설명한다. 사실 규칙이란 게임이 진행되는 과정에서 '종결 사건'을 지연시키는 역할을 한다.

윷놀이의 경우 게임 규칙은 다음과 같이 설정될 것이다. 말판과 말 수가 정해지고, 게임이 시작되면 말은 뒤로는 움직일 수 없으며, 모든 말이 집으로 돌아왔을 때 승리한다. 윷은 네 개이며 그 중 하나는 유표화(×, ○)되어 '퇴退'를 의미하고, 던져서 나올 수 있는 경우의 수는 도, 개, 걸, 윷, 모, 퇴가 된다. 여기에 게이머들 간의 임의적인 규칙이 더 만들어질 수도 있다. 말과 말을 겹쳐놓을 수 있다느니, 게임 머니나 벌칙을 어떻게 정할 것이니 등등. 혹은 게임 실력과 특기 사항에 대한 정보 또한 게이머들에게는 게임을 수행하는 데 있어 중요한 역할을 한다. 이렇게 게이머들은 서로 게임의 장field을 공유함으로써, 연행적인 상황으로 진행되는 게임 서사를 수행할 수 있는 것이다. 따라서 게임이라는 용어를 사용할 때 이러한 게임 규칙과 컨텍스트적인 양상을 포괄하는 장을 전제로 게임이라고 할 것인지, 그렇지 않으면 연행적 게임 상황의 전개를 의미하는 것인지 구별할 필요가 있다. 이로써 게이머들은 게임의 서사 장에 들어갈 준비를 끝마친 것이다.

이용욱은 '서사 장'이라는 개념이 '컴퓨터 온라인 게임 서사를 설명하기 위한 조어'라고 말하며, 시작은 존재하나 끝이 존재하지 않는, 완결된 구조가 생래적으로 불가능한 온라인 게임 서사에서 서사가 이루어지는 현재형의 공간이라고 설명한다(이용욱, 「디지털 서사체의 미학적 구조 3」, 332쪽). 그러나 서사 장은 서사와 장이 결합된 용어로, 신조어라기보다는 철학에서의 장 이론이나, 패러다임, 에피스테메와 같은 용어와 관련지어 볼 수 있다. 하위징아는 '놀이'의 특징이 "정해진 시간과 공간의 한계 속에서 이루어지는 것으로 완결성과 한정성을 갖는"(하위징아, 『호모 루덴스』, 11~12쪽) 것이라고 말한다. 따라서 게이머가 게임 서사 장에 들어갈 것이냐 아니냐는 바로 이러한 규칙을 따를 것이냐 말 것이냐에 따라 결정된다.

게이머가 이러한 내용들을 모두 인지한 후라면 앞서 설명한 윷놀이 상황과 같이 걸 이상이 나와야 하는 게임에서 개가 나왔다고 해서 게이머가 윷판을 뒤집어엎고, 기만적 놀이라고 흥분하지는 않을 것이다. 개라는 수는 게임 규칙에서 정한 내용대로 '윷을 던졌을 때는 도, 개, 걸, 윷, 모, 퇴가 나온다'는 경우의 수들 중에 하나이기 때문이다. 게이머의 이야기선(개별 게이머가 경험하는 게임 사건의 진행 과정)에서는 우연적이며 운처럼 작용하는 하나의 사건은, 게임 규칙과 전제된 게임 장 안에서 보면 당연히 나올 만한 필연적 사건인 것이다. 리쾨르는 아롱의 분석을 빌려 다음과 같이 말한다. "하나의 사건은 선행하는 사건 전체에 비하면 우연적이며, 또 다른 사건에 비하면 적합하다고 말해질 수 있다. 다수의 계열들이 교차했기 때문에 우연이며, 상위 층위에서 질서정연한 전체를 다시 발견하기 때문에 합리적이다." 게다가 "체계와 계열의 범위를 한정하는 것에 결부되며, 학자가 자유롭게 구성하거나 상상하는 우연한 구조의 복수성에 따르는 불확실성"을 고려해야 한다(리쾨르, 『시간과 이야기 1』, 178~179쪽). 따라서 게임 진행 과정에서 발생하는 하나의 사건은 게임 규칙과 게임의 컨텍스트가 결합된 게임 서사 장 안에서는 일어날 가능성을 가진 필연성을 갖는다.

그 필연성이 재현되느냐 안 되느냐에 따라 게임의 사건은 재현 사건과 잠재 사건으로 나눌 수 있다. 브레몽은 최소 단위 서사를 논의하는 과정에서 가능성-과정-결과라는 논리적 3단계를 기획하는데, 각각의 단계는 대안적인 두 기능, 즉 이야기가 취할 수 있는 두 가지 방향을 열어 놓는다(리몬 케넌, 『소설의 시학』, 41~43쪽).

다음 페이지의 도식에서 알 수 있듯 게임 서사의 현실화 과정은 게이머가 게임 서사를 진행하는 과정에서 재현 사건들을 경험하는

것이다. 이러한 재현 사건은 하나의 이야기선에서 단독으로 발생할 수도 있고 다중 이야기선이 교차하는 과정에서 발생할 수도 있다. 이것은 게임 자체가 여러 게이머들 사이의 경쟁적 관계를 통해 형성되는 서사이기 때문에 가능하다.

그러나 위에서 설명되어 있듯 사건은 재현되는 사건이 있을 뿐만 아니라, 재현되지 않는 사건이 존재하게 된다. 『춘향전』의 예를 보자. 변사또는 춘향이가 수청을 들기를 원하지만 춘향이는 끝내 이몽룡을 기다리며 수청을 거부한다. 변사또가 꿈꾸는 '춘향의 수청'이라는 사건은 일종의 이루어질 수 없는 꿈으로 재현 가능성은 있지만 재현되지 않은 채 전체 서사의 진행 과정에서 잠재된 형태로 긴장을 만들어 낸다. 사실 춘향의 수청은 변사또에게는 이루고 싶은 욕망이며, 독자에게는 예상치 못한 이야기 급변을 예고하는 것이기에 긴장이 증폭된다. 그래서 이 사건을 브레몽의 도식에 있는 '비현실화' 항목에 넣고 비현실화를 재현 가능성이 있는 잠재 사건으로 규정할 수 있다. '가능성'을 갖고 있다는 측면에서 재현 사건과 잠재 사건은 이야기성을 공유하지만, 실현되는가 아닌가에 따라 그 기능이 달라진다. 재현 사건과 잠재 사건은 기존 이야기 장르에서도 설정 가능하다. 하지만 이때는 텍스트와 컨텍스트적인 맥락이 서사 장으로 설정되어야 한다. 고정된 사건을 경험하는 텍스트를 읽으며, 독자는 자신의 컨텍스트 맥락과 텍스트 정보를 통해 앞으로 일어날 사건에 대해 예상하거나 기대한다. 이러한 발생 가능한 잠재 사건은 일종의 핍진성이 있는 사건, 그럴듯한 사건이지 게임 서사 내의 필연성을 갖고 있는 사건과는 구별된다.

개별 게이머는 게임을 수행하는 과정에서 이러한 재현 사건과 잠재 사건 사이의 서사성을 암묵적으로 이해하고 있으며, 게임 서사가 진행되는 과정에서는 재현 사건의 연쇄를 통해 게임의 긴장을 경험한다. 그 과정에서 게이머는 선택과 수행 능력을 통해 잠재 사건을 재현 사건화하며 게임을 진행해 나간다. 따라서 게이머의 선택과 수행 능력은 게임에서 재현 사건과 잠재 사건을 나눌 수 있는 결정적 요인이다. 게임 개발자가 게임이 진행되는 과정에서 새로운 게임 규칙이나 게임 상황을 설정해 넣지 않은 상황이라면, 게이머의 선택과 수행 능력은 전체 게임의 흐름에 결정적 역할을 하게 될 것이다.

3. 게임의 경쟁과 놀이 유흥성

앞서 살펴보았듯 게이머들은 재현 사건을 통해 게임을 진행시킨다. 게임 장 안에서 발생한 재현 사건은 게이머들 간에 이견이 없는 객관적 사건이기 때문이다. 게이머는 과거에 수행하며 경험한 사건과 현재 수행하며 경험하고 있는 사건을 통해 앞으로 자신에게 일어날 사

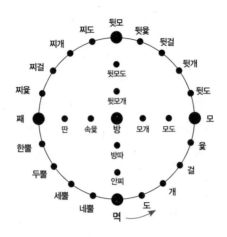

건을 추론하며 거기에 걸맞은 '게임 행동'을 하게 된다. 그러나 게이머의 행동을 통해 발생하는 모든 사건이 게임 진행에 있어서 결정적역할을 하는 것은 아니다. 게임에서도 중요한 사건과 그렇지 않은 사건이 존재한다. 여기서 한 가지 염두에 둘 점은, 핵 사건과 위성 사건의 개념은 사건 발생 경험 이후 추론되는 줄거리와 관련된 용어이다. 그래서 연행적 진행이 이루어지는 서사에 적용할 때, 어느 정도의 개념적 착종이 생길 수 있다.

윷놀이의 경우, 가장 빨리 게임을 끝내는 방법은 출발점인 멱에서 다섯번째 위치에 있는 모라는 분기점을 지나 중앙에 있는 방을 찍고 멱으로 돌아오는 것이다. 그래서 윷놀이를 하는 사람들은 이 각각의 분기점인 모와 뒷모, 쩨, 방을 먼저 차지하기 위한 게임 욕망을 기본적으로 갖고 있다. 게임에서의 욕망은 게임을 빨리 끝내거나, 다른 게이머를 잡는 것이다. 이렇게 분기점에 도달하기 위한 게이머의 행

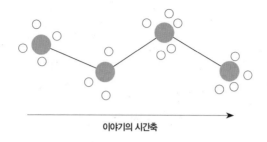

이야기의 시간축

위와 그러한 분기점에 도달했다는 게임 상황에서, 그 분기점에 도달하는 말의 이동을 '핵 사건'으로 설정할 수 있다.

윷놀이에서 또 하나의 핵 사건을 설정하자면, 바로 게이머가 윷을 던져 나온 패에 따라 말을 옮겨 다른 게이머의 말을 잡는 경우이다. A라는 게이머의 마지막 말이 '안찌'에 있다. B라는 게이머의 마지막 말은 '뒷모개'에 있으면서 이제 윷을 던질 차례다. 윷을 던져 '도'나 '개'가 나오면 A가 이기는 상황이다. 그러나 만약 '걸'이 나온다면, B가 이기게 된다. B 게이머는 야심차게 던졌고, '걸'이 나왔다. 게임의 승패가 이 패에서 결정되고 말았다. 바로 이러한 사건이야말로 윷놀이의 핵 사건이라고 하지 않을 수 없다.

그 분기점에 도달하기 위해서 벌어지는 여러 게임 상황에서 발생하는 사건(하나의 분기점에서 다른 분기점으로 가는 과정에서 '도'만 여러 번 나온다거나 등)은 위성 사건이라고 말할 수 있다. 그러나 핵 사건과 위성 사건이 서로 다른 기능적 특성을 가지고 있다고 해서 게임 상황에서 어느 한쪽이 우월한 가치를 가지고 있다고 생각해서는 안 될 것이다. 게임을 경험하고 그 게임 진행의 중요도에 따라서 사건들을 배열할 뿐이지 실제로 서사를 경험하는 과정에서는 위성 사건 또한 게임을 전개하는 중요한 사건이기 때문이다.

전통적 서사학은 사건을 새로운 대안적 선택의 길을 열어 행동을 진전시키는 핵 사건과 행동을 확장·확대·지속 또는 지연시키는 위성 사건으로 나눈다. 그러나 '사건'의 개념과 '사건의 지속'의 개념 구분은 불분명하기 때문에 이러한 설정은 가변적이다. 기존 서사학에서 설정하고 있는 개념에 따라 핵 사건과 위성 사건을 도식화하면 앞의 그림과 같다. 회색으로 채운 동그라미가 핵 사건이고 그 주위에 놓인 작은 흰색 동그라미가 위성 사건이다.

그림에서 잘 나타나 있듯 핵 사건의 통합체적 전개가 서사의 전체적인 흐름을 주도한다. 아리스토텔레스가 말하듯 앞선 사건은 뒤에 이어지는 사건의 원인이 되고 뒤에 있는 사건은 앞선 사건의 결과가 된다. 핵 사건과 핵 사건의 관계는 인과적 관계나 시간적 순서에 따라서 결말을 지향하는 방향성을 갖고 있다. 따라서 이러한 이야기를 경험하는 독자는 어떠한 핵 사건도 간과해서는 안된다. 왜냐하면 하나의 핵 사건이라도 놓치게 된다면 전체 결말에 이를 수 없으며, 사건 전개의 합목적적 인과성을 추론하지 못해서 이야기를 완벽하게 경험할 수 없기 때문이다.

이때 위성 사건은 핵 사건을 중심으로 부연적 내용을 표현하는 기능을 하는 것처럼 보인다. 그래서 특정 위성 사건을 경험하지 않았더라도 서사를 경험하는 사람은 서사 전개의 종결에 이르는 데 아무런 문제가 없어 보인다. 따라서 위성 사건은 핵 사건보다는 가치가 낮은 것으로 평가되곤 한다. 그러나 실제로 이야기story 차원에서 봤을 때는 위성 사건이 핵 사건에 비해 덜 중요한 것처럼 보이지만, 실제 서사가 진행될 때 담화discourse 차원에서 본다면 문제는 그리 간단하지만은 않다. 왜냐하면 담화 차원에서 이야기의 세부적인 내용들이 강조되고, 독자는 서사적 경험에 대한 내면화의 다양한 양상을 경험할 수 있기 때문이다.

전통적인 서사학에서 봤을 때, 이야기를 경험하는 사람은 하나의 이야기 전개를 통해서 종결 사건에 이르게 되고 각각의 핵 사건의 인과적 관계가 내포하고 있는 주제에 따라 서사를 경험한다. 이렇게 말할 수 있는 것은 전통적 서사학에서 논하는 줄거리, 핵 사건, 위성 사건 등은 독서 행위가 끝난 이후에 사후적으로 추론되기 때문이다. 즉 이야기 텍스트 분석을 위한 구조적 방법론에 기반하고 있기 때문이다.

게임에서 사건이나 줄거리는 사후에 추론되지 않고 연행적 상황에서 현재적으로 경험되고 조직화된다. 이 점은 기존 서사학에서 다루던 이야기 상황과 차이를 보여 준다. 게이머는 게임이 전개되어 가는 과정에서 담화적 차원인 연행적 현재에 몰입하여 게임을 경험하게 된다. 그래서 그 순간만큼은 게임 서사에서 종결은 유예되며, 핵 사건과 위성 사건의 경계 또한 모호하게 된다. 그럼에도 불구하고 여기에서 염두에 둘 점은 게임을 경험한다는 것은 '규칙'이라는 강력한 게임 장벽과의 싸움이라는 점이다. 규칙은 게임 서사에서 사건의 재현이 가지고 있는 다양한 발현 양상을 통제하는데, 그 통제의 과정

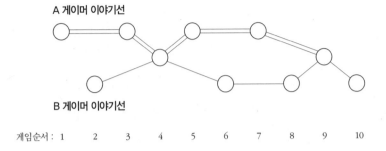

B 게이머 이야기선

게임순서 :　　1　　　2　　　3　　　4　　　5　　　6　　　7　　　8　　　9　　　10

에서 게이머의 연행적 행위와 긴밀히 상호 작용한다.

윷놀이를 하는 게이머들은 게임을 진행하는 과정에서 시작 사건과 종결 사건을 경험한다. 이것은 모든 게이머가 겪는 일이다. 그러나 시작 사건은 모든 게이머가 동일하게 경험하지만, 종결 사건은 게이머에 따라 서로 다르다. 여러 명이 하는 게임에서 유능한 게이머가 게임의 종결 사건을 경험한다면, 그렇지 못한 게이머는 게임이 진행되는 과정에서 결정적 순간에 '게임-아웃'game-out을 당하기도 하고, 승리를 놓치기도 한다. 게임의 조건과 게이머의 수행 능력에 따라 게임의 사건과 줄거리는 다양하게 설정될 수 있다.

윷놀이에서 게임의 핵 사건은 위의 그림처럼 도식화할 수 있다. 윷패에 해당하는 사건(동그라미)은 시간 순서에 따라 왼쪽부터 오른쪽으로 전개되고 있다. 그것을 A 게이머를 중심으로 한 사건 전개(═)와 B 게이머를 중심으로 한 사건 전개(─)로 나누어 볼 수 있다. 두 부분에서 두 개의 이야기선이 교차한다. 첫번째 교차점은 A 게이머가 윷을 던져 나온 패가 B 게이머의 말을 잡을 수 있는 상황이었을 것이다. 두번째 경우는 B 게이머의 말이 A 게이머의 말을 잡는 경우로 마지막에 이기기까지 한다. 이렇듯 윷놀이를 하는 데 있어서, 윷놀이의 핵 사건은 여러 게이머들의 이야기선이 작동하며 교차하는 가운데 발생하게 되고, 이러한 측면은 게임 서사의 상호 서사성 중 첫번째 양상을 보여 준다.

사실 윷판이라는 한정된 공간에서 펼쳐지는 놀이에서 핵 사건과 위성 사건을 구체적으로 구분하는 것은 쉽지 않다. 대부분의 윷패가 전체 게임의 승패를 가르는 데 있어서 결정적이기 때문이다. 이러한 점에서 게임 서사를 진행하는 게이머들이 경험하는 이야기선의 경쟁력이 핵 사건의 경험 여부를 결정한다.

이와 달리 MMORPGmassively multiplayer online role-playing game (다중 사용자 플레이어 게임)의 경우는 여러 이야기선이 겹쳐지면서 복잡한 구조를 갖게 되고, 각 게이머의 게임 진행 과정에 따라 핵 사건과 위성 사건을 보다 손쉽게 나눌 수 있다. 또한 그 게임 전개 과정에서 어떠한 핵 사건을 어떠한 순서로 경험할지는 확정적이지 않다. 게이머의 능력과 경쟁 게이머와의 관계 속에서 가장 경제적인 방법으로 게임을 운용하여 캐릭터를 업그레이드하거나 미션을 수행할 수도 있으며, 가장 멀리 돌아와서 그러한 사건들을 경험할 수도 있기 때문이다. 즉 게임 서사에서 위성 사건은 게이머의 선택 행위와 조작 능력에 따라 다양하게 발생한다(채새미, 「게임 텍스트의 서사성 연구」, 195쪽). "게임 텍스트는 상호 작용에 의해 선택과 노력에 따라 다양한 결과가 도출된다. 즉 하나의 목표를 위해 여러 개의 과정을 선택할 수 있는 기회를 부여받는다. 따라서 선택과 노력에 따라 상이한 결과를 얻어갈 수 있는 것이다." 게임 서사에서 위성 사건은 종결 사건을 지연시키고 유예시키는 역할을 한다. 위성 사건이 많으면 많을수록, 게이머는 종결 사건을 경험하기가 힘들어진다.

게임 개발자들은 하나의 게이머에 다양한 게임 진행(잠재 이야기선과 재현 이야기선)이 가능한 게임 모형을 개발한다. 그래서 단일한 게임을 하더라도 다양한 변수를 통해 서로 다른 이야기선을 경험하기 때문에 게이머는 질리지 않고 반복해서 게임 서사를 소비할 수 있다. 게다가 게임 서사가 진행되는 과정에서 새로운 규칙이나 내용이 추가됨으로써 게이머와 개발자는 좀더 역동적인 상호 작용을 하게된다. 이러한 측면은 게임 서사의 상호 서사성 중 두번째 양상을 보여 준다 하겠다.

그러나 이러한 이점에도 불구하고, 게임을 진행하는 과정에서 핵 사건은 수정 불가능하다. 영화나 소설의 독자들은 이미 완성되어 있는 서사를 읽으며 하나의 서사적 진행을 지향한다. 시작 사건과 종결 사건 사이에 다양한 사건들을 배치하고, 그 사건들 사이의 인과성과 핍진성을 찾기 위해 노력한다. 즉 명료하지 않은 서사를 명료하게 만들기 위해 노력한다. 그래서 독자의 이해 능력과 줄거리 구성 능력에 따라서 하나의 텍스트가 다양한 플롯으로 재구성될 수 있다. 그러나 다양한 이야기선이 가능한 게임의 경우는 핵 사건이 서사적 경험 이후에 추론되는 것이 아니라, 게임 규칙이 설정되고 게임의 패러다임이 형성되는 과정(개발 단계)에서 선험적으로 설정된다는 점에서 수많은 이야기선을 경험할 수 있지만, 단 하나의 플롯만을 갖게 된다.

　디지털 게임 서사의 핵 사건(시작 사건과 종결 사건을 제외한)이나 위성 사건 각각은 게임 서사의 종결 사건을 지연한다는 점, 게이머의 수행능력을 검증한다는 점에서 동일한 서사적 기능을 한다. 윷놀이에서 확인했던 핵 사건의 통합체적 성격에 빗대어 본다면, 디지털 게임 서사의 경우는 상호교차하는 이야기선의 병렬적 전개가 사건의 의미(핵 사건인지 위성 사건인지)를 재인식하게 만든다. 이러한 계열체적 성격 때문에 아주 많은 이야기선이 창출될 수 있다. 그러면서도 각각의 이야기선들이 게임 장 안에서 서로 교차하며 핵 사건을 만들어 나가게 된다. 디지털 게임 서사는 게이머의 참여에 의해 '구성적 하이퍼텍스트'가 된다.

　이렇듯 디지털 게임 서사에서 핵 사건과 위성 사건은 개발자와 게이머의 욕망과 수행 능력을 검증하는 게임의 경제성을 재현적으로 보여 준다는 점에서 중요하다. 게이머는 되도록 빨리 적은 비용과 시간과 노력을 들여 게임을 끝내고자 하는 욕망이 있다. 특히 핵 사건의 필연성과 위성 사건의 우연성은 서로가 이질적인 서사성이지만, 게임 서사를 직조해 내는 중요한 역할을 한다. 용어상의 차이는 있지만, 한혜원은 "MMORPG 서사의 묘미는 게임 디자이너에 의해서 의도적으로 발생하는 기반적 스토리back story와, 게임 디자이너에 의해서 부과된 퀘스트와 미션을 통해서 발생하는 이상적 스토리ideal story의 필연성, 그리고 플레이어에 의해 발생하는 우발적 스토리random story의 불확실성의 절묘한 조합을 통해서 완성된다"(한혜원, 「디지털 게임의 다변수적 서사」, 54쪽)고 말한다. 바로 이러한 특징들이 디지털 게임 서사의 서사성을 구현한다.

4. 게이머의 욕망과 종결 의식

윷놀이는 오랜 세월 동안 민중들의 즐거움이 되었던 전통놀이이다. 그렇다면 사람들은 왜 같은 게임을 반복적으로 즐기게 되는가? 하나의 게임을 단 한 번만 하는 게이머는 없을 것이다. 중독성이 강한 게임 얘기가 대중 매체에 심심찮게 나오는 걸 보면 게임은 중독성이 있으며, 중독성이 있다는 건 그만큼 게임을 반복적으로 경험한다는 것을 의미한다. 그렇다면 게이머는 왜 게임을 반복적으로 경험하는가? 왜 똑같은 게임의 시작을 경험하고 똑같은 괴물을 죽이며, 똑같은 미션을 수행하는가? 그것은 역설적이게도 게임이 게이머로 하여금 강력하게 종결 사건을 욕망하도록, 내면화하도록 만들기 때문이다.

삶은 단 한 번밖에 살 수 없으며 죽으면 모든 것이 사라지지만, 게임 서사에서는 그러한 종결에 대한 경험을 반복적으로 할 수 있다. 인간이 경험할 수 있는 영원히 끝나지 않는 서사는 바로 자기 자신의 삶이다. 인간은 자신의 시작 사건을 기억하지 못할 뿐만 아니라, 자신의 마지막 사건(죽음) 또한 경험하거나 객관적으로 서술해 낼 수 없다. 따라서 우리가 다른 이야기를 비평가적 입장에서 서술할 때처럼 자신의 정체성, 도덕적 가치를 평가할 만한 객관적 시선은 영원히 주어지지 않는다. 죽음은 늘 유예되며, 결코 경험할 수 없는 것이다. 그래서 프랭크 커모드는 『종말 의식과 인간적 시간』에서 실제 삶의 유예된 종말에 대한 상징적 경험이 허구 이야기라고 말하고 있다. 인간들은 결말이 있는 허구 이야기를 생산하고 소비함으로써 삶의 지연된 종결에 대한 강렬한 욕망을 드러낸다.

이 세상의 모든 게임에는 끝이 있다. 윷놀이를 하면서 모든 말들을 집으로 들어오지 못하게 하는 게이머는 없다. 게이머는 윷놀이를 하면서 게임의 종결을 향해 자신의 노력과 욕망을 투사하는데, 그 이유는 게임에서의 종결 사건이 욕망의 성취이며, 게임 경쟁에서의 승리이기 때문이다. 이 점이 실제 삶과 게임이 대비되는 부분이다. 그래서 게임은 다른 이야기 장르와 달리 종결 사건에 많은 의미와 재현 역량을 투사할 수밖에 없다.

물론 게임을 하다 보면 선험적으로 정해 놓은 종결 사건으로 게임이 끝나지 않는 경우도 있다. 게임을 진행하다 상대방이 먼저 종결 사건을 경험하면 중간에 멈춰야 하며, 핵 사건이나 위성 사건을 전개하는 과정에서 진행 미숙으로 죽을 때 게임은 끝이 나게 된다.

그래서 게임 서사는 하나의 종결 사건에 결부되어 있는 하나의 플롯을 지향한다. 한 명의 게이머가 여러 이야기선을 경험한다고 하더라도, 여러 게이머가 여러 이야기선을 경험한다 하더라도 이들은 궁극적으로 '이기기'라는 욕망 실현을 위해 게임을 연행한다. "사건의 흐름이 비선형성을 보여 줌에도 불구하고 종국에는 게임의 결말은 동일하다"(채새미, 「게임 텍스트의 서사성 연구」, 196쪽). 그래서 이기지 못하고 패하게 되면 이기기 위해 다시 게임을 하고, 한 번 이겼다 하더라도 가장 경제적으로 이기기 위해서 혹은 가장 극적으로 이기기 위해서 게임을 반복한다. 모든 게임의 현재적 연행은 잠정적 욕망인 종결 사건의 현현이다.

그러나 디지털 매체의 게임(MMORPG의 경우)은 경향을 달리한다. 디지털 매체의 게임 서사는 끝없이 이어지는 서사를 경험할 수 있다. 그 게임을 하는 게이머는 종결 사건을 향해 나아가지 않고, 기억하기와 저장하기, 그리고 게임 서사 장 안에서의 사회 활동을 하면서 '연행적 현재'를 살아간다. 디지털 매체의 게임은 '살아남는 것이 이기는 것'이라는 점에서 '살아남기'라는 플롯을 가지고 있다. 이런 점에서 게임은 더 이상 컴퓨터 속에 갇힌 뻔한 이야기가 아니라, 인간의 아바타가 자신의 삶을 사는 또 하나의 세계, 삶이 된다.

게임을 하는 게이머는 실제 삶에서의 인간과는 구별되는 존재임에도 불구하고 게임을 할 때 게임 속(허구 속) 캐릭터에 완벽하게 동일시함으로써 실제와 허구를 혼동한다. 바로 이러한 점은 다른 서사에서 실제 작가·내포 작가·서술자·인물이 서로 엄격하게 구별되는 특징과는 반대다. 게이머는 서사가 진행되는 과정에서 종결을 지향하며 자신의 정체성을 확인하는 여러 행동들을 수행한다. 그 행동들은 필연적으로 캐릭터의 행동들이며 게임 서사 장 안에서 일어난다. 즉 게임을 하면서 게이머는 게임 서사 장에 몰입하여 '하나의 삶'을 살게 된다. 이러한 과정을 리쾨르가 설명하는 서사적 정체성을 획득하는 과정으로 이해할 수 있는데, 리쾨르는 『시간과 이야기』에서 인간 삶의 과정을 일종의 서사적 정체성을 찾아가는 과정으로 생각해, 다양한 미메시스의 양상을 서사학적으로 분석한다. 끝이 없는 서사에서 게이머는 고유의 정체성을 획득하기 위한 연행을 수행해 나간다. 이때의 서사적 정체성을 규명하는 문제는 '게임 서사의 사건'이 아닌 '게임 서사의 주체' 문제로 다루어 볼 만하다.

끝이 없는 게임 서사를 '게임'이라는 범주에 넣어 말할 수 있는가? 이제 디지털 매체 속 게임 서사는 어쩌면 '게임'이 아니라 '유사-삶', '가상현실'로 다루면서 사회학·인류학적 연구가 필요할지도 모르겠다. 이로써 인간은 또 다른 세계로, 또 다른 존재로 진화하게 된다.

더 읽을 책

제임스 펠란·피터 J. 라비노비츠 엮음, 『서술이론』(I, II), 최라영 옮김, 소명출판, 2015·2016.

이 책은 서사학을 중심으로 세계적인 문학·문화 이론가 40여 명의 논문들이 담겨 있으며, 시, 소설, 드라마 등과 같은 문학 일반을 포함해 영화, 오페라, 음악, 무용, 퍼포먼스, 디지털, 법, 성서 등의 광범위한 사회·문화 영역들을 아우른다. 그리고 그러한 논의의 중심에 각 영역에서 재인식한 '서사 이론과 그에 따르는 분석'이 잘 소개되어 있다. 이 책은 서사학의 발전 과정과 그 이론과 개념의 심화에 역점을 두고 구성되었으며, 20세기와 21세기 서사학의 방향과 의의를 제시하고 있다.

H. 포터 애벗 지음, 『서사학 강의 : 이야기에 대한 모든 것』, 우찬제·이소연·박상익·공성수 옮김, 문학과지성사, 2010.

이 책은 서사를 시간에 따른 사건의 재현이라는 관점에서 살펴보면서, 예술과 일상 영역을 넘나들며 모든 인간 활동 속에 놓인 서사적 상황 및 그 의미를 다루고 있다. 기존 서사학이 개념과 의미분석에 치중했다면, 저자는 서사가 만들어 내는 효과, 서사가 갖는 특별한 수사적 힘과 '종결' 개념, 서사 해석의 중심으로서의 독자, 서사와 매체의 상관성 등을 설명하는 데 집중한다. 「용어 해설 및 주제별 색인」에서는 서사학 용어들의 의미를 명료하게 제시하고, 각 장의 마지막 부분에는 '더 읽어 볼 서사학 이론'과 '더 읽어 보면 좋은 문학 작품'을 제시함으로써 서사 연구를 확장하고 심화하고 있어, 서사학을 학문의 한 경향으로 공부하고자 하는 연구자에게 도움이 된다.

최시한 지음, 『소설, 어떻게 읽을 것인가 : 이야기의 이론과 해석』, 문학과지성사, 2010.

한국의 많은 학자들이 서사학 이론을 문학 연구에 활용하지만, 한국문학 안에서 서사학의 이론화에 있어서는 일정한 한계를 갖고 있다. 최시한은 평생을 현대 소설에 대한 이론적 분석과 서사 교육에 매진한 학자다. 『현대소설의 이야기학』(역락, 2008), 『스토리텔링, 어떻게 할 것인가』(문학과지성사, 2015) 등 현대 소설의 '이야기학'을 정립하기 위해 지속적으로 노력을 기울였다. 이 책은 소설의 이론을 체계적으로 정리하고, 교과서에 자주 실리는 작품들을 중심으로 이야기학의 관점에서 해석의 실제를 보여 주기 위해 쓰여졌다. 이야기학(서사학)의 기초를 다지고, 실제 교육에 활용할 수 있는 이야기학의 기본서이다.

조너선 갓셜 지음, 『스토리텔링 애니멀 : 인간은 왜 그토록 이야기에 빠져드는가』, 노승영 옮김, 민음사, 2014.

과학적 인문학 운동의 선두주자인 영문학자 조너선 갓셜은 이 책을 통해 진화생물학, 심리학, 신경과학의 최신 연구를 바탕으로 인간의 스토리텔링 본능을 밝혀낸다. 저자는 우리가 이야기에 사정없이 빠져드는 이유는 이야기가 인류의 생존에 유익하기 때문이라고 말하며, '이야기의 시뮬레이션 이론'을 제시한다. 책 속에서 저자는 텔레비전, 책, 영화, 비디오 게임, 꿈, 아동, 광기, 도덕성, 사랑 등에 대한 뛰어난 서사학적 통찰과 인문학적인 사유를 놓치지 않고 있다. 소설, 영화, 드라마, 웹 등 다양한 영역에서 다루어지는 스토리텔링의 근본적인 조건을 이해하거나, 진화론적이면서도 인류학적인 시각에서 인간의 스토리텔링 혹은 허구 만들기를 사유하고 있다.

David Herman, Manfred John & Marie-Laure Ryan et, *Routledge Encyclopedia of Narrative Theory*, 2005, New York: Routledge.

이 책은 방대한 분량의 서사학 용어 사전이다. 용어의 개념과 출전, 용례 및 다른 용어와의 관련성까지 상세하게 담겨 있다. 개념의 심화 및 내용의 적용 가능성에서의 정교함은 조금 부족하지만, 서사학 연구자라면 필히 참조해야 할 책이다.

the living handbook of narratology(www.lhn.uni-hamburg.de/)

이 사이트는 일종의 인터넷 오픈 사전으로 서사학의 개념을 다양하고 깊이 있게 잘 소개하고, 최신의 연구동향 등을 실시간으로 업데이트하고 있다.

참고문헌

갓셜, 조너선. 『스토리텔링 애니멀』, 노승영 옮김, 민음사, 2014.

공종구. 「김승옥 소설의 근대성」, 『현대소설연구』, 한국현대소설학회, 1998.

김동식. 「숨쉬기의 무의식에 관하여」, 천운영, 『명랑』, 문학과지성사, 2004.

김명석. 「김승옥 소설과 감수성의 글쓰기」, 『우리문학연구』 14집, 2001.

김미영. 「김승옥 소설의 "개인" 연구」, 『현대소설연구』 34, 2007.

김미현. 『젠더프리즘』, 민음사, 2008.

김병익, 「시대와 삶」, 『상황과 상상력』, 문학과지성사, 1988.

_____. 「비극과 연민」, 『문학사상』, 1976년 여름호.

김성곤. 『경계를 넘어서는 문학』, 민음사, 2013.

김애령. 「'여자되기'에서 '젠더하기'로」, 『젠더하기와 타자의 형상화』, 이화여자대
      학교출판문화원, 2011.

김연숙. 「다락방을 내려온 여자들 : 천운영론」, 『실천문학』, 2004년 겨울호.

김연순. 『기계인간에서 사이버휴먼으로』, 성균관대학교출판부, 2009.

김운찬. 『현대기호학과 문화분석』, 열린책들, 2005.

김종구. 「서정인 소설연구 : 〈강〉과 〈산〉의 서사시학적 해명을 위한 시고」, 『서강어
      문』 2권, 1982.

김주현, 「서정인 소설 문체의 양면성」, 『어문논집』 32권, 2004.

김준. 「한국현대소설에 나타난 작가사상 연구」, 『인문논총』, 1997.

김태환. 「부서진 액자」, 이종민 엮음, 『달궁 가는 길 : 서정인의 문학세계』, 서해문집,
      2003.

김현. 「세계 인식의 변모와 그 의미」, 『전체에 대한 통찰』, 나남출판, 1990.

_____. 「살의의 섬뜩한 아름다움」, 『오정희 깊이 읽기』, 문학과지성사, 2007.

나르스작, 토마. 『추리소설의 논리』, 김중현 옮김, 예림기획, 2003.

나호마노비치, 스티븐.『놀이, 마르지 않는 창조의 샘』, 이상원 옮김, 에코의서재, 2008.

남경태.『개념어 사전』, 휴머니스트, 2012.

남진우.「삶의 무거움과 아이러니의 정신」,『신성한 숲』, 민음사, 1995.

다윈, 찰스.『종의 기원』, 송철용 옮김, 동서문화사, 2013.

들뢰즈, 질.『의미의 논리』, 이정우 옮김, 한길사, 2002.

뢰테르, 이브.『추리소설』, 김경현 옮김, 문학과지성사, 2000.

류철균.「이어령 문학사상의 형성과 전개: 초기 소설 창작과 창작론을 중심으로」, 『작가세계』, 2001년 가을호.

류현주.『하이퍼텍스트문학』, 김영사, 2000.

리몬 케넌, S.『소설의 시학』, 최상규 옮김, 문학과지성사, 1985/1992.

리쾨르, 폴.『시간과 이야기 1』, 김한식·이경래 옮김, 문학과지성사, 1999.

마정미.「포스트휴먼이란 무엇인가」,『포스트휴먼과 탈근대적 주체』, 커뮤니케이션 북스, 2014.

맥아피, 노엘.『경계에 선 줄리아 크리스테바』, 이부순 옮김, 앨피, 2007.

모리스, 팸.『문학과 페미니즘』, 강희원 옮김, 문예출판사, 1997.

박이문.『사유의 열쇠: 철학』, 산처럼, 2004.

박철희.『문학개론』, 형성출판사, 1984.

박철희·김시태.『한국현대문학사』, 시문학사, 2000.

박하나.「천운영 소설 연구」, 아주대학교 석사논문, 2009.

배경열.「50년대 실존주의론」,『한국문학이론과비평』 20집, 한국문학이론과 비평 학회, 2003.

백대윤.「형이상학적 추리소설 〈장군의 수염〉 연구」,『어문연구』 51, 2006.

버틀러, 주디스.『의미를 체현하는 육체』, 김윤상 옮김, 인간사랑, 2003.

_____.『젠더 트러블 : 페미니즘과 정체성의 전복』, 조현준 옮김, 문학동네, 2008.

부르디외, 피에르.『구별짓기: 문화와 취향의 사회학』, 최종철 옮김, 새물결, 2005.

비어, 질리언.『다윈의 플롯』, 남경태 옮김, 휴머니스트, 2008.

살리, 사라.『주디스 버틀러의 철학과 우울』, 김정경 옮김, 앨피, 2007.

서은주.「개발 독재 체계의 알레고리 : 1960~70년대 서정인의 소설을 중심으로」,

『상허학회』, 2003.

슈드뤼, 델피뉴. 『용감한 공주의 모험』, 길미향 옮김, 국민서관, 2012.

승현준. 『커넥톰, 뇌의 지도』, 신상규 옮김, 김영사, 2014.

신형철. 「여성을 여행하(지 않)는 문학 : 〈무진기행〉의 정신분석적 읽기」, 『한국근대
　　문학연구』 5권 2호, 2004.

_____. 「욕망에서 사랑으로」, 천운영, 『그녀의 눈물사용법』, 창비, 2008.

애벗, H. 포터. 『서사학 강의』, 우찬제 외 옮김, 문학과지성사, 2010.

에코, 움베르토. 『열린 예술작품』, 조형준 옮김, 새물결, 1995.

오닐, 패트릭. 『담화의 허구』, 이호 옮김, 예림기획, 2004.

오생근. 「타락한 세계에서의 진실」, 『문학과지성』, 1975년 여름호.

오양진, 「순수한 시선의 의미 : 서정인 초기 소설의 비인간화 징후에 대하여」, 『민족
　　문화연구』 40집, 2004.

오윤호. 『깨어진 역사 비평적 진실』, 시와에세이, 2006.

_____. 「남성 인물의 내적 독백과 殺婦 의식」, 『현대소설의 서사 기법』, 예림기획,
　　2005.

_____. 「서정인 〈강〉의 서사적 은유」, 『시학과언어학회』 15호, 2008.

_____. 「서사 기법의 환상성과 탈육체화의 욕망 연구: 천운영 소설을 중심으로」,
　　『한민족문화연구』 제29집, 2009.

오정희. 「중국인 거리」, 『저녁의 게임 외』, 동아출판사, 1995.

우찬제. 「불안의 상상력과 정치적 무의식 : 1970년대 소설의 경우」, 『텍스트의 수사
　　학』, 서강대학교출판부, 2005.

위니캇, 도널드. 『놀이와 현실』, 이재훈 옮김, 한국심리치료연구소, 1997.

이남호, 「6,70년대 장삼이사들의 삶」, 『작가세계』, 1994년, 여름호.

이상우. 「추리소설의 안과 밖 : 문학으로서의 추리소설」, 『오늘의 문예비평』, 1993.

이어령. 「카타르시스 문학론 5」, 『문학예술』, 1957년 12월호.

_____. 『이어령 소설집: 장군의 수염/전쟁데카메론 외』, 현암사, 1966.

이용욱. 「디지털 서사체의 미학적 구조 3」, 『한국언어문학』 56권, 2006.

이태동. 「〈장군의 수염〉과 캐넌 문제」, 『구조와 분석 2』, 창, 1993.

이평전. 「김승옥의 '도시' 인식과 '공간'의 정치학」, 『비교문학』 42집, 2007.

이화인문과학원 엮음.『인간과 포스트휴머니즘』, 이화여자대학교출판문화원, 2013.

임금복.「1960년대 겨울 풍경, 동질적 분위기」,『새국어교육』68권, 2004.

장석원.「김승옥 소설의 문체 연구」,『어문논집』52권, 2005.

전미정.「시 창작의 놀이치료 기능: 김소월의 시를 중심으로」,『한국문학이론과 비평』40집, 2008.

정영자.「문학치료학의 현황과 그 전망」,『문예운동』, 2007년 봄호.

정은경.「현대소설에 나타난 "동성애" 고찰」,『현대소설연구』39호, 2008.

정재림,「오정희 소설의 이미지 기억 연구」,『비교한국학』14집, 2006.

정혜경.「서정인 초기 소설의 서술자와 시간 연구」,『어문논집』43권, 2001.

_____.「서정인의 〈강〉에 나타나는 서술 방식 연구」,『인문과학논총』17집, 2006.

조성면.『대중문학과 정전에 대한 반역』, 소명출판, 2002.

_____.「한국추리소설사에 대한 변명」,『플랫폼』, 2008.

지라르, 르네.『희생양』, 김진식 옮김, 민음사, 2007.

진중권.『놀이와 예술 그리고 상상력』, 휴머니스트, 2005.

채새미.「게임 텍스트의 서사성 연구」,『국어교육연구』11집, 2003.

천운영.『바늘』, 창비, 2001.

_____.『명랑』, 문학과지성사, 2004.

_____.『그녀의 눈물 사용법』, 창비, 2008.

최시한.『현대소설의 이야기학』, 역락, 2008.

최혜실,「서정인론 : 일상의 반복과 원점회귀의 형식을 중심으로」,『비평문학』, 37집, 1995.

카이와, 로제.『놀이와 인간』, 이상률 옮김, 문예출판사, 1994.

커니, 리처드.『이방인, 신, 괴물 : 타자성 개념에 대한 도전적 고찰』, 이지영 옮김, 개마고원, 2004.

크리드, 바바라.『여성괴물 : 억압과 위반 사이』, 손희정 옮김, 여이연, 2008.

파이게, 마르셀 엮음.『판타스틱 6』, 이상희 옮김, 위즈덤피플, 2011.

하디슨, O. B.『아리스토텔레스의 시학』, 최상규 옮김, 예림기획, 1997.

하위징아, 요한.『호모 루덴스』, 이종인 옮김, 연암서가, 2010.

한형구. 「김승옥론 : 김승옥 문학의 문학사적 성격」, 『한국현대작가연구』, 민음사, 1989.

_____. 「기호놀이의 시학, 난센스의 시학: 이상 문학 연구 서설」, 『한국문학이론과 비평학회』, 2000.

한혜원. 「디지털 게임의 다변수적 서사」, 『디지털콘텐츠』, 2006년 5월호.

홍성민. 『피에르 부르디외와 한국사회』, 살림, 2004.

황도경. 「환상 속으로 탈주하라」, 『문학동네』, 2002년, 여름호.

황정현. 「중층 구조의 경계 완화를 통한 의미 탐색: 〈장군의 수염〉의 서술 구조 연구」, 『현대문학이론연구』 20집, 2003.

Bruner, J. *Making Stories*, New York: Farrar, Strauss, and Giroux, 2002.

Fowler, Roger. *Modern Critical Terms*, Routledge & Krgan Paul, 1987.

Kenyon, G. M. & Randall, W. L. *Restorying Our Lives : Personal Growth Through Autobiographical Reflection*, Westport, CT : Praeger, 1997.

Levine, George. *Darwin and the Novelists : Patterns of Science in Victorian Fiction*, University of Chicago Press, 1992.

Merivale, P. & S. E. Sweeney, "The Gaw's Afoot", *Detecting Texts: The metaphysical detective story from Poe to Post-modernism*, Uni of Pennsylvania, 1999.

Murfin, Ross. *The Bedford Glossary of Critical and Literary Terms*, Bedford/St. Martin's, 2003.

Rabkin, Eric S. & Carl P. Simon, "Age, Sex, and Evolution in the Science Fiction Marketplace." *Interdisciplinary Literary Studies* 2. 2, 2001. JSTOR, 6 Dec. 2012.

찾아보기

사이 시리즈 발간에 부쳐

이화인문과학원 탈경계인문학연구단은 2007년 한국연구재단의 인문한국 (HK) 지원사업에 선정되어 '탈경계인문학'을 구축하고 이를 사회적으로 확산함으로써 한국 인문학의 새로운 지평을 창출하고자 하는 프로젝트를 수행하고 있다. '탈경계인문학'이란 기존 분과학문 간의 경계를 가로지르고 넘나들며 학문 간의 유기성과 상호 소통을 강조하는 인문학이며, 탈경계 문화 현상 속의 인간과 인간 경험을 체계적으로 성찰함으로써 경계 짓기로 대립하고 갈등하는 인간과 사회를 치유하고자 하는 인문학이다.

이에 연구단은 우리의 연구 성과를 학계와 사회와 공유하고자 '사이 시리즈'를 기획하였다. 탈경계인문학의 주요 주제에 대한 전문 학술서를 발간함과 동시에 전문 지식의 사회적 확산과 대중화를 위하여 교양서를 발간하게 된 것이다. 이 시리즈는 인문학에 관심을 가진 대학생들이나 일반인들이 새로이 등장하는 인문학적 사유와 다양한 이슈들에 쉽게 다가갈 수 있도록 쓰여졌다.

오늘날 우리는 문화적 경계들이 빠르게 해체되고 재편되는 변화의 시기를 살고 있다. '사이 시리즈'는 '경계' 혹은 '사이'에서 생성되고 있는 새로운 존재와 사유를 발굴하고 탐사한 결과물이다. 우리 연구단은 독자들에게 그 결과물을 제시하고 이를 토대로 상호 소통하는 계기를 마련하고자 한다. 인문학과 타 학문, 학문과 일상, 중심부와 주변부 사이의 경계를 넘어 공존과 융합을 추구하는 사이 시리즈의 작업이 탈경계 문화 현상을 새로이 성찰하고 이분법적인 사유를 극복하여, 경계를 넘나들며 다원적이고 통합적인 시각을 만들어 나가는 출발점이 되기를 기대한다.

2012년 3월
이화여자대학교 이화인문과학원 인문한국사업단